I0699442

OBRAS MAESTRAS DE TERROR TOMO II

Washington Irving, Mary Shelley, Sheridan Le Fanu, Bram Stoker, Horacio Quiroga, Gustavo A. Bécquer, Henry James, Froylán Turcios, Edgar Allan Poe, Emilia Pardo Bazán, W.W. Jacobs, H.P. Lovecraft y Antón Chéjov

astria

OBRAS MAESTRAS DE TERROR TOMO II
Washington Irving, Mary Shelley, Sheridan Le Fanu, Bram Stoker, Horacio Quiroga, Gustavo A. Bécquer, Henry James, Froylán Turcios, Edgar Allan Poe, Emilia Pardo Bazán, W.W. Jacobs, H.P. Lovecraft y Antón Chéjov

©Astria Ediciones
Diseño de portada: Andrea Rodríguez
Supervisión Editorial: Óscar Flores López
Administración: Tesla Rodas y Jessica Cordero
Director Ejecutivo: José Azcona Bocock

Primera edición
Tegucigalpa, Honduras—Diciembre de 2024

CONTENIDO

EL DIABLO Y TOM WALKER *por Washington Irving*

A unas pocas millas de Boston, en Massachusetts, desde la bahía de Charles, el mar penetra muchas millas hasta formar un pantano, tierra adentro, rodeado de frondosos árboles y vegetación, una auténtica ciénaga. A un lado de esta lengua de mar hay un bosque pequeño y muy oscuro, y del otro se ve la costa abrupta que se alza en una suerte de colina sobre la que también crecen árboles centenarios imponentes. Cuentan las antañonas leyendas que al pie de uno de esos árboles está enterrado gran parte del tesoro del pirata Kidd. La ría hacía posible que con total secreto se transportara de noche el tesoro en un bote hasta las faldas de la colina, pues la altura de aquellos parajes facilitaba la vigilancia y cuidarse de la posible presencia de cualquiera; los árboles, además, señalaban perfectamente el lugar para que no hubiera dilaciones ni pérdidas llegado el momento de localizarlo. Siempre según las viejas historias del lugar, además, el propio Diablo, que había estado junto al pirata Kidd mientras enterraba su tesoro, se encargaba de vigilar el lugar, pues, como bien se sabe, hace lo dicho con los tesoros enterrados, sobre todo si son producto de la rapiña. Pero lo cierto es que el pirata Kidd jamás pudo desenterrar su tesoro, pues fue arrestado en Boston, enviado a Inglaterra y allí colgado en la horca.

Por el año de 1727, coincidiendo con una sucesión de terremotos que sacudió Nueva Inglaterra al punto de que los pescadores, temerosos y desesperados, cayeran de rodillas para implorar clemencia al cielo y perdón por sus pecados, vivía en la región un hombre miserable y enteco que tenía por nombre Tom Walker. Su esposa era una mujer tan pobre como él; para que se tenga una idea clara de cuál no sería su pobreza baste decir que trataban de continuo de estafarse entre sí; ella no hacía más que ocultarle cualquier cosa, y así, apenas comenzaba a cacarear una gallina, ya corría a quitarle el huevo para guardárselo. Tom Walker no le iba a la zaga y se pasaba el día intentando dar con los sitios en donde creía que su mujer ocultaba las cosas; así estaban a diario, enfrentados por innumerables querellas a propósito de los pobres bienes que hubieran debido compartir.

Su casa era miserable, se caía a pedazos, tenía todo el aspecto de la devastación… No había viajero, claro, que se parase allí a pedir ninguna cosa, y de la chimenea apenas se elevaba al cielo un hilillo de humo; tenían un pobre penco lleno de mataduras en el que las costillas parecían las rejas de una ventana; el pobre bruto tiraba malamente del arado y mordisqueaba los terrones de tierra para engañar al hambre, aunque pasaba casi todo el día mirando lastimeramente a la lejanía, lleno de moscas que acudían a sus mataduras, detrás del corto muro de piedra de lo que era su cuadra, como si implorase que se lo llevaran de allí, que lo librasen de aquella tierra de hambruna.

Ni que decir tiene, por todo ello, que la casa y sus moradores no tenían en la comarca eso que se dice un buen nombre. La mujer de Tom era muy alta y malencarada; de un temperamento fiero y larga de lengua y con los brazos poderosos, apenas cesaba en sus imprecaciones al marido, que le respondía en términos igualmente desagradables, pasándose así, en continuo enredo y disputa, la mayor parte de las horas del día. Se veía en su cara que aquéllas no eran transitorias, las naturales broncas de los momentos de enfado. Pero nadie hubiera sido capaz de interponerse entre ambos para calmarles. Si por casualidad pasaba un viajero a cierta distancia de la casa, y aun siendo difícil que buscara algo en tan lamentable lugar, de inmediato apretaba el paso para alejarse cuanto antes con solo oír las voces del matrimonio, llenas de insultos y de graves amenazas. Naturalmente, si el viajero era soltero, se regocijaba grandemente de su condición de célibe.

Un día en el que Tom Walker volvía a su miserable morada desde una aldea próxima, decidió tomar un atajo y se metió por las veredas del pantano; como suele ocurrir en estos casos, hacerlo fue una equivocación absoluta; los árboles estaban muy próximos entre sí, crecía salvaje la vegetación por allí, y en suma, resultaba harto difícil y agotador dar un paso; encima, de tan altos y tupidos, los árboles apenas permitían que pasara la luz, de manera que parecía siempre de noche; para dar una idea exacta, diremos que allí acudían en busca de refugio las lechuzas. Para colmo, el camino estaba salpicado de zanjas y hoyos, difíciles de ver en la casi completa oscuridad que auspiciaba el bosque cerrado, por lo que tan pronto caía el pobre hombre en una charca fétida como en un hoyo con el seno de légamo. Era, pues, el lugar idóneo para que criasen los sapos y las culebras; era, pues, un cementerio de lodo en el que se pudrían los troncos de los árboles caídos, que así, sumergidos en el légamo, parecían caimanes soñolientos.

Tom trataba de ir con la máxima cautela para no sufrir males mayores en aquel bosque que era toda una trampa; saltaba de tronco en tronco, saltaba sobre zanjas y malezas, siempre intentando pisar en lugar firme y seguro, en la pura tierra; sus pasos, de tan precavidos cuando pisaba un tronco, eran muy silenciosos, como los de un gato, y trataba de no impresionarse cuando se dejaba sentir el grito de los patos salvajes que sobrevolaban la ciénaga. Por fin llegó a tierra firme, hasta una suerte de lengua de tierra que se adentraba en el pantano; era un lugar oscuro que habían utilizado los indios para emboscarse en los días de las guerras contra los primeros colonos; allí, en lo más profundo de la ciénaga, habían construido el refugio en el que esperaban a los guerreros las mujeres y los niños. Nada quedaba de aquel fuerte ya, salvo la empalizada de madera que se hundía ahora en el barro hasta confundirse con los árboles del pantano.

Avanzaba ya la tarde hacia el crepúsculo cuando llegó Tom Walker hasta lo que quedaba del viejo fuerte indio y decidió descansar un poco para recuperar las fuerzas. Cualquiera hubiera hecho todo lo contrario, intentar salir de allí cuanto antes en vez de tomarse un respiro en un lugar tan solitario y melancólico, pues eran muchas las tristes historias que se contaban en la región acerca de las guerras libradas contra los indios precisamente en aquellos tétricos parajes; se decía que en aquel lugar aún había salvajes que tomaban cautivos a los que osaran adentrarse en el pantano y luego los ofrecían en sacrificio a uno de sus espíritus demoníacos.

Tom Walker, empero, no era hombre que se asustara fácilmente con esos relatos. Se echó a reposar contra el tronco de un árbol caído, incluso se deleitó con los trinos de un pájaro, y mientras recuperaba las fuerzas comenzó a apilar barro con su bastón… Así estaba, removiendo el barro sin pensar en lo que hacía, cuando tropezó su bastón con algo que le ofreció dura resistencia; se levantó, removió un poco más de barro y sacó aquello contra lo que había chocado la punta de su bastón; era una calavera que tenía clavado un tomahawk indio. Por el estado del hacha supo que había pasado mucho tiempo desde que se produjera el ataque, así que no le dio más importancia a su descubrimiento, diciéndose que no era más que un triste recuerdo de aquellos días de lucha feroz entre los colonos y los guerreros indios.

—¡Toma! —dijo entonces Tom Walker pegándole una patada a la calavera para sacudirle el barro que tenía encima.

—¡Deje tranquilo ese cráneo! —oyó entonces Tom Walker que le decía una voz cavernosa.

Tom alzó los ojos y vio a un negro muy alto y corpulento, sentado frente a él sobre un tronco, unos metros más allá. Su sorpresa fue grande, pues ni un solo paso había oído, pero mayor aún fue su extrañeza al darse cuenta de que el hombre que así le hablaba no era en realidad ni un negro ni un indio, eso lo pudo ver con absoluta certeza a despecho de la oscuridad, aunque su manera de vestir recordase la de los indios y llevara un grueso cinturón rojo. Pero el color de su tez no era negro ni cobrizo, sino más bien mugriento, como de hollín, lo propio de quien se desempeña habitualmente entre fraguas y llamas. Lucía además una cabellera negra y reseca que se agitaba a uno y otro lado de continuo y le caía sobre los hombros.

Aquella aparición estuvo mirando un rato a Tom con sus ojos grandes y rojos.

—¿Qué estás haciendo en mis dominios? —le preguntó entonces con su voz de ultratumba.

—¡Tus dominios! —exclamó con sorna Tom—. Estas tierras son tan tuyas como mías; al fin y al cabo pertenecen al diácono de Peabody…

—¡Que se muera el maldito diácono! —dijo violento el extraño—. Y te aseguro que morirá si no se preocupa más de sus pecados en vez de hacerlo por los de sus vecinos… Mira hacia allí y verás cómo le van las cosas al diácono…

Miró Tom en la dirección que le señalaba el desconocido para ver un gran árbol, muy frondoso, pero que tenía el tronco enfermo, una hendidura enorme en la corteza, un hueco absoluto… El primer viento fuerte que soplara lo tiraría a tierra sin remedio. Mas vio también Tom Walker que en lo que de corteza sana le quedaba al tronco estaba grabado a navaja el nombre del diácono, un hombre respetado, prominente, rico por los muchos negocios de ventaja que había hecho con los indios… Miró después alrededor del árbol y comprobó que en casi todos los demás había un nombre, siempre de los hombres más respetables de la región y siempre en los árboles que parecían a punto de caerse. Pero vio más Tom; en el tronco del árbol contra el que se había echado para descansar estaba escrito el nombre de Crowninshield, un colono muy rico y famoso por hacer ostentación de su riqueza, que le venía, según el decir de muchos, de sus tratos con los piratas.

—Ya está presto para arder —dijo aquel ser, con aire triunfal—. Como verás, no me falta leña para calentarme en invierno…

—¿Con qué derecho cortas árboles en una tierra que no es tuya sino del diácono de Peabody? —lo increpó Tom.

—Me asiste el derecho de ser el primero que habitó este lugar —dijo el otro—. Esta tierra me pertenece desde mucho antes de que cualquiera de los rostros pálidos de tu raza la pisara…

—Dime, te lo ruego, quién eres… ¿Me lo puedes decir? —le preguntó Tom, ahora con cierta angustia.

—¡Oh!, tengo un montón de nombres… En algunas regiones soy el cazador furtivo, en otras me llaman el minero negro… Aquí, por ejemplo, aluden a mí como el leñador negro; los hombres de la piel cobriza me consagraron este lugar, y es cierto que, para honrarme, asaron algún que otro rostro pálido… Admito que me encanta el olor de la carne quemada en sacrificio… Desde que los pieles rojas fueron exterminados por vosotros, los salvajes rostros pálidos, me lo paso muy bien, sin embargo, persiguiendo a los cuáqueros y a los anabaptistas… Digamos que soy el gran patrón y protector de los esclavos negros y el maestro supremo de las brujas de Salem…

—Lo que quiere decir, si no me equivoco —apostilló Tom, audaz y firme—, que eres ése al que de común llaman el Diablo.

—El mismo, a tu servicio… —dijo el hombre oscuro, con una inclinación de cabeza muy cortés.

Así, según lo refieren las antañonas historias del lugar, se produjo la conversación entre el Diablo y Tom Walker, aunque puede que, de tan apacible, resulte poco creíble… Uno puede pensar que en un encuentro semejante, con tal personaje, en un lugar lóbrego y apartado, lo normal hubiera sido que Tom Walker perdiera los nervios y la compostura, pero lo cierto es que se trataba de un hombre con buen temple, incluso frío, de esos que no se asustan así por las buenas… Además, al fin y al cabo llevaba muchos años viviendo con una auténtica furia, su esposa, por lo que ya no le daba miedo ni el Diablo…

Se cuenta, igualmente, que después hizo Tom el camino de regreso a su casa acompañado por el siniestro personaje, lo que propició una conversación más en profundidad entre ambos. El hombre oscuro le habló de los tesoros enterrados por el pirata Kidd, en aquella colina próxima al pantano; unos tesoros, le dijo, de cuya custodia se encargaba él mismo, y que ponía a su entera disposición, si así lo quería… Dijo el Demonio a Tom Walker, además, que lo hacía por nada, porque le había resultado simpático, aunque, naturalmente, habría de establecer unas condiciones previas para ofrecérselo… No es difícil suponer cuáles eran… Tom Walker, empero, jamás se las dijo a nadie; acaso se trató de condiciones muy exigentes, pues le pidió tiempo para pensárselas antes de darle una respuesta definitiva, y eso que no era un hombre de los que se entretienen en tonterías cuando hay dinero a la vista… Llegaban ya a las lindes del pantano con la tierra habitada, cuando el Demonio se paró en seco, para despedirse.

—¿Qué garantía me ofreces de que cuanto me has dicho es verdad? —le preguntó entonces Tom Walker.

—Aquí tienes mi sello —dijo el hombre oscuro tocando con un dedo la frente de Tom.

De inmediato volvió sobre sus pasos para perderse en lo más espeso de la ciénaga; pareció, según lo narraba el propio Tom Walker, que al irse se hundía poco a poco en el barro, hasta que no pudo ver de él más que los hombros y la cabeza… Nada más llegar a su casa comprobó que el sello del Demonio le había dejado en la frente, en efecto, una especie de quemadura imposible de borrar.

La primera nueva que le dio su mujer fue la de la muerte repentina de Absalom Crowninshield, el rico colono bucanero… Los periódicos se hacían además eco del luctuoso suceso, con la prosa florida común en estos casos, diciendo que había muerto "un gran hijo de Israel".

Tom recordó de inmediato que había visto su nombre grabado a navaja en el tronco del árbol sobre el que descansara, aquel árbol presto para alimentar un buen fuego. "Pues que se achicharre bien ese filibustero… ¿A quién le importa?", dijo Tom. Ahí tenía prueba, desde luego, de que cuanto había visto y oído no fue el producto de sus ilusiones.

No era, como podrá suponerse, un hombre dado a confiarse a su esposa, pero como su avatar versaba acerca de algo tan importante como maléfico, decidió hacerlo en esta ocasión. Apenas hubo aludido al oro enterrado se despertó en ella toda la avaricia de que era capaz; urgió de inmediato al marido, pues, a que aceptara las condiciones puestas por el hombre oscuro, segura de que con aquel tesoro se acabarían de por vida sus miserias. Tom, empero, no estaba muy convencido de un aspecto tan fundamental como lo era el de vender su alma, menos, además, si negándose a ello conseguía molestar a su mujer; así, tan serio asunto no pudo más que provocar una gran bronca entre los esposos, que se insultaron con mayor fiereza que nunca, amenazándose y echándose en cara cosas innumerables e indecibles… Cuanto más hablaban del asunto, más se reafirmaba Tom en su negativa de vender su alma. No es que le importara en exceso condenarse; simplemente, sentía la necesidad perentoria de no concederle semejante placer a su esposa.

Al final decidió ella tomar las riendas del asunto y negociar directamente; si le salía bien el negocio, se decía, podría quedarse con todo sin tener que compartirlo con Tom. Era, no se olvide, de un temperamento valiente, muy parecido al de su marido. Así, una tarde de verano puso rumbo en dirección a la ciénaga, con la intención de ir hasta el viejo fuerte indio. Estuvo fuera de casa varias horas. Cuando regresó no contó gran cosa; dijo algo acerca de un hombre muy oscuro, al que apenas había podido vislumbrar en aquella penumbra, que parecía empeñado en tirar árboles a golpes de hacha… Y nada más; mantuvo un absoluto silencio sobre todo aquello; solo dijo que tenía que volver otro día para hacerle una oferta más convincente, sin otros detalles.

Al día siguiente por la tarde salió de nuevo hacia la ciénaga llevando en su delantal varios útiles de cocina. Tom la esperó largamente, pero en vano; llegó la medianoche y seguía sin aparecer su esposa; se hizo la mañana siguiente, y nada; pasó la tarde y cayó otra vez la noche, sin que diera señales de vida. Entonces comenzó a preocuparse de verdad, temiendo que le hubiera ocurrido algo grave, aunque se tranquilizó al comprobar que entre las cosas que llevaba en su delantal estaba el juego de té de plata, cucharas, tenedores, y otros utensilios de valor, lo que podría servirle para negociar, acaso, con bien. Pero pasó otra noche entera y su mujer seguía sin regresar a casa… La verdad es que nunca volvió a tener nadie, en toda la comarca, noticia alguna de ella.

Sobre cuál fue su suerte, nada en concreto se puede decir, lo que no obsta para que muchos hayan pretendido desde entonces hallarse en posesión del secreto del asunto. Aquí radica uno de los extremos que tanto han confundido a una buena cantidad de historiadores. No pocos aseguran que la pobre mujer se perdió en algún punto de la ciénaga y cayó a un pozo; otros, menos caritativos, aseguran que se hizo con el tesoro y huyó hacia cualquier lugar distante, y no faltan quienes aseguran que el hombre oscuro tendió una trampa a la esposa de Tom, de la que le fue imposible salir, y donde se la encontraría tiempo después, ya muerta, lo que también aseguran unos pocos vecinos según los cuales vieron a un hombre que en la distancia parecía negro caminar hacia lo más espeso del bosque con una gran hacha, un hatillo hecho con un delantal de mujer, y riéndose como quien ha conseguido algo que de verdad apetecía, con un aire triunfal.

La historia más verosímil, sin embargo, que es también la que más adeptos reúne, observa que Tom Walker se inquietó de tal manera ante la ausencia de su esposa, que además se había llevado algunas pertenencias necesarias en una casa, que no pudo evitar el impulso de salir a buscarla… Según esta versión, pasó un día entero recorriendo los alrededores del fuerte indio, sin éxito; gritó su nombre una y otra vez, sin hallar respuesta en aquella calurosa tarde de verano. No oyó voz humana alguna, solo el croar de las ranas y el graznido de las aves de la ciénaga. Cuando empezó a declinar el día y comenzaban a enseñorearse en los árboles las lechuzas, se sobresaltó por la irrupción de cientos de murciélagos que volaban haciendo círculos en el aire. Y descubrió, absorto en aquella tétrica contemplación, algo que no pudo por menos que asombrarlo, algo que colgaba de la rama de un ciprés; algo, además, a medias envuelto en un delantal como el de su esposa… Un murciélago revoloteaba cerca, como si vigilase lo que tenía por suyo… Tom Walker, aun en aquellas circunstancias, y no obstante las aprensiones que sentía, experimentó cierta alegría al ver el delantal de su mujer… Mas no por otra cosa que porque supuso que aún contendría en su hatillo aquellos útiles de cocina. "Recuperaré primero lo que es mío, que ya sabré arreglármelas sin mi mujer, en caso de que no aparezca", se dijo.

Comenzó a trepar por el árbol, y el murciélago, abriendo las alas cuanto le daban de sí, huyó para esconderse en lo más profundo del bosque… Alcanzó Tom Walker el delantal… pero al deshacer el hatillo no encontró otra cosa que un hígado y un corazón.

Aquello, por cierto, y según lo refieren las más antañonas leyendas del lugar, que son las más fiables, fue cuanto se encontró de la pobre esposa de Tom. Es muy probable, por lo demás, que llegara a hacer un pacto con el hombre oscuro, y que discutiera con él, llegando incluso a gritarle y a insultarlo como hacía habitualmente con su marido, pues si bien una auténtica arpía como ella está de veras capacitada para librar un match con el mismísimo Diablo, acabó llevándose las de perder… Murió, pues, pero vendiendo cara su vida; no en balde encontró Tom Walker huellas numerosas de sus pies, como si se hubieran tratado de plantar firmemente en la tierra y en el barro, cerca y más allá del ciprés, y unos cuantos mechones de pelo negro, largo y reseco, que sin duda pertenecían a la cabellera de ése a quien llamaban el leñador negro… Bien había comprobado en sus carnes Tom, más de una vez, cuán diestra era su mujer para la pelea, y supo que, si bien junto a las huellas de los pies de ella había otras muchas de garras, al hombre oscuro le había costado bastante doblegarla. "¡Por todos los huevos de la serpiente! Hasta el Diablo se habrá llevado más de un mamporro", se dijo.

Tom supo consolarse pronto de la pérdida de su esposa y de aquellas pertenencias, pues era hombre con los nervios templados. Mas aún, hasta sintió poco después cierta gratitud hacia el hombre oscuro, toda vez que le había hecho un favor; seguro que por eso intentó dar de nuevo con él, lo que hizo durante varios días, pero sin éxito. El Diablo parecía evitarlo entonces, pues, aunque de común piensen las gentes lo contrario, no ha de creerse que acude siempre a la primera llamada de los hombres… El viejo patas negras sabe muy bien jugar sus bazas cuando está seguro de ganar la partida.

Al cabo, cuando tan inútiles esfuerzos por encontrarlo agotaron a Tom Walker, según es fama, al extremo de mostrarse dispuesto a aceptar cualquier cláusula del ominoso contrato con tal de hacerse con el tesoro enterrado, una tarde se topó al fin con el leñador negro, que silbaba una melodía mientras caminaba por las veredas del pantano con su gran hacha al hombro… Reaccionó con gran indiferencia ante la alegría que mostraba Tom por haber dado de nuevo con él, apenas le respondió con monosílabos y siguió silbando sin detenerse.

Poco a poco, sin embargo, fue llevando Tom la conversación a lo que más le interesaba, y entonces, sin mayores preámbulos, comenzó a hablar de las condiciones para hacerse con el tesoro del pirata. La primera de todas era, naturalmente, ésa a la que no cabe hacer alusión, pues es de sobra sabida, la principal siempre que el Diablo ofrece un favor a alguien… Pero había otras añadidas, sobre las que el hombre oscuro insistía una vez y otra, aunque por parecerle de menor importancia no alcanzaba Tom Walker a comprender el motivo de su tozudez. Una, por ejemplo, exigía que el dinero que obtuviera mediante su ayuda se empleara en su servicio… Propuso, pues, que Tom lo invirtiese en el comercio de esclavos negros, para lo cual habría de fletar un barco. Aquello, sin embargo, disgustó a Tom, que se negó en redondo; es verdad que su conciencia no era precisamente firme, pero en cualquier caso no le permitía convertirse en un negrero.

Al ver a Tom así de seguro en su negativa, no insistió más; cambió entonces de táctica el Diablo y le pidió que se convirtiera en una especie de prestamista, pues ha de saberse que el Diablo está muy interesado en que aumente la especie de los usureros, a los que ve como si fueran de su propia familia.

No puso objeción alguna Tom Walker en este punto y cerraron prontamente el trato.

—Abrirás tus oficinas en Boston antes de un mes —le dijo el hombre oscuro.

—Mañana mismo, si quieres —dijo Tom Walker.

—Prestarás el dinero a un interés del dos por ciento mensual…

—¡No, hombre, no! Mejor al cuatro por ciento —replicó Tom Walker.

—Extenderás pagarés que no puedan cobrarse, liquidarás las hipotecas, llevarás a los comerciantes a la ruina…

—¡Los mandaré al… demonio! —gritó Tom Walker.

—No olvides que harás usura con mi dinero —dijo el hombre oscuro, muy satisfecho con el trato—. Bien, ¿cuándo quieres que te entregue el tesoro?

—Esta noche.

—¡Hecho! —exclamó el Diablo.

—¡Hecho! —repitió Tom Walker y se estrecharon las manos para cerrar definitivamente el trato.

Pocos días después se vio a Tom Walker sentado tras su escritorio en la casa de préstamos recién abierta en Boston. Supo hacerse muy pronto con una buena reputación, la de un prestamista que daba dinero por buena voluntad más que por afán de negocio… Eran los tiempos en que gobernaba Belcher y las gentes andaban con la bolsa vacía; vivía una época convulsa todo el país, por lo demás, y corría de mano en mano el papel de crédito, los pagarés, pues comenzaba el imperio de los bancos hipotecarios, entre los que destacaba el famoso Land Bank, y se iniciaban también toda clase de especulaciones, entre las que era muy notable la de las viviendas recién construidas, pues llegaba gente en masa a las ciudades con la intención de asentarse en ellas. La continua impresión de papel moneda desató los precios y la gente se ilusionaba además con la colonización de territorios aún salvajes y con la promesa de levantar nuevas ciudades en ellos. Por doquier se veían vendedores a veces de nada con supuestos planos de ciudades que eran El Dorados, de las que nadie había oído decir cosa alguna pero a las que pronto quisieron irse muchos…

En una palabra, la fiebre de aquella gran especulación, algo, por cierto, consustancial a la historia de nuestro país, acabó por desatar un estado en el que cualquiera quería hacerse rico, con nada, de la noche a la mañana. Pero como de común acontece, la fiebre fue cediendo, se esfumaron pronto esos sueños de grandeza y muchos se vieron en la ruina… Quienes habían enfermado con tales sueños vivieron después una larga y dura convalecencia; el país entero, en fin, se lamentaba de aquellos dolorosos «tiempos difíciles».

En medio de tan enorme desastre público, propicio por lo demás para sus intereses, inició Tom Walker su negocio de usurero en Boston… Ante las puertas de sus oficinas se amontonaban las gentes día a día, lo mismo necesitados que aventureros, lo mismo especuladores que contemplaban los negocios como si fueran un juego de naipes, que comerciantes arruinados y otros a los que nadie concedía ya más crédito… En suma, todo aquel que andaba desesperado por la falta de dinero, o por la premura con que se le exigía satisfacer una deuda, allí iba, a las oficinas de Tom Walker, dispuesto al sacrificio.

Tom se mostraba con todos como el amigo universal de los más necesitados, lo que quiere decir, en el fondo, que concedía préstamos, sí, pero con unas condiciones terribles e inflexibles, cuya dureza de por sí grande crecía según la debilidad de uno o según la fama de moroso de otro… Amontonaba pagarés e hipotecas, iba sangrando poco a poco a los incautos que le pedían un préstamo, y luego los abandonaba ante la puerta de su negocio como quien se deshace de una esponja ya vieja y reseca.

Así fue aumentando su riqueza paulatinamente, mientras él se sentaba a esperar en su despacho, mano sobre mano. Devino en poco tiempo en un hombre extremadamente rico y comenzó a construirse, en consecuencia, una de esas grandes mansiones que se hacen los hombres poderosos, la mansión propia de la buena sociedad de la que ya formaba parte, según él, por sus muchos méritos. Sin embargo, seguía siendo Tom tan miserable, que por simple tacañería no acabó de construirse la casa, ni mucho menos de amueblarla… Eso sí, como también era ya muy vanidoso, adquirió un hermoso carruaje… Mas mataba de hambre a los caballos destinados al tiro largo… Los ejes de las ruedas no tardaron en chirriar espantosamente, pues no se cuidaba de que se los engrasaran, por no gastar, y la gente pronto empezó a decir que aquel ruido era el lamento suplicante de las pobres almas que habían acudido a él para pedirle un préstamo.

A medida que fue haciéndose viejo comenzaron a preocupar a Tom Walker ciertas cosas. En realidad, y ya que en este mundo nada le faltaba, comenzó a temer por la otra vida… No tardó mucho en sentir angustia cada vez que recordaba el trato que había hecho con el Diablo, y cada vez más arrepentido de aquello quiso engañarle… Comenzó a frecuentar la iglesia como un devoto; rezaba a voz en grito con una entrega total, como si quisiera ganarse el cielo con la fuerza de sus pulmones. Por la manera en que hacía sus oraciones los domingos parecía que quería quitarse así la pesada carga de los pecados cometidos en el transcurso de la semana… Los demás fieles, gentes de esas que perseveran modestamente y sin aspavientos por la senda de la virtud, no podían por menos que reprocharse no ser capaces de semejante entrega como la que demostraba el usurero. Tom era ya tan violentamente religioso como avaro… Hasta se convirtió en un estricto vigilante, si no en un censor, de sus vecinos, como si cualquier pecado que cometieran lo exonerase de los suyos propios… Incluso llegó a clamar porque fueran perseguidos los cuáqueros y los anabaptistas… En una palabra, su celo religioso se hizo tan notorio como su riqueza.

Mas, a despecho de tales demostraciones de fe, era el miedo que sentía ante la posibilidad de que el Diablo triunfase, a pesar de tanto fervor religioso como demostraba, lo que más le hacía sufrir. Seguramente ese miedo fue lo que hizo que, como cuentan, llevara siempre consigo una pequeña Biblia que guardaba en uno de los bolsillos de su levita… Tenía otra mucho más grande en un cajón de su escritorio, y era común verle leyéndola… Cuando acudía a sus oficinas algún cliente, Tom Walker dejaba sus lentes entre las páginas, con gesto muy teatral, despacioso y solemne, y ejercía como el implacable usurero que era.

Algunos cuentan que Tom, ya en los días de su vejez, fue perdiendo la cabeza poco a poco, y que una vez, creyendo inminente el final de sus días, dio orden de que enterraran a uno de sus caballos, no sin antes herrarlo y ensillarlo convenientemente, con las patas hacia arriba, pues dio en creer que así, llegado el día del Juicio Final, todo se pondría del revés y su montura estaría presta, en consecuencia, para salir huyendo del más que seguro castigo que temía... Ni que decir tiene que estaba decidido a ponerle las cosas difíciles a su oscuro socio, si deseaba llevarse su alma... Aunque, la verdad, mucho me temo que lo anterior no sea más que uno de esos cuentos que tanto gustan a las viejas comadres... Si es cierto que adoptó semejantes y tan excéntricas precauciones, todo fue en vano... La leyenda más verosímil concluye su historia de la siguiente manera:

Una calurosa tarde de verano, una de esas tardes de bochorno que anuncian tormenta, estaba Tom sentado ante su escritorio con su blanco guardapolvos puesto. A punto de desahuciar una hipoteca, con lo que hacía definitiva la ruina de un pobre infeliz, un negociante de poco fuste al que todo le había ido mal, y con quien aparentemente tenía el usurero una gran amistad, el pobre hombre le pidió que le ampliara el plazo unos pocos meses más... Tom, frío e irritable, le dijo que ni un día más.

—Eso supone la ruina para mi familia, su total desamparo —dijo el hombre.

—Lo siento, pero la caridad empieza por uno mismo —le respondió Tom—. Son éstos tiempos muy difíciles y debo mirar por mi negocio...

—Yo le he dado a ganar mucho dinero —adujo el otro.

Tom perdió entonces toda mesura y hasta el mínimo de piedad que le quedaba.

—¡Que el Diablo me lleve —dijo— si me he enriquecido con usted!

Justo apenas acabó de decirlo se dejaron sentir en la puerta tres aldabonazos. Salió Tom Walker a ver de quién se trataba. En el dintel de la puerta un hombre oscuro llevaba de la brida un caballo negro, que resoplaba nervioso y golpeaba el suelo con sus cascos.

—Tom, sígueme —le dijo sin más aquel hombre.

Tom quiso dar un paso atrás y cerrar la puerta, pero ya era tarde. Tenía la Biblia pequeña en el bolsillo de la levita y la grande en la mesa, bajo la hipoteca de aquel infeliz al que estaba decidido a mandar a la ruina... Jamás hubo pecador tan desprevenido como él... El hombre oscuro lo subió de un tirón, lo sentó en la grupa de su caballo, como si fuera un niño, y salió a galope mientras rompía con estrépito la tormenta. Los escribientes de su oficina se pusieron los lápices en la oreja y vieron a través de la ventana cómo se llevaban a su jefe… Así se perdió por las calles de la ciudad Tom Walker, con su guardapolvos blanco agitándose al viento, bajo la lluvia, y con el caballo sacando chispas del empedrado… Pronto desaparecieron de la vista de los escribientes.

Tom jamás pudo liquidar hipoteca alguna. Alguien que vivía cerca del pantano contaría, pasado el tiempo, que cuando comenzó a dejarse sentir aquella tormenta oyó un terrible ruido de herraduras y unos gritos de pánico espantosos… Se asomó entonces a la ventana, para ver de qué se trataba, y vio a un hombre que se cubría con un guardapolvos blanco, gritando desesperado a lomos de un caballo negro, pero se perdió de inmediato en dirección al antiguo fuerte indio… Añadió que muy poco después un rayo cayó en la ciénaga, lo que produjo un gran incendio en el bosque.

Las buenas gentes de Boston movieron la cabeza hacia los lados y se encogieron de hombros, pues no en balde estaban acostumbradas a las historias de brujas, encantamientos y tretas diabólicas, y ahí paró todo, no se horrorizaron especialmente, en contra de lo que cabría esperar ante lo ocurrido. Se constituyó una comisión ciudadana encargada de administrar los bienes de Tom Walker, comisión que no tuvo que trabajar en exceso toda vez que, cuando abrieron el cofre en el que suponían que guardaba su fortuna, vieron que los pagarés y los papeles de las hipotecas habían quedado reducidos a ceniza, y de oro y plata, nada, solo piedras… En las caballerizas de la casa del usurero, por lo demás, no quedaban ni los pencos; en su lugar, sendos esqueletos equinos amarrados a un carruaje destrozado… Al día siguiente la casa ardió de pronto hasta quedar destruida por completo.

Así aconteció el triste fin de Tom Walker y sus dudosas riquezas. Ojalá esta historia llegue al corazón de quienes solo viven para el dinero, pues su veracidad no puede ponerse en duda. Aún se ve en aquel lugar el hoyo bajo los árboles en el que el pirata Kidd escondió su tesoro; y aun en nuestros días, en las noches de tormenta, se contempla a veces, cerca del antiguo fuerte indio, la figura de un jinete que viste un guardapolvos blanco, a todas luces, el espíritu del usurero… De hecho, esta historia ha dado origen a un cuento muy conocido en toda Nueva Inglaterra, acerca del extraño caso del Diablo y Tom Walker.

Hasta donde puedo recordar, ésta es la historia, en esencia, que me refirió el ballenero del Cabo Cod un día de pesca. Su narración, empero, estaba preñada de cosas superfluas, a la manera de ornamento, de las que me he deshecho por considerarlas sin mayor importancia, aunque no por ello dejo de reconocer que el relato, tal y como lo refirió el ballenero, me sirvió de grata diversión aquel día… Así pasamos el tiempo hasta la hora de pisar tierra de nuevo,

Al amparo de un árbol aguardamos las primeras horas de la tarde, en un lugar que conocía bien por las excursiones que allí había hecho en mi adolescencia; es la zona más boscosa de la isla de Manhattan, una propiedad de la familia de los Hardenbroocks… Cerca de donde fondeamos aquel día se alzaba un antiguo panteón holandés, terror de los niños de aquel tiempo y origen de muchas de las macabras historias que nos decíamos en el colegio… Bien, pues durante una de aquellas excursiones costeras que hacíamos al salir del colegio, decidimos un buen día explorar el panteón. Encontramos féretros recargados de píos ornamentos, y claro, una enorme cantidad de huesos… Pero lo más interesante de nuestra aventura era su relación con el casco del barco pirata que se pudría entre las rocas de Hell Gate, pues se daba por verdadera la vinculación de cierto personaje con los filibusteros, cosa que no podía por menos que ser cierta; no era lógico que en un lugar abandonado y de tierras baldías tuviera sus propiedades uno de los más preeminentes burgueses de la región, llamado Ready Money Provost, un hombre al que se le suponían negocios en ultramar, por lo menos misteriosos… Todas esas historias habían formado en nuestras cabezas adolescentes una auténtica conmoción, que en el fondo solo tenía que ver con la atmósfera tenebrosa en la que de común se envuelven, necesariamente, los cuentos y la narración de las aventuras.

Mientras rememoraba todo aquello, mis amigos abrieron la canasta del almuerzo y pusieron las viandas que allí había sobre un mantel extendido en el suelo, bajo los árboles, cerca del agua… Tumbado en la hierba fresca, absorto en mis ensoñaciones tan queridas y en el recuerdo de aquellos días de mi mocedad, hice a quienes me acompañaban partícipes de mis recuerdos. Cuando acabé de referirlos, un anciano burgomaestre que nos acompañaba, John Jorre Vandermoere, el mismo que me contó tiempo atrás las aventuras de Dolph Heyliger, rompió el silencio para decir que también él recordaba una historia acerca de un tesoro, un hecho ocurrido en donde vivía, que acaso sirviera para explicar convenientemente algunas de las supersticiones que yo había conocido en mi adolescencia. Como le pedimos por favor que nos contase aquel hecho, de buen carácter como era accedió de inmediato… Por lo demás, y puesto que se trataba de un hombre honesto y de probada inteligencia, ninguno de los allí presentes dudó de la veracidad de su relato, así que encendimos nuestras pipas con el excelente tabaco Blase Moore's y nos dispusimos a escuchar atentamente.

LA TRANSFORMACIÓN *por Mary Shelley*

He oído decir que cuando alguna aventura extraña, sobrenatural y de carácter necromántico le ha sucedido a algún ser humano, dicho ser, no importa el deseo que tenga de ocultarlo, en cierto periodos se siente destrozado como por un terremoto intelectual y se ve forzado a desnudar sus profundidades interiores a otra persona. Yo soy testigo de la verdad de esta afirmación. Me he jurado a mí mismo no revelar jamás a oídos humanos los horrores a los que una vez, por exceso de un orgullo malévolo, me entregué. El hombre santo que oyó mi confesión y me reconcilió con la Iglesia está muerto. Nadie más sabe lo que aquí me dispongo a contar.

¿Por qué no habría de ser así? ¿Por qué contar una historia de impía tentación de la Providencia, sometedora del alma a la humillación? ¿Por qué? ¡Contéstame, tú que eres sabio en los secretos dela naturaleza humana! Sólo sé que es así; y a pesar de una fuerte decisión —de un orgullo que me domina en exceso—, de vergüenza e incluso de miedo de hacerme odioso a mi propia especie, debo hablar.

¡Génova! Mi lugar de nacimiento. ¡Ciudad orgullosa que da a las azules aguas del Mediterráneo! ¿Me recuerdas en mi infancia, cuando los riscos y promontorios, tu brillante cielo y alegres viñedos eran mi mundo? ¡Felices tiempos! Cuando par el corazón joven el universo de estrechos límites deja, por su propia limitación, un sendero libre a la imaginación, encadena nuestras energías físicas y es el único período en nuestras vidas en que la inocencia y el gozo están unidos. No obstante, ¿quién puede mirar atrás, a la infancia, y no recordar sus dolores e inquietantes temores?

Yo nací con el espíritu más arrogante, altivo e indomable con que jamás se viera dotado un mortal. Sólo ante mi padre me arredraba, y él, generoso y noble, pero caprichoso y tiránico, al mismo tiempo fomentaba y refrenaba esa salvaje impetuosidad de mi carácter, haciendo necesaria la obediencia, pero sin inspirar respeto por los motivos que guiaban sus órdenes. Ser un hombre, libre e independiente, o, en mejores palabras, insolente y dominante, era la esperanza y anhelo de mi rebelde corazón.

Mi padre tenía un amigo, un genovés noble y rico, que en un tumulto político se vio repentinamente sentenciado al destierro y sus propiedades fueron confiscadas. El marqués de Torella fue solo al exilio. Al igual que mi padre, era viudo. Tenía una hija, la pequeña Juliet, que quedó bajo la custodia de mi padre. Ciertamente, yo habría sido un maestro poco amable para la adorable muchacha, pero por mi posición me vi obligado a convertirme en su protector. Diversidad de incidente llevaron a un único punto: que Juliet viera en mí una roca de refugio, y yo en ella a una persona que debía perecer por la suave sensibilidad de su naturaleza rudamente sacudida, de no ser por mis cuidados de guardián.

Crecimos juntos. La rosa que se abre en mayo no era más dulce que esta querida joven. Su rostro irradiaba belleza. Su silueta, su andar, su voz... Mi corazón llora incluso ahora al pensar en todo el candor, amabilidad, amor y pureza encerrados en esa morada celestial. Cuando yo tenía once años y Juliet ocho, un primo mío, mucho mayor que los dos —a nosotros nos parecía un hombre—, le prestó mucha atención a mi compañera de juegos. La llamó "su prometida" y le pidió que se casara con él. Ella se negó y él insistió, atrayéndola contra su voluntad hacia él. Con el semblante y las emociones de un maníaco, me lancé sobre él y me fané por desenfundar su espada. Me aferrá a su cuello con la feroz resolución de ahorcarle; tuvo que pedir ayuda para que me separaran.

Aquella noche llevé a Juliet a la capilla de nuestra casa e hice que tocara las reliquias sagradas: intimidé su corazón infantil y profané sus labios de niña con el juramento de que sería mía, sólo mía.

Bueno, aquellos días pasaron. Torella regresó pocos años después, y se hizo más rico y próspero que nunca. Cuando tenía diecisiete años, murió mi padre; había sido magnífico en el despilfarro. Torella sintió júbilo porque mi minoría de edad le brindaría la oportunidad de incrementar mi riqueza. Juliet y yo habíamos sido prometidos junto al lecho de muerte de mi padre... Torella iba a ser un segundo padre para mí. Tuve deseos de ver mundo y se me concedió. Fui a Florencia, a Roma, a Nápoles. Desde allí pasé a Toulon, y por fin llegué a lo que había sido el centro de mis deseos: París.

Por entonces reinaba una actividad frenética en París. El pobre rey, Carlos VI, ora cuerdo, ora loco, ora un monarca, ora un esclavo abyecto, era la burla personificada de la humanidad. La reina, el delfín, el duque de Borgoña, alternativamente amigos y enemigos —ya fuera reuniéndose en banquetes derrochadores, ya fuera derramando sangre en rivalidad— estaban ciegos al desgraciado estado de su país y a los peligros que pendían sobre él, y se entregaban por entero al gozo disoluto o a la lucha salvaje. Mi personalidad aún seguía conmigo. Era arrogantes y obstinado; amaba el alarde y, por encima de todo, carecía de control alguno. ¿Quién iba a controlarme en Paris?

Mis jóvenes amigos se mostraban ansiosos por alimentar pasiones que les proporcionaban placer. Se me consideraba atractivo, era maestro en todos los logros de un caballero. No estaba relacionado con ningún partido político. Llegué a ser el favorito de todos. Debido a mi juventud se me perdonaba toda presunción y altivez: y así me convertí en un joven consentido. ¿Quién podía controlarme? No las cartas y consejos de Torella... sólo la fuerte necesidad que me visitaba bajo la aborrecida forma de una bolsa vacía. Mas había medios para rellenar ese vacío. Vendí acre tras acre, propiedad tras propiedad. Mis ropas, mis joyas, mis caballos y sus jaeces casi no tenían rival en el suntuoso París, mientras las tierras de mi herencia pasaban a manos de otros.

El duque de Orleáns fue emboscado y asesinado por el duque de Borgoña. El miedo y el terror se apoderaron de París. El delfín y la reina se aislaron; se suspendieron todos los placeres. Yo me cansé de ese estado de cosas... Mi corazón ansiaba mis correrías infantiles. Casi era un mendigo; sin embargo, podía regresar, reclamar a mi prometida y reconstruir mis riquezas. Unas cuantas empresas felices como comerciante me harían rico de nuevo. No obstante, no retornaría con aspecto humilde. Mi última disposición fue desprenderme de mi propiedad próxima a Albaro por la mitad de su valor a cambio de dinero inmediato. Luego despaché toda clase de artesanías, tapices y muebles de esplendor real para preparar lo último que me quedaba de la herencia: mi palacio de Génova. Pero aún me demoré un poco más, avergonzado por el papel de hijo pródigo que debía representar.

Envié mis caballos. Le mandé a mi prometida una jaca española sin igual, cuyos jaeces centelleaban con joyas reales y telas de oro. En todas partes hice grabar las iniciales de Juliet y su Guido. Mi regalo obtuvo favor a ojos de ella y de su padre. No obstante, retornar como un derrochador proclamado, con la marca del despilfarro impertinente, quizá para el escarnio y el encuentro sólo de reproches o burlas de mis compatriotas, no era una perspectiva alentadora. Como un escudo que me protegiera de la censura, invita a unos pocos de mis camaradas más intrépidos a acompañarme: así fui armado contra el mundo, escondiendo un sentimiento ulcerado, mitad miedo y mitad penitencia, con una exhalación osada e insolente de vanidad satisfecha.

Llegué a Génova. Recorrí los senderos de mi palacio ancestral. Mi orgulloso paso no era representante de mi corazón, pues en lo más hondo sentía que, aunque rodeado por todos los lujos, no era más que un mendigo. El primer movimiento que hiciera por reclamar a Juliet me declararía a todo el mundo como tal. Leí desprecio o pena en las miradas de todos. Supuse, tan propensa es la conciencia a imaginar lo que merece, que ricos y pobres, jóvenes y viejos, me contemplaban con burla. Torella no vino a verme. No era de extrañar que mi segundo padre esperara la deferencia de un hijo por mi parte y fuera yo el primero en visitarle. Pero, hostigado y aguijoneado por cierto sentido de vergüenza por mis locuras y deméritos, me afané por culpar a otros.

Celebrábamos fiestas nocturnas en el Palazzo Carega. Esas noches en vela y salvajes eran seguidas por mañanas apáticas en las que me entregaba a toda suerte de negligencias. A la hora del Ave María mostrábamos nuestras refinadas personas en las calles, mofándose de los ciudadanos sobrios, echando insolentes miradas a las mujeres aterrorizadas. Juliet no se encontraba entre ellas... No, no; si hubiera estado allí, la vergüenza me habría espantado, siempre que el amor no me hubiera obligado a postrarme a sus pies.

Me cansé de eso. De repente le hice una visita al marqués. Se hallaba en su villa, una de las tantas que se extienden por los alrededores de San Piero d'Arena. Era el mes de mayo —un mes de mayo en el jardín del mundo—: los capullos de los árboles frutales perdiéndose entre el follaje verde y denso; las parras dando sus frutos; el suelo recubierto con las flores del olivo; las luciérnagas en los setos del mirto... el cielo y la tierra lucían un manto de insuperable belleza. Torella me recibió con una calurosa bienvenida, aunque seria; e incluso esa sombra de desagrado que exhibía pronto desvaneció. Algún parecido con mi padre, algún rasgo de ingenuidad infantil que aún acechaba en su interior a pesar de mi comportamiento, ablandaron el corazón del buen anciano. Envió a buscar a su hija y me presentó a ella como su prometido. Cuando entró, la estancia se iluminó con una luz sagrada. En ella anidaba el aspecto de querubín, esos ojos grandes y suaves, las mejillas con hoyuelos y la boca de infantil dulzura que expresan esa rara unión de felicidad y amor.

Primero me poseyó la admiración; ¡es mía!, fue la segunda emoción orgullosa, y mis labios se alzaron con altivo triunfo. Yo no había sido el enfant gâté de las bellezas de Francia como para no haber aprendido el arte de complacer el corazón blando de una mujer. Si hacia los hombres era altanero, la deferencia con que trataba a las mujeres producía mayor contraste. Comencé mi cortejo a Juliet con mil galanterías, que, jurada a mí desde la infancia, jamás había concedido dicha devoción a otros, y, aunque acostumbraba a las expresiones de admiración, no estaba iniciada en el lenguaje de los amantes.

Durante unos pocos días todo fue bien. Torella jamás hizo una alusión a mi extravagancia y me trató como a un hijo favorito. Pero llegó el día, cuando discutíamos los preliminares de mi unión con su hija, en que ese hermoso rostro de las cosas cambió completamente. Se había redactado un contrato en vida de mi padre. De hecho, yo lo había anulado al haber despilfarrado todas las riquezas que debíamos compartir Juliet y yo. Torella, en consecuencia, eligió considerar cancelado ese lazo y propuso otro, en el que, aunque la fortuna que entregaba se veía inconmensurablemente incrementada, tenía tantas restricciones en cuanto a la manera de gastarla que yo, que veía la independencia sólo en el libre curso de mi voluntad, le ridiculicé diciendo que se aprovechaba de mi situación y me negué en redondo a suscribir sus condiciones. El anciano intentó con suavidad hacerme entrar en razón. El orgullo enardecido se convirtió en el tirano de mi pensamiento: escuché con indignación y le rechacé con desdén.

—¡Juliet, tú eres mía! ¿Acaso no intercambiábamos juramentos en nuestra inocente infancia? ¿No somos uno a los ojos de Dios? ¿Dejarías que el frío corazón y la gélida sangre de tu padre nos separen? Sé generoso, amor mío, sé justa; no retires un regalo, el último tesoro de tu Guido, no reniegues de tu juramento; desafiemos al mundo y, ajenos a los cálculos de la edad, encontremos en nuestro mutuo afecto un refugio para todos los males.

Qué abyecto debí de haber sido para envenenar con semejantes sofismas el santuario del pensamiento sagrado y el tierno amor. Asustada, Juliet se apartó de mí. Su padre era el mejor y más amable de los hombres, y se esforzó en mostrarme cómo nos veríamos llenos de bienes si le obedecía. Él recibiría mi tardía sumisión con cálido afecto, y mi arrepentimiento obtendría un generoso perdón. Infructuosas palabras empleadas por una joven y gentil hija con un hombre acostumbrado a hacer su voluntad e imponer su ley... ¡y que tenía en su propio corazón un déspota tan terrible y decidido que a nadie podía entregar obediencia salvo a sus deseos irrefrenables!

Mi resentimiento creció con la resistencia, y mis impetuosos compañeros estaban dispuestos a añadirle combustible a las llamas. Trazamos un plan para secuestrar a Juliet. Al principio pareció estar coronado por el éxito. A mitad de la empresa, a nuestro regreso, fuimos sorprendidos por el desesperado padre y sus criados. Surgió el conflicto. Antes de que llegara la guardia de la ciudad para decidir la victoria a favor de nuestros antagonistas, dos de los sirvientes de Torella fueron heridos de gravedad.

Esta parte de la historia me pesa mucho. Hombre cambiado como soy, me aborrezco con el recuerdo. Que nadie que pueda oír esta historia se sienta alguna vez como me sentí yo. Un caballo enfurecido por un jinete con espuelas punzantes no era más esclavo que yo de la violenta tiranía de mi temperamento. Un espíritu maligno poseía mi alma, irritándola hasta la locura. Escuché la voz de la conciencia en mi interior, pero si me entregué a ella durante un fugaz intervalo, sólo sería un momento antes de verme arrancado como por un remolino... transportado en la corriente de la furia desesperada, juguete de tormentas engendradas por el orgullo. Fui encarcelado, y puesto en libertad a instancias de Torella.

De nuevo regresé para llevarle a él y a su hija a Francia, desventurado país, asolado entonces por saqueadores y bandas de soldados sin ley, que ofrecía un agradecido refugio a un criminal como yo. Nuestros planes fueron descubiertos. Se me sentenció al destierro; y, como mis deudas ya eran enormes, lo que quedaba de mis propiedades fue puesto en manos de comisarios como pago. De nuevo Torella ofreció su mediación, solicitando tan sólo mi promesa de no reanudar mis intentos fallidos contra él y su hija. Rechacé su oferta e imaginé que triunfaba cuando me expulsaron de Génova: un exiliado solitario y en la bancarrota. Mis compañeros habían desaparecido: fueron expulsados de la ciudad unas semanas antes y ya se hallaban en Francia. Estaba solo... sin amigos, sin una espada a mi lado, y ni un solo ducado en la bolsa.

Vagué por la playa, mientras un remolino de pasión poseía y desgarraba mi alma. Era como si un rescoldo al rojo me estuviera quemando el pecho. Al principio medité en lo que debía hacer. Me uniría a una banda de saqueadores. ¡Venganza! La palabra me pareció un bálsamo: la abracé, la acaricié, hasta que, como una serpiente, me picó. Entonces, una vez más, abjuraría de Génova y despreciaría ese pequeño rincón del mundo. Volvería a París, donde vivían tantos de mis amigos, donde mis servicios serían aceptados de buena gana, donde me ganaría una fortuna con la espada y podría, con el éxito obtenido, establecer un vil hogar y hacer que el falso Torella lamentara el día, como un nuevo Coriolano, en que me expulsó de sus muros. ¿Retornaría a París así, a pie, como un mendigo, y me presentaría en mi pobreza a aquellos a quienes antes había agasajado con lujo? El solo pensamiento me producía bilis.

La realidad de las cosas comenzó a establecerse en mi cabeza, sumergiéndome en la desesperanza. Durante varios meses había sido un prisionero: la malignidad de mis mazmorras había azotado mi alma hasta la locura y había sometido mi cuerpo. Me encontraba débil y demacrado. Torella había usado mil artificios para proporcionarme comodidad, pero yo los había detectado y despreciado, recogiendo la cosecha de mi obstinación. ¿Qué debía hacer? ¿Arrodillarme ante mi enemigo y suplicar el perdón? ¡Antes preferiría padecer mil muertes! ¡Jamás obtendrían su victoria! ¡Odio! ¡Juré un odio eterno! ¿Odio de quién? De un proscrito errante a... un noble poderoso. Para ellos, mis sentimientos y yo no éramos nada: ya habían olvidado a alguien tan insignificante. ¡Y Juliet! Su rostro de ángel y su figura de sílfide resplandecieron entre las nubes de mi desesperación con vana belleza, pues la había perdido... ¡La gloria y flor del mundo! ¡Otro diría que era suya! ¡Esa sonrisa del paraíso bendeciría a otro!

Incluso ahora mi corazón sufre un vuelco cuando me detengo en estos pensamientos lóbregos. Ora sometido a las lágrimas, ora delirando en mi agonía, seguí vagando por la rocosa playa, que se hacía más violenta y desolada a cada paso. Salientes de piedra y terribles precipicios daban a un océano quieto; cavernas negras enseñaban sus bocas como en un bostezo, y eternas entre los nichos desgastados por el mar las aguas murmuraban y rompían. A veces mi camino se veía frenado por un promontorio abrupto, a veces se hacía casi infranqueable por restos caídos del risco. Era casi de noche cuando, desde el mar y como siguiendo la estela de la mano de un hechicero, se levantó una turbia red nubosa, ocultando el azul intenso del cielo, oscureciendo y perturbando las profundidades hasta ahora plácidas.

Las nubes tenían unas formas extrañas y fantásticas, y cambiaban y se mezclaban, y parecían ser manejadas por un poderoso encantamiento. Las olas alzaron sus blancas crestas; el trueno susurró, y luego rugió desde el extremo de las aguas, que adquirieron una fuerte coloración púrpura, moteadas de espuma. El lugar donde yo me erguía daba por un lado al extenso océano, y por el otro se hallaba interrumpido por un escarpado promontorio. De repente, rodeando el cabo e impulsado por el viento, surgió un navío. En vano trataron los marineros de abrirse paso hacia el mar abierto... el fuerte viento lo empujaba hacia las rocas. ¡Perecerían! ¡Todos los que iban a bordo morirían! ¡Ojalá yo estuviera entre ellos! Y por primera vez mi joven corazón recibió la idea de la muerte con júbilo. Era una visión terrible contemplar a ese barco luchando con su destino.

Apenas podía discernir a los marineros, pero los oía. ¡En poco tiempo terminó todo! Una roca que acababa de ser cubierta por las olas, invisible en ese momento, aguardaba a la presa. Un trueno explotó sobre mi cabeza en el instante en que el esquife se lanzó sobre su enemigo invisible con un espantoso impacto. En un breve espacio de tiempo se hizo pedazos. Allí me encontraba yo, luchando sin esperanza alguna contra la aniquilación. Con demasiada claridad oí sus gritos, que con aguda agonía conquistaban el fragor de que los rodeaba. Las oscuras olas agitaban de un lado a otros los restos del naufragio, que pronto desaparecieron. Con fascinación observé hasta el final; por último, caí de rodillas y me cubrí la cara con las manos.

Al rato alcé la vista y vi que algo flotaba en el remolino, acercándose más y más a la playa. ¿Se trataba de una figura humana? Se hizo más nítida; y una última y poderosa ola alzó toda la embarcación y la dejó encallada en una roca. ¡Un ser humano a horcajadas en un cofre! ¡Un ser humano! Pero ¿lo era de verdad? Seguro que nada igual había existido antes: un enano con ojos entrecerrados, facciones distorsionadas y un cuerpo deforme... hasta que se convirtió en un horror a la vista. Mi sangre, que había sentido compasión hacia un congénere así arrebatado de su tumba acuosa, se heló en torno a mi corazón. El enano se bajó del cofre y se apartó el pelo lacio y enredado de su odioso semblante.

—¡Por San Belcebú! —exclamó—. ¡He sido derrotado! —miró a su alrededor y me vio—. ¡Oh, por el espíritu maligno! He aquí otro aliado del poderoso. ¿A qué santo le ofreciste plegarias, amigo.... sino al mío? Sin embargo, no te recuerdo a bordo.

Me encogí ante el monstruo y su blasfemia. De nuevo volvió a interrogarme, y emití una réplica inaudible. Él continuó:

—Tu voz está ahogada por este rugido disonante. ¡Qué ruido crea este inmenso océano! Los colegiales que salen de su prisión no son más estruendosos que estas olas libres para jugar. Me molestan. No soportaré más su bravuconería. ¡Silencio, anciano! ¡Vientos, cesen! ¡A sus hogares! ¡Nubes, vuelen a las antípodas y despejen nuestro cielo!

Mientras hablaba, extendió los dos brazo largos y flacos, parecidos a las patas de una araña, y dio la impresión de abrazar con ellos la extensión de agua que había ante él. ¿Era un milagro? Las nubes se quebraron y huyeron; el cielo azul se asomó, y luego fue como un campo apacible sobre nosotros; el viento tormentoso fue cambiado por una suave brisa que sopló desde el oeste; el mar se calmó; las olas se convirtieron en ondas.

—Me gusta la obediencia incluso en estos estúpidos elementos —dijo el enano—.¡Cuánto más en la mente indómita de un hombre! Has de reconocer que fue una buena tormenta... y toda de mi creación.

Era tentar a la Providencia intercambiar palabras con este mago. Pero el Poder, en todas sus formas, resulta venerable para un hombre. El miedo, la curiosidad y una persistente fascinación me acercaron a él.

—Vamos, no tengas miedo, amigo —indicó el deforme—. Cuando me complacen tengo buen humor, y algo me place en tu cuerpo bien proporcionado y en tu atractiva cara, aunque pareces estar un poco abatido. Tú has sufrido un desastre de tierra... y yo uno de mar. Quizá pueda aliviar tu desgracia, tal como hice con la mía. ¿Somos amigos? —y alargó la mano, aunque no pude tocarla—. Bueno, entonces, compañero... eso bastará. Y ahora, mientras descanso después del ajetreo que acabo de aguantar, cuéntame por qué, joven y galante como pareces, vagas así solo y melancólico por esta playa salvaje.

La voz del enano era chirriante y espantosa, y las contorsiones que realizaba mientras hablaba pavorosas de ver. No obstante, obtuvo cierta influencia sobre mí, una influencia que no pude dominar, y le narré mi historia. Cuando terminé, se rio larga y sonoramente. Las rocas devolvieron el eco del sonido: a mi alrededor parecía aullar el infierno.

—¡Oh, primo de Lucifer! —dijo—. De modo que tú también has caído por tu orgullo y, aunque brillante como el sol de la mañana, estás dispuesto a abandonar tu buen aspecto, tu prometida y tu bienestar antes que someterte a la tiranía del bien. ¡Por mi alma que honro tu elección! Así que has huido y entregado el día, y pretendes morirte de hambre en estas rocas y dejar que las aves te arranquen los ojos, mientras tu enemigo y tu prometida se regocijan en tu ruina. Pienso que tu orgullo es extrañamente afín a la humildad.

Mientras hablaba, mil pensamientos aguijonearon mi corazón.

—¿Qué querías que hiciera? —grité.

—¡Yo! Oh, nada, sino que te arrodilles y digas tus oraciones antes de morir. Pero, si yo estuviera en tu lugar, sé lo que habría que hacer.

Me acerqué a él. Sus poderes sobrenaturales les convertían a mis ojos en un oráculo, pero un escalofrío extraño y fantástico recorrió mi cuerpo cuando dije:

—¡Habla! Enséñame... ¿Qué aconsejas?

—¡Véngate, hombre! ¡Humilla a tus enemigos! ¡Pisa con tu pie el cuello del viejo y posee a su hija!

—¡Me vuelvo al este y al oeste, y no veo ningún medio de conseguirlo! —exclamé—. Si tuviera oro podría lograr mucho; pero, pobre y solo como estoy, me siento inerme.

El enano había permanecido sentado sobre su cofre mientras escuchaba mi historia. En ese momento se levantó, tocó un muelle y el baúl se abrió. ¡Qué fuente de riquezas, de centelleantes joyas, resplandeciendo oro y pálida plata había dentro! Me poseyó un frenético deseo de tener ese tesoro.

—Sin duda —comenté—, alguien tan poderoso como tú podría realizar cualquier cosa.

—No —repuso con humildad el monstruo—. Soy menos omnipotente de lo que parezco. Poseo algunas cosas que tú puedes codiciar, pero las entregaría todas por una pequeña parte, incluso un préstamo, de lo que es tuyo.

—Mis posesiones están a tu servicio —dije con amargura—: mi pobreza, mi exilio, mi desgracia... todas te las doy libremente.

—¡Bien! Te lo agradezco. Añade otra cosa a tu regalo, y mi tesoro es tuyo.

—¿Como nada es mi única herencia, ¿qué cosa, aparte de la landa, querrías poseer?

—Tu hermosa cara y tus miembros bien hechos.

Temblé. ¿Me asesinaría este monstruo todopoderoso? Carecía de daga. Me olvidé de rezar... y me puse pálido.

—Pido un préstamo, no un regalo —dijo esa cosa abyecta—; préstame tu cuerpo por tres días... tú tendrás el mío para encerrar tu alma mientras tanto, y, como pago, mi cofre. ¿Qué contestas al trato? Tres cortos días.

Se nos dice que es peligroso mantener tal conversación impía... y bien lo demuestro yo. Escrito con palabras blandas, puede parecer increíble que le prestara alguna atención a esa proposición, pero, a pesar de su fealdad antinatural, había algo fascinante en un ser cuya voz era capaz de gobernar la tierra, el aire y el mar. Sentí un agudo deseo de aceptar, pues con ese cofre podría dominar el mundo. Mi única vacilación provenía del temor de que no cumpliera su parte del trato.

Entonces pensé que pronto moriría en estas arenas solitarias y que los miembros que él codiciaba ya nunca más serían míos: valía la pena el riesgo. Además, yo sabía que por todas las reglas del arte de la magia había fórmulas y juramentos que ninguno de sus practicantes se atrevería a romper. Titubeé en mi respuesta; y el continuó, ora exhibiendo sus riquezas, ora mencionando el precio insignificante que exigía, hasta que pareció una locura negarse a ello. Es así como sucede: colocamos la barca en la corriente del río y hacia la catarata se precipita; entregamos nuestro vehículo al salvaje torrente de la pasión y estamos perdidos sin saber dónde vamos.

Pronunció muchos juramentos, y yo le conjuré con muchos nombres sagrados, hasta que vi a esa maravilla de poder, a ese gobernador de elementos, temblar como una hoja de otoño ante mis palabras. Y como si el espíritu hablara a regañadientes y a la fuerza en su interior, al fin él, con voz rota, reveló el hechizo con el que se le podía obligar, si llegaba a traicionarme, a entregarse. Nuestra sangre caliente debía mezclarse para realizar y establecer el encantamiento.

Basta de este impío tema. Me convenció... y el pacto fue sellado. La mañana cayó sobre mí mientras yacía allí tendido en las ripias, y ni siquiera reconocí mi sombra. Me sentí transformado a una forma de horror y maldije mi fácil fe y mi ciega credulidad. El cofre estaba ahí: el oro y las piedras preciosas por los que había vendido el cuerpo de carne que la naturaleza me había dado. Su visión calmó un poco mis emociones: tres días pasarían pronto.

Y pasaron.

El enano me había proporcionado abundante comida. Al principio, apenas podía caminar, tan extraños y mal articulados eran mis miembros; y mi voz... era la de un demonio. Pero guardé silencio, y giré mi cara al sol con el fin de no ver mi sombra, y conté las horas y medité en mi conducta futura. Poner a Torella a mis pies y poseer a Juliet a pesar del viejo eran cosas que toda esta riqueza fácilmente podría conseguir. Durante las oscuras noches dormí y soñé con el logro de mis deseos. Dos soles se habían puesto... y el tercero salía. Me encontraba agitado, temeroso.

¡Oh, expectación, qué cosa espantosa eres cuando te aviva más el miedo que la esperanza! Cómo clavas aguijones desconocidos por todo nuestro débil mecanismo, ora quebrándonos como un cristal roto, hasta convertirnos en nada..., ora proporcionándonos nuevas fuerzas que nada pueden hacer, atormentándose con una sensación como la que debe experimentar el hombre fuerte que no puede romper sus cadenas aunque éstas se doblen en sus manos. Despacio subió el disco brillante por el cielo oriental; largo tiempo permaneció en el cenit, y aún más despacio descendió por el oeste: tocó el borde del horizonte... ¡y se perdió! Su gloria se hallaba en la cima del risco y se tornó grisácea. La estrella vespertina brilló deslumbrante. Él llegaría pronto.

¡No vino! ¡Por los cielos vivos, no vino! Y la noche se arrastró cansinamente y, en su sensibilidad, el día comenzó a emblanquecer su oscuro cabello, y el sol volvió a alzarse de nuevo sobre el deforme más desgraciado que jamás viera la luz. Así pasé tres días. ¡Oh, cómo aborrecía las joyas y el oro!

Bueno, bueno... no ensombreceré estas páginas con delirios demoníacos. Demasiado terribles fueron los pensamientos y el tumulto furioso que llenaban mi alma. Al final, dormí; no lo había hecho antes del tercer crepúsculo. Y soñé que me encontraba a los pies de Juliet y que ella sonreía, pues aún su hermoso amado se arrodillaba ante ella. Pero no era yo... era él, el demonio mostrándose con mi cuerpo, hablando con mi voz, ganándola con muestras de amor. Me afané por advertirla, pero mi lengua se negó a hablar; me esforcé por arrancarlo de ella, pero me hallaba enraizado en el suelo... desperté con la agonía. Ahí estaban los precipicios solitarios, el mar tumultuoso, la playa tranquila y, encima de todo, el cielo azul. ¿Qué significado tenía? ¿Era mi sueño un espejo de la verdad? ¿Estaba él cortejando y ganándose a mi prometida? Al instante regresaría a Génova... pero me encontraba desterrado. Me reí: el aullido del enano salió de mis labios.

¡Yo desterrado! ¡Oh, no! No habían exiliado los espantosos miembros que llevaba; con ellos podría entrar en mi ciudad natal sin temor a incurrir en el temido castigo de la muerte.

Comencé a caminar en dirección a Génova. Ya me había acostumbrado algo a mis extremidades deformadas. Nadie jamás había estado tan mal adaptado al movimiento recto, y con infinita dificultad conseguí avanzar. También deseaba evitar todos los villorrios que había diseminados por la costa, pues me sentía reacio a exhibir mi horrible fealdad. No estaba muy seguro de que si era visto los niños no me apedrearían hasta matarme por ser un monstruo, y recibí algunos saludos desagradables de los pocos campesinos o pescadores con los que me encontré por casualidad.

Era noche cerrada cuando me aproximé a Génova. El clima era tan tonificante y dulce que se me ocurrió que el marqués y su hija habrían dejado la ciudad, marchándose a su retiro de campo. Había sido en la villa Torella donde había intentado secuestrar a Juliet, y había pasado muchas horas reconociendo el lugar, de modo que conocía cada centímetro de tierra de los alrededores. Se hallaba situada en un paraje hermoso, rodeada de árboles a la orilla de un río. Mientras me acercaba, se hizo evidente que mi conjetura era correcta; no, más aún, que las horas allí se estaban dedicando al júbilo y a la celebración. La casa se veía iluminada y la brisa transportaba melodías de música suave y alegre. Se me hundió el corazón. Tal era la generosa amabilidad del corazón de Torella que tuve la certeza de que no se habría entregado a públicas manifestaciones de gozo justo después de mi lamentable destierro, salvo por una cauda que no me atreví a pensar.

La gente rezumaba alegría. Se hizo necesario que me ocultara para observar. Sin embargo, sentí deseos de interrogar a alguien, o de oír las palabras de otros para obtener cualquier información de lo que ocurría. Por último, entrando en los paseos que se hallaban en proximidad inmediata a la mansión, encontré uno lo suficientemente oscuro para ocultar mi excesiva fealdad, por donde paseaban otras personas mientras yo me ocultaba a su sombra. Pronto descubrí todo lo que quería saber, lo cual hizo que primero mi corazón muriera de horror, y luego hirviera de indignación. Juliet sería entregada mañana al penitente, reformado y amado Guido... ¡Mañana mi prometida pronunciaría sus juramentos a un demonio del infierno! ¡Y yo había permitido que sucediera!

Mi maldito orgullo, mi demoníaca violencia y perversa idolatría personal habían provocado esta situación. Pues si hubiera obrado como lo había hecho el deforme que me había robado el cuerpo...; si, con porte humilde y al mismo tiempo digno, me hubiera presentado ante Torella, diciendo que había actuado mal y que me perdonara.

—Soy indigno de tu ángel, pero permíteme que la reclame cuando mi conducta cambiada manifieste que renuncio a mis vicios y me esfuerzo por llegar a ser, de algún modo, digno de ella. Iré a servir contra los infieles, y cuando mi celo por la religión y mi verdadera penitencia por el pasado te parezca que cancelen mis delitos, permite que de nuevo me llame hijo tuyo.

Así habría hablado; y el penitente habría sido recibido tan bien como el hijo pródigo de las escrituras: para él se habría matado al ternero cebado, y siguiendo todavía el mismo sendero, exhibiría un pesar tan abierto por sus locuras, una concesión tan humilde de todos sus derechos y una resolución tan ardiente por conseguirlos de nuevo mediante una vida de contrición y virtud, que rápidamente habría conquistado al amable anciano, a lo que en rápida sucesión seguirían un perdón completo y la entrega de su adorable hija.

¡Oh! ¡Ojalá un ángel del Paraíso me hubiera inspirado para que actuara así! Pero, ahora, ¿cuál será el destino de la inocente Juliet? ¿Permitirá Dios la horrible unión o, si algún prodigio la destruye, enlazará el deshonrado nombre de Carega con el peor de los crímenes? Iban a ser desposados mañana al amanecer, y sólo había una manera de impedirlo: encontrarme con mi enemigo y obligarle a la ratificación de nuestro acuerdo. Pensaba que sólo se podía conseguir con una lucha mortal. No tenía espada —siempre que mis distorsionados brazos pudieran empuñar el arma de un soldado—, pero sí una daga, y en ella radicaba toda mi esperanza. No había tiempo para meditar la cuestión: podía morir en el intento, pero aparte de los ardientes celos y la desesperación de mi propio corazón, el honor, la simple humanidad, reclamaban que yo cayera antes que no poder destruir las maquinaciones del demonio.

Los invitados se marcharon y las luces comenzaron a extinguirse: era evidente que los habitantes de la villa buscaban el reposo. Me oculté entre los árboles: el jardín quedó desierto, las puertas se cerraron... Salí de mi escondite y llegué hasta una ventana. ¡Ah, bien la conocía! Una suave luz crepuscular brillaba en el cuarto, y las cortinas estaban medio corridas. Era el templo de la inocencia y la belleza. Su magnificencia se hallaba templada por el ligero desorden provocado por estar habitado, y todos los objetos dispersos en la estancia exhibían el gusto de la mujer que lo santificaba con su presencia.

La vi entrar con paso veloz y ligero; la vi acercarse a la ventana y descorrer aún más la cortina y mirar en la noche. La fresca brisa jugó con sus rizos y los apartó del mármol transparente de su frente. Juntó las manos y alzó los ojos al cielo. Oí su voz.

—¡Guido! —susurró con suavidad—, ¡mi Guido!.

Y entonces, como si viera dominada por la plenitud de su corazón, cayó de rodillas: sus ojos levantados, su actitud negligente pero grácil, la radiante actitud que iluminaba su cara, ¡oh, éstas no son más que palabras blandas!

Corazón mío, siempre has imaginado, aunque no puedes retratarla, la belleza celestial de aquella hija de la luz y el amor.

Oí un paso, un paso rápido y firme a lo largo de la avenida en sombras. Pronto vi a un caballero ricamente ataviado, joven y, creo, hermoso a la vista, avanzando. Me escondí aún más. El joven se aproximó y se detuvo bajo la ventana. Ella se incorporó y, mirando de nuevo al exterior, le vio, y dijo... no puedo, no, pasado tanto tiempo no puedo registrar sus palabras de suave ternura; fueron dirigidas a mí, pero las contestó él.

—No me marcharé —gritó él—. Aquí donde tú has estado, donde tu recuerdo se desliza como un fantasma enviado del Cielo, pasaré las largas horas hasta que nos unamos para que jamás, mi Juliet, en día o noche, nos separemos. Pero tú, amor, retírate; la fría mañana y la fresca brisa harán empalidecer tus mejillas, y llenarán con languidez tus ojos iluminados por el amor. ¡Ah, querida!, sí tan sólo pudiera depositar un beso en ellos, creo que yo también descansaría.

Entonces, se acercó todavía más y pensé que iba a trepar a su cámara. Yo había titubeado para no asustarla, pero en ese momento dejé de ser dueño de mí mismo. Corrí y me arrojé sobre él, apartándolo.

—¡Oh, criatura asquerosa y deforme! —grité.

No necesito repetir los epítetos, todos ellos dirigidos, como daba la impresión, hacia una persona por la que en la actualidad siento cierta parcialidad. Un grito salió de los labios de Juliet. No vi ni oí nada... sólo sentí a mi enemigo, cuya garganta tenía en mi mano, y en la otra la empuñadura de la daga; él se debatió, pero no pudo escapar. Al final, roncamente, jadeó estas palabras:

—¡Hazlo! ¡Clávala! ¡Destruye este cuerpo... tú seguirás viviendo, y que tu vida sea larga y feliz!

Estas palabras frenaron la daga que bajaba, y él, sintiendo que mi apretón se relajaba, se liberó y desenfundó la espada, mientras el alboroto en la casa y el volar de antorchas de un cuarto a otro, mostraban que pronto nos iban a separar. ¡Oh, era mejor que yo muriera para que él no sobreviviera! En el remolino de mi frenesí había mucha premeditación: quizá yo debía caer para que él no siguiera vivo, y no me importaba el golpe mortal que yo pudiera asestar contra mí mismo. Él seguía creyendo que yo me había detenido por miedo a la muerte, y mientras advertía la decisión del villano de ganar ventaja de mi vacilación, me arrojé a su espada en el preciso instante en que lanzó su súbita estocada, y al mismo tiempo le clavé la daga en el costado, con una puntería basada en la desesperación.

Caímos juntos, rodando uno encima del otro, y la marca de sangre que fluyó de la herida abierta de cada uno se mezcló en la hierba. Nada más sé... perdí el sentido. De nuevo volví a la vida: débil casi hasta la muerte, me encontré tendido en una cama... Juliet se hallaba arrodillada junto a ella. ¡Extraño! Mi primera petición con voz quebrada fue un espejo. Estaba tan débil y pálido que mi pobre niña titubeó, como luego me dijo; pero, ¡cielos!, me consideré un joven atractivo cuando vi la querida imagen de mis bien conocidas facciones. Confieso que es una debilidad, y la acepto, que siento considerable afecto por el semblante y las extremidades que contemplo siempre que me miro en un espejo; y tengo más en mi casa y los consulto con más frecuencia que cualquier belleza de Venecia. Antes de que me condenéis, permitidme decir que nadie mejor que yo conoce el valor de su propio cuerpo; a nadie, probablemente, excepto a mí mismo, se lo han robado.

Con incoherencia al principio hablé del enano y de sus crímenes, y le reproché a Juliet la admisión demasiado fácil de su amor. Creyó que deliraba, pero transcurrió algún tiempo antes de que pudiera convencerme de que el Guido cuya penitencia la había ganado de nuevo para mí era yo mismo; y mientras maldecía con amargura al enano monstruoso y bendecía el golpe bien dirigido que le había quitado la vida, me contuve súbitamente al oírla decir: "Amén!", sabiendo que aquel al que ella denigraba era mi propia persona.

Un poco de reflexión me enseñó a guardar silencio, un poco de práctica me permitió hablar de aquella espantosa noche sin mucho tartamudeo. La herida que me había infligido era seria: pasó tiempo hasta que me recuperé, y mientras el benevolente y generoso Torella se sentaba a mi lado, hablando con la sabiduría que puede hacer que unos amigos se reconcilien, y mi hermosa Juliet revoloteaba cerca de mí, cuidándome y alegrándome con sus sonrisas, prosiguió el trabajo de mi cura corporal y reforma mental.

Ciertamente, jamás recobré del todo mis fuerzas: desde entonces mis mejillas están más pálidas, mi persona un poco encorvada. A veces Juliet se aventura a comentar con amargura la maldad que provocó dicho cambio, pero yo la beso al instante y le digo que ha sido para bien. Soy un marido más cariñoso y leal, lo cual es verdad, y de no ser por aquella herida jamás habría podido hacerla mía. No volví a visitar la playa ni a buscar el tesoro del demonio. Sin embargo, mientras medito en el pasado, a menudo pienso, y mi confesor no se mostró reticente en apoyar la idea, que bien podría haber sido un espíritu benévolo, en vez de uno maligno, enviado por mi ángel de la guarda con el fin de mostrarme la insensatez y la desgracia del orgullo. Al menos, aprendí tan bien esta lección que con tanta dureza se me enseñó que ahora mis amigos y conciudadanos me conocen por el nombre de Guido il Cortese.

EL FANTASMA Y EL ENSALMADOR *por*
Sheridan Le Fanu

Al revisar los papeles de mi respetado y apreciado amigo Francis Purcell, que hasta el día de su muerte y por espacio de casi cincuenta años desempeñó las arduas tareas propias de un párroco en el sur de Irlanda, encontré el documento que presento a continuación. Como éste había muchos, pues era coleccionista curioso y paciente de antiguas tradiciones locales, materia muy abundante en la región en la que habitaba. Recuerdo que recoger y clasificar estas leyendas constituía un pasatiempo para él; pero no tuve noticia de que su afición por lo maravilloso y lo fantástico llegara al extremo de incitarle a dejar constancia escrita de los resultados de sus investigaciones hasta que, bajo la forma de legado universal, su testamento puso en mis manos todos sus manuscritos. Para quienes piensen que el estudio de tales temas no concuerda con el carácter y la costumbres de un cura rural, es conveniente resaltar que existía una clase de sacerdotes, los de la vieja escuela, clase casi extinta en la actualidad, de costumbres más refinadas y de gustos más literarios que los de los discípulos de Maynooth.

Tal vez haya que añadir que en el sur de Irlanda está muy extendida la superstición que ilustra el siguiente relato, a saber, que el cadáver que ha recibido sepultura más recientemente, durante la primera etapa de su estancia contrae la obligación de proporcionar agua fresca para calmar la sed abrasadora del purgatorio a los demás inquilinos del camposanto en el que se encuentra. El autor puede dar fe de un caso en el que un agricultor próspero y respetable de la zona lindante con Tipperary, apenado por la muerte de su esposa, introdujo en el féretro dos pares de abarcas, unas ligeras y otras más pesadas, las primeras para el tiempo seco y las segundas para la lluvia, con el fin de aliviar las fatigas de las inevitables expediciones que habría de acometer la difunta para buscar agua y repartirla entre las almas sedientas del purgatorio. Los enfrentamientos se tornan violentos y desesperados cuando, casualmente, dos cortejos fúnebres se aproximan al mismo tiempo al cementerio, pues cada cual se empeña en dar prioridad a su difunto para sepultarle y liberarle de la carga que recae sobre quien llega el último.

No hace mucho sucedió que uno de los dos cortejos, por miedo a que su amigo difunto perdiera esa inestimable ventaja, llegó al cementerio por un atajo y, violando uno de sus prejuicios más arraigados, sus miembros lanzaron el ataúd por encima del muro para no perder tiempo entrando por la puerta. Se podrían citar numerosos ejemplos, y todos ellos pondrían de manifiesto cuán arraigada se encuentra esta superstición entre los campesinos del sur. Pero no entretendré al lector con más preliminares y procederé a presentarle el siguiente:

Extracto de los manuscritos del difunto reverendo Francis Purcell, de Drumcoolagh.

"Voy a contar la siguiente historia con todos los detalles que recuerdo y con las propias palabras del narrador. Tal vez sea necesario destacar que se trataba de un hombre, como se suele decir, bien hablado, pues durante mucho tiempo enseñó las artes y las ciencias liberales que a su juicio era conveniente que conocieran los despiertos jóvenes de su parroquia natal, circunstancia ésta que podría explicar la aparición de ciertas palabras altisonantes en el transcurso de la presente narración, más destacables por su eufonía que por la corrección con que se emplean. Sin más preámbulos, procedo a presentar ante ustedes las fantásticas aventuras de Terry Neil.

"Pues es una historia rara, y tan cierta como que yo estoy vivo, y hasta me atrevería a decir que no hay nadie en las siete parroquias que pueda contarla ni mejor ni con más claridad que yo, porque le pasó a mi padre y la he oído de su propia boca cien veces. Y no es porque fuera mi padre, pero puedo decir con orgullo que la palabra de mi padre era tan indigna de crédito como el juramento de cualquier noble del país. Tanto es así que cuando algún pobre hombre se metía en líos, siempre era él quien iba de testigo a los tribunales. Pero bueno, eso da igual. Era el hombre más honrado y más sobrio de los alrededores, aunque, eso sí, le gustaba un poco demasiado empinar el codo. No había en todo el pueblo nadie mejor dispuesto para trabajar y cavar, y era muy mañoso para la carpintería y para arreglar muebles viejos y cosas por el estilo. Y como es natural, también le dio por componer huesos, porque no había nadie como él para ajustar la pata de un taburete o de una mesa, y puedo asegurar que nunca hubo ensalmador con tantísima clientela, hombres y niños, jóvenes y viejos. No ha habido en el mundo nadie que arreglara mejor un hueso roto. Pues bien, Terry Neil, que así se llamaba mi padre, viendo que el corazón se le ponía cada día más ligero y la cartera más pesada, cogió unas tierrecitas que pertenecían al señor de Phelim, debajo del viejo castillo, un sitio bien bonito. Ya fuera de noche o de día, iban a verle pobres desgraciados de toda la región con las piernas y los brazos rotos, que no podían ni apoyar siquiera un pie en el suelo, para que les juntara los huesos.

"Todo marchaba muy bien, señoría, pero era costumbre que cuando Phelim salía al campo, unos cuantos arrendatarios suyos vigilasen el castillo, como una especie de homenaje a la vieja familia, y la verdad, era un homenaje muy desagradable para ellos, porque todo el mundo sabía que en el castillo había algo raro. Al decir de los vecinos, el abuelo de Phelim, que Dios tenga en su gloria, era un caballero de los pies a la cabeza pero le daba por pasear en mitad de la noche, igual que lo hacemos usted o yo, y que Dios quiera que sigamos haciendo, desde el día que se le reventó una vena cuando sacaba un corcho de una botella. Pero a lo que vamos: el señor se salía del cuadro en el que estaba pintado su retrato, rompía todos los vasos y botellas que se le ponían por delante y se bebía lo que tuvieran, cosa que no es de extrañar. Si por casualidad entraba alguien de la familia, volvía a subirse a su sitio con cara de inocente, como si no supiera nada de nada, el muy sinvergüenza.

"Pues bien, señoría, como iba diciendo, una vez los del castillo fueron a Dublín a pasar una o dos semanas, así que, como de costumbre, varios arrendatarios fueron a vigilar el castillo, y a la tercera noche le tocó el turno a mi padre.

"'Maldita sea' se dijo para sus adentros. 'Tengo que pasar en vela toda la noche, y encima con ese espíritu vagabundo, que Dios confunda, dando la tabarra por la casa y haciendo perrerías'. Pero como no había forma de librarse de aquello, hizo de tripas corazón y allá que se fue a la caída de la noche, con una botella de whisky y otra de agua bendita.

"Llovía bastante y estaba todo oscuro y tenebroso cuando llegó mi padre. Se echó un poco de agua bendita por encima y, al poco tiempo, tuvo que beberse un vaso de whisky para entrar en calor. Le abrió la puerta el viejo mayordomo, Lawrence O'Connor, que siempre se había llevado bien con mi padre. Así que al ver quién era y que mi padre le dijo que le tocaba a él vigilar en el castillo, el mayordomo se ofreció a velar con él. Estoy seguro de que a mi padre no le pareció mal. Larry le dijo:

"—Vamos a encender fuego en el salón.

"—¿No será mejor en el comedor?—contesta mi padre, porque sabía que el retrato del señor estaba en el salón.

"—No se puede encender fuego en el comedor, porque en la chimenea hay un nido de grajillas —dice Lawrence.

"—Pues entonces vamos a la cocina, porque no me parece bien que una persona como yo esté en el salón—va y dice mi padre.

"—Venga, Terry —dice Lawrence—. Si vamos a mantener la vieja costumbre, más vale hacerlo como Dios manda.

"'¡Al diablo con las costumbres!', dijo mi padre, pero para sus adentros, a ver si me entiende, porque no quería que Lawrence notara que tenía miedo.

"—Bueno, como a ti te parezca, Lawrence —dice, y bajaron a la cocina hasta que prendiera la leña en el salón, para lo que no tuvieron que esperar mucho.

"Al poco rato subieron otra vez y se sentaron cómodamente junto a la chimenea del salón y se pusieron a charlar, fumando y bebiendo a sorbitos el whisky, con un buen fuego de leña y turba para calentarse las piernas.

"Pues señor, como iba diciendo, estuvieron hablando y fumando tan a gusto hasta que Lawrence empezó a quedarse dormido, como solía pasarle con frecuencia, porque era un criado viejo acostumbrado a dormir mucho.

"—Pero hombre, ¿será posible que te estés durmiendo? —dice mi padre.

"—No digas bobadas —le contesta Larry—. Es que cierro los ojos para que no me entre el humo del tabaco, que me hace llorar. Así que no te metas donde no te llaman —le dice muy tieso (porque el hombre tenía una panza enorme, que Dios le tenga en su gloria)—, y continúa con lo que me estabas contando, que te escucho —le dice, cerrando los ojos.

"Cuando mi padre se dio cuenta de que no servía de nada hablarle, siguió con la historia de Jim Sullivan y su cabra, que es lo que estaba contando. Era una historia bien bonita, y tan entretenida que podría haber despertado a un lirón y aún más a un simple cristiano que se estaba quedando dormido. Pero, según como lo contaba mi padre, creo que jamás se ha oído nada por el estilo, porque le ponía toda el alma, como si le fuera en ello la vida, porque quería que Larry se mantuviera despierto. Pero no le sirvió de nada, porque lo invadió el sueño, y antes de que terminara de contar la historia, Larry O'Connor se puso a roncar como un condenado.

"—¡Maldita sea! —dice mi padre—. Este tipo es imposible, es capaz de dormirse en la misma habitación en la que ronda un espíritu. Que Dios nos coja confesados —dice, y fue a sacudir a Lawrence para espabilarlo, pero cayó en la cuenta de que si lo despertaba, seguramente se iría a la cama y lo dejaría completamente solo, lo que sería todavía peor.

"'En fin, no molestaré al pobre hombre', pensó mi padre. 'No estaría bien interrumpirlo ahora que se ha quedado dormido. Ojalá estuviera yo igual que él'.

"Así que se puso a pasear por la habitación, rezando, hasta que rompió a sudar, con perdón. Pero como no le servía de nada, se bebió lo menos medio litro de alcohol para darse ánimos.

"'Ojalá estuviera tan tranquilo como Larry', se dijo. 'A lo mejor me duermo si me lo propongo'.

"Y al tiempo que lo pensaba arrastró un sillón grande hasta el de Lawrence y se acomodó lo mejor que pudo.

"Pero se me olvidaba contarle una cosa muy rara. Aunque no quería hacerlo, de vez en cuando miraba al cuadro, y se dio cuenta de que los ojos del retrato lo seguían a todas partes y lo miraban fijamente y hasta le hacían guiños. Al ver aquello pensó: 'Maldita sea mi suerte y el día en que se me ocurrió venir aquí. Pero nada vale lamentarse. Si tengo que morir, más vale armarse de valor'.

"Pues bien, señoría, intentó tranquilizarse y hasta llegó a pensar que a lo mejor se había quedado dormido, pero lo desengañó el ruido de la tormenta, que hacía crujir las grandes ramas de los árboles y silbaba por el tiro de las chimeneas del castillo. Una vez, el viento dio tal bufido que le pareció que se iban a desmoronar los muros del castillo de lo fuerte que los sacudió. De repente se acabó la tormenta, y la noche se quedó de lo más apacible, como en pleno mes de julio. No habrían pasado más de tres minutos cuando le pareció oír un ruido sobre la repisa de la chimenea. Mi padre abrió una pizca los ojos y vio con toda claridad que el viejo señor salía del cuadro poco a poco, como si se estuviera quitando la chaqueta. Se apoyó en la repisa y puso los pies en el suelo. Y entonces, el viejo zorro, antes de seguir adelante, se paró un rato para ver si los dos hombres dormían, y cuando creyó que todo estaba en orden, estiró un brazo y agarró la botella de whisky, y se bebió por lo menos medio litro. Cuando quedó satisfecho dejó la botella en el mismo sitio de antes con todo el cuidado del mundo y se puso a pasear por la habitación, tan sobrio como si no hubiera bebido ni una gota de alcohol. Cada vez que se paraba junto a él, a mi padre se le venía un olor a azufre, y le entró un miedo espantoso, porque sabía que es azufre precisamente lo que se quema en el infierno, con perdón. Se lo había oído contar muchas veces al padre Murphy, que tenía que saber lo que pasa allí. El pobre ya ha muerto, que Dios lo tenga en su gloria. Mire usted, señoría, mi padre estuvo bastante tranquilo hasta que se le acercó el espíritu. Madre mía, le pasó tan cerca que el olor a azufre lo dejó sin respiración y le dio un ataque de tos tan fuerte que casi se cayó del sillón en que estaba.

"—¡Vaya, vaya! —dice el señor parándose a poco más de dos pasos de mi padre y volviéndose para mirarlo—. De modo que eres tú, ¿eh? ¿Qué tal te va, Terry Neil?

"—A su disposición, señoría —dice mi padre (cuando se lo permitió el susto que tenía, porque estaba más muerto que vivo) —. Me alegro de ver a su señoría.

"—Terence —dice el señor—, eres un hombre respetable (cosa que es cierta), trabajador y sobrio, un verdadero ejemplo de embriaguez para toda la parroquia.

"—Gracias, señoría —respondió mi padre, cobrando ánimos—. Usted siempre ha sido un caballero muy atento. Que Dios tenga en su gloria a su señoría.

"—¿Que Dios me tenga en su gloria? —dice el espíritu (poniéndosele la cara roja de ira) —. ¿Que Dios me tenga en su gloria? Pero ¡serás cretino y bruto! ¿Qué modales son ésos? —dice—. Yo no tengo la culpa de estar muerto, y la gente como tú no tiene que restregármelo por las narices a la primera de cambio —dice, dando una patada tan fuerte en el suelo que casi rompió la madera.

"—No soy más que un pobre hombre, tonto e ignorante —le dice mi padre.

"—Desde luego que sí —dice el señor—, pero para escuchar tus tonterías y hablar con gente como tú no me molestaría en subir hasta aquí, quiero decir en bajar —dice, y a pesar de lo pequeño que fue el error, mi padre se dio cuenta—. Escúchame bien, Terence Neil —señala—. Siempre fui un buen amo para Patrick Neil, tu abuelo.

"—Sí que es verdad —dice mi padre.

"—Y además, creo que siempre fui un caballero correcto y sensato —dice el otro.

"—Así es como yo lo llamaría, sí señor —dice mi padre (aunque era una mentira muy gorda, pero ¡a ver qué iba a hacer!).

"—Pues aunque fui tan sobrio como la mayoría de los hombres, o al menos como la mayoría de los caballeros, y aunque en algunas épocas fui un cristiano tan extravagante como el que más, y caritativo e inhumano con los pobres —va y dice—, no me encuentro muy a gusto donde vivo ahora, que sería lo suyo.

"—Sí que es una lástima —dice mi padre—. A lo mejor su señoría debería hablar con el padre Murphy…

"—Calla la boca, deslenguado —dice el señor—. No es en mi alma en lo que estoy pensando. No sé cómo te atreves a hablar de almas con un caballero. Cuando quiera arreglar eso, iré a ver a quien se ocupa de estas cosas. No es mi alma lo que me molesta —dice sentándose frente a mi padre—. Lo que tengo mal es la pierna derecha, la que me rompí en Glenvarloch el día en que maté a Barney.

"(Más adelante, mi padre se enteró de que era uno de sus caballos preferidos, que se cayó debajo de él al saltar la valla que bordea la cañada).

"—¿No será que su señoría se siente incómodo por haberlo matado?

"—Calla la boca, estúpido —dice el señor—. Ahora te explico por qué me molesta la pierna —dice—. En el lugar en que paso la mayor parte del tiempo, a no ser los pocos ratos que me quedan para dar una vuelta por aquí, tengo que andar mucho, cosa a la que no estaba acostumbrado antes —dice—; y no me sienta nada bien, porque sabrás que a la gente con la que estoy le gusta muchísimo el agua, porque no hay nada mejor para la sed y, además, allí hace demasiado calor —continúa diciendo—. Tengo la obligación de llevarles agua, aunque la verdad es que yo me quedo con muy poca. Te puedo asegurar que es una tarea complicada, porque esa gente parece estar seca y se la beben toda en cuanto la llevo. Pero lo que me lleva a mal traer es lo débil que tengo la pierna y, para abreviar, lo que quiero es que le des un par de tirones para ponerla en su sitio.

"—Pues, señoría, yo no me atrevería a hacerle una cosa así a su señoría —dice mi padre (porque no le apetecía lo más mínimo tocar al espíritu) —. Sólo lo hago con pobres hombres como yo.

—"No seas pelotillero —dice el señor—. Aquí tienes la pierna —dice, levantándola hacia mi padre—.Dale un buen tirón, porque si no lo haces, te juro por todos los poderes inmortales que no te dejaré un solo hueso sano.

"Cuando mi padre oyó aquello, comprendió que no le iba a servir de nada resistirse, así que cogió la pierna y se puso a tirar hasta que la cara se le cubrió de sudor, bendito sea Dios.

"—Tira fuerte, imbécil —dice el señor.

"—Como mande su señoría —dice mi padre.

"—Más fuerte —dice el señor.

"—Y mi padre tiró con todas sus fuerzas.

"—Voy a beber un traguito para darme ánimos —dice el señor, acercando la mano a la botella y dejando caer todo el peso del cuerpo. Con todo lo listo que era, metió la pata, porque cogió la otra botella—. A tu salud, Terence —dice—, y sigue tirando con todas tus fuerzas—. Levantó la botella de agua bendita, pero casi no se la había acercado a los labios cuando soltó un grito tan grande que pareció como si la habitación fuera a hacerse pedazos, y pegó tal sacudida que mi padre se quedó con la pierna en las manos. El señor dio un salto por encima de la mesa, y mi padre salió volando hasta el otro extremo de la habitación y se cayó de espaldas en el suelo. Cuando volvió en sí, el alegre sol de la mañana se colaba por las contraventanas, y él estaba tumbado de espaldas en el suelo. Tenía agarrada la pata de una silla que se había desprendido, y el viejo Larry seguía dormido como un tronco y roncando. Aquella mañana, mi padre fue a ver al padre Murphy, y desde ese día hasta el de su muerte no dejó de confesarse ni de ir a misa, y, como hablaba poco de lo que le había pasado, la gente le creía más. En cuanto al señor, o sea el espíritu, no se sabe si porque no le gustó lo que bebió o porque perdió una pierna, el caso es que nadie lo volvió a ver deambular".

EN EL VALLE DE LA SOMBRA *por Bram Stoker*

Las ruedas con neumáticos de goma traqueteaban desigualmente sobre los adoquines de granito. Reconocí vagamente las familiares calles grises y las plazas con jardines en el centro. Nos detenemos, y a través de la pequeña multitud en el pavimento soy trasladado adentro y arriba del pabellón de altos techos. Suavemente me levantan de la camilla y me ponen en la cama, y yo digo: "¡Que cortinas tan extrañas tiene usted! Tienen rostros labrados en el borde. ¿Son ellos sus amigos?"

El ama de llaves sonríe, y pienso que es una idea extraña. Entonces súbitamente se me ocurre que he dicho algo tonto, pero los rostros están todavía ahí. (Aún cuando me recuperé podía verlos bajo ciertas luces). Uno de los rostros me es familiar, y estoy justamente por preguntar cómo conocen al Fulano, cuando me dejan solo. Por horas y horas (me parece) nadie se me acerca. Al principio soy paciente, pero gradualmente una furia feroz se apodera de mí. ¿Acaso me he sometido a ser trasladado aquí tan solo para morir en soledad y sofocante oscuridad? ¡No voy a permanecer en este lugar; mucho mejor sería volver y morir en casa! Súbitamente soy llevado hacia arriba en una máquina alada, dentro del aire fresco. Lejos allá abajo e infinitesimalmente yace el "Nuevo Pueblo", escondido a medias entre el humo brumoso; allá a lo lejos, claro y azul y centelleante, está el Fiordo de Forth: y más allá de la luz del sol las colinas de Fife son la vanguardia de los Grampianos. Solo un momento de puro éxtasis palpitante, luego el alma se hace añicos cayendo dentro del negro abismo del olvido (sostengo que el señor H. G. Wells fue parcialmente responsable de esta pequeña excursión).

Está luminoso nuevamente, pero ¿qué es lo que me impide ver la ventana? ¿Una mampara? ¿Qué significa eso? Una negrura de desesperación me aprisiona. ¡Todo ha terminado, entonces! No más alpinismo, no más vacaciones placenteras. Esto es el final de todas mis pequeñas ambiciones. Esto es, en verdad, la amargura de la muerte. Inmediatamente una enfermera se me acerca con una bebida fresca, y, haciendo un tremendo esfuerzo para parecer concentrado, le pido que saque la mampara. Se ríe y la pliega, cuando veo otra mampara opuesta ocultando parcialmente una cama. Entonces tengo compañía. (Esto fue un intervalo comparativamente lúcido.) ¡Qué extraño lugar para tener textos! Inmediatamente a la vuelta de la cornisa de la habitación. Y están constantemente cambiando también. "El Señor es mi Pastor", "Yo me levantaré". Realmente esto es lo más irritante. No puedo terminar ninguno de ellos. ¡Si tan solo las letras se estuvieran quietas por un momento!

¿Pero qué es aquello de abajo? Es una ancha playa arenosa con el mar azul más allá. En el tope de un mástil en el frente hay una… ¿qué es eso? Sí, la cabeza de un hombre, por supuesto. (Era en realidad una bombilla eléctrica colgando la que de alguna curiosa manera había visto en posición invertida).

—Hermana, estoy seguro de que podría trabajar en alguna espléndida historia. Por favor deme algo de papel y mi pluma fuente. Si no lo escribo ahora lo voy a olvidar.

(De hecho, cuando estaba convaleciente yo quise escribir no solo esta historia en particular, sino una narración completa de mis visiones. Por supuesto, no se me permitió hacerlo, ¡y ahora, que pena! Ha ido a reunirse en la gran compañía de las ideas magníficas pero aparentes que uno tiene en sueños).

—Honestamente, Hermana, debo salir por unos momentos. El hombre está en gran peligro, y yo solo puedo salvarlo. Hay un complot desesperado contra su vida. Vive bastante cerca en una de las dos casas a cada lado de esta.

La Hermana prometió fijarse en ello, y yo me recosté satisfecho solo a medias. Inmediatamente mi cama comienza a moverse ruidosamente. Pasa a través de la pared dentro de la siguiente casa. Habitación tras habitación es visitada, pero mi condenado amigo no está allí. Las otras casas son inspeccionadas una por una, sin resultado. Tengo la sensación de que está siendo secuestrado justo enfrente de mí para estar siempre en la próxima casa. La Hermana está detrás de todo este truco, estoy seguro. (Aquí comienza aquel absurdo rencor y sospecha sobre ella, el que me deja solo con mi delirio).

—¡Oh, doctor, qué contento estoy de verlo! Realmente en un país libre es intolerable que no se me conceda un simple pedido como este, y también salvar la vida de un hombre. Puede ver por usted mismo que soy bastante sensato y lo digo en serio. Pruébeme.

El doctor pregunta qué día de la semana es. Yo respondo, a la manera escocesa:

—¡Oh, eso es fácil! Si yo soy el hombre que vino aquí el lunes, entonces es miércoles, pero si vine el jueves, entonces es sábado. Si usted me dice qué hombre soy, yo le diré qué día es hoy.

Superado por esta lógica, el doctor se da por vencido, pero sugiere un compromiso, el cual acepto. Consiste en que las cuatro casas vecinas sean traídas y ubicadas delante de mi cama, para que yo pueda asegurarme de ver y advertir a mi amigo en problemas.

—No, yo no tomaré whisky. Seguramente usted sabe perfectamente bien que soy musulmán y tengo prohibido beber alcohol. Usted no puede pedirme que viole los principios de mi religión

La Hermana me asegura que la bebida no es whisky, y acerca el vaso a mis labios.

Lo arrojo con horror al piso.

—Demonio en forma humana, que me tientas a la destrucción. Vete y déjame morir en la fe verdadera.

(Por supuesto no era whisky, sino algo de una naturaleza absolutamente opuesta. Semanas después, recordando el incidente, recordé haber leído casualmente una página o dos de una novela en la cual un mahometano es tentado a beber vino. No me causó ninguna impresión en ese momento, pero debe haber quedado registrado en algún lado).

Inmediatamente la Hermana vuelve con otras tres enfermeras y una provisión fresca de la sustancia maldita. Tratan por todos los medios, desde el argumento, en el cual son vencidas de manera contundente, a la persuasión y fuerza moderada. Súbitamente resuelvo volar, y alcanzo en realidad la puerta de la habitación antes de ser sometido y devuelto a la cama. Luego se me pide que ponga mi dedo en la dosis y compruebe por mí mismo que no es whisky. En esta sugerencia veo la astucia maliciosa de la Hermana, entonces huelo el dedo húmedo, y triunfalmente insisto con que es whisky. Cuando dicen que son las doce en punto, y que estoy impidiéndoles ir a la cama, les contesto que no necesitan quedarse por mí, y, de todas formas, ¿qué significa eso para la pérdida de mi alma? Finalmente soy derribado, y el vaso es puesto contra mis dientes apretados. Ruego internamente por ayuda en esta espantosa situación extrema. ¡Veremos! Una idea brillante. Pretenderé que estoy muerto. Me pongo rígido y contengo mi respiración.

(Puedo recordar que no hice ningún esfuerzo adicional, pero luego me dijeron que la imitación fue fabulosa. Aún las enfermeras se alarmaron y llamaron al doctor. Tengo un oscuro recuerdo de su venida, y antes de darme cuenta de dónde estaba me inyectaron algo, que yo pensé que era el whisky, en mi brazo).

Me senté en la cama, y los mire a todos con odio concentrado, luego me recosté, con mi corazón destrozado por mi forzada herejía, sollozando, sollozando. Estoy sufriendo por mi pecado. La Hermana me está apuñalando en el hombro con una daga candente (era una picadura de mosquito, y mi piel es muy sensible). Me duele por todas partes. Súbitamente me encuentro solo en un dolor chato y desierto. Estoy sentado con mi espalda contra uno de los pilares de piedra de un enorme portal cerrado que llega hasta el cielo. Enfrente de mí sucede un espectáculo cinematográfico de estupenda escala.

(No puedo recordar ahora mucho de él, pero la serie era larga y de un carácter espantoso. Debajo de cada escena había un letrero estableciendo el tema de la siguiente. Tenía la sensación de que no había ninguna escena, sino eventos reales en proceso de sucesión; aparte de eso, contestando una pregunta sugerida por una misteriosa voz podría llevar las series a un final, pero aunque conocía la respuesta, estaba absolutamente fuera de mi alcance darla. Inmediatamente a continuación de mi fallo en responder, de algún lado detrás de mí tronó un órgano y un coro de voces rompió en una canzoneta burlona, que incluía la respuesta apropiada, y también palabras de escarnio dirigidas contra mí. Hasta hace poco esta canzoneta frecuentemente me obsesionaba, pero ahora, me complace decirlo, he olvidado tanto la música como las palabras. Todo lo que sé es que era como una cantinela monótona, y totalmente desconocida para mí. Cuando la horrible canción terminó caí en un estado de auto condenación mezclada con una indefensa expectativa, la cual era tan patética como para movilizarme aún cuando pienso en ella).

La escena es una de guerras y terremotos y montañas en llamas. Por debajo tiene las palabras "Fin del Mundo". Tengo una visión de las innumerables miríadas de la humanidad arrodilladas en agonía al otro lado de la puerta. Un murmullo multitudinario explota en un horrendo alarido suplicando piedad. ¿Quién soy yo, Oh Dios, para que esta carga sea impuesta sobre mí? ¿Acaso soy yo el guardián de esa incontable multitud? No puedo contestar.

Aún si hablo, un escalofrío corta el aire, un delirio cataclísmico se me aparece, el órgano truena y el travieso coro comienza su torturante estribillo. No hay letrero por debajo de esta escena. La terrible música cesa, y la horrible escena ante mí se transforma en silencio. Pasa, y luego no hay más luz ni oscuridad. El desierto desaparece, el portal ya no está, la multitud infinita se ha ido como el rocío de la mañana, yo quedo en presencia de la nada. La toma de conciencia es aterradora; mi cerebro gira en espiral: el alivio debe venir; la naturaleza humana no puede soportarlo. Ah, gracias, Dios, estoy enloqueciendo, cuando desde alguna parte, pero no sé de donde, viene una leve risa burlona, una voz satánica dice "¡Vendido nuevamente!", el órgano sube, el invisible coro canta nuevamente, y la serie completa de escenas comienza otra vez desde el principio. Por un momento la tensión se relaja, "Dios está en Su cielo", después de todo, cuando, como el estruendo del acero, la Voz pronuncia la pregunta incontestable. Oh, Dios, yo debo, yo hablaré. La respuesta, la respuesta es:

—¿Qué hora es, Russell?

(¡Russell era el enfermero nocturno, la necesidad de cuya presencia el lector a esta altura ya entenderá por completo!).

—Cuatro y media, señor.

—Bueno, debo levantarme para alcanzar el primer tren a Glasgow. Es un hecho de vida o muerte. Por favor, deme mis ropas.

Russell se esfuerza en apaciguarme con promesas de ir mañana, y demás, todo lo cual yo veo con una despiadada lucidez. Finalmente, amenazando con alarmar el establecimiento entero, soy envuelto en mantas, llevado a una poltrona al lado del fuego, y una mampara es colocada detrás de mí.

—Usted no puede alcanzar un tren, señor, antes de las seis y media.

—Discúlpeme, hay un tren a las 5.55, y yo voy a alcanzarlo. Por otro lado, ¿está usted seguro que la Hermana no está? Pensé que la había visto a la vuelta de la esquina de la mampara. ¿No? Entonces deme algo de soda y leche, y ¿tiene usted un cigarrillo por algún lado?

Russell naturalmente me negó tener cigarrillos, entonces, como él me contó luego, yo procedí a maldecirlo a él, a su familia, sus ancestros y descendientes juntos, con tal copiosidad y minuciosidad de dicción ¡que hablé sin parar durante hora y media! Me figuro que el señor Kipling es responsable por al menos la meticulosidad hindú de mis conminaciones. De todas formas, habiéndome dejado exhausto tal esfuerzo, con Russell diciendo que ahora había perdido el tren, y que mejor me volviera a la cama para esperar el próximo, yo accedí con gran sensatez.

Ese fue el clímax, y despertándome algunas horas más tarde de un pacífico sueño me encontré con que la crisis había pasado, y que estaba nuevamente tan sano como siempre. El primer libro por el que pedí fue el Progreso del peregrino, y tan pronto como se me permitió leer me dirigí al pasaje de cristiano a través del Valle de la Sombras. Había sentido antes que los demonios de Bunyan eran demonios de escenario, sus ciénagas y penas mero simulacro, los cómplices tales como Drury Lane generalmente se reirían con escarnio. Ahora estoy seguro de ello. La dificultad real, por supuesto, es hacerlo mejor.

LA GALLINA DEGOLLADA *por Horacio Quiroga*

Todo el día, sentados en el patio, en un banco, estaban los cuatro hijos idiotas del matrimonio Mazzini—Ferraz. Tenían la lengua entre los labios, los ojos perdidos, y giraban la cabeza con la boca abierta.

El patio era de tierra, cerrado al oeste por una cerca de ladrillos. El banco quedaba paralelo a ella, a cinco metros, y allí permanecían inmóviles, con la mirada fija en los ladrillos. Cuando el sol se ocultaba detrás de la cerca, al atardecer, ellos disfrutaban el momento. La luz cegadora captaba su atención al principio, poco a poco sus ojos se iluminaban; al final, reían estrepitosamente, congestionados por una hilaridad ansiosa, mirando el sol con alegría primitiva, como si fuera alimento.

Otras veces, alineados en el banco, zumbaban durante horas, imitando el tranvía eléctrico. Los ruidos fuertes sacudían su inercia y corrían entonces, mordiéndose la lengua y mugiendo, alrededor del patio. Pero casi siempre permanecían sumidos en un letargo sombrío, y pasaban todo el día sentados en su banco, con las piernas colgantes y quietas, empapando el pantalón con saliva pegajosa.

El mayor tenía doce años y el menor, ocho. En todo su aspecto sucio y desvalido se notaba la falta absoluta de cuidado maternal.

Esos cuatro hijos, sin embargo, habían sido un día el orgullo de sus padres. A los tres meses de casados, Mazzini y Berta orientaron su profundo amor de pareja hacia un proyecto más vital: tener un hijo. ¿Qué mayor felicidad para dos enamorados que consagrar su cariño de esa forma, liberados del egoísmo de un amor sin propósito y, lo que es peor para el amor mismo, sin esperanzas de renovación?

Así lo sintieron Mazzini y Berta, y cuando el hijo llegó, a los catorce meses de matrimonio, creyeron alcanzada la felicidad plena. La criatura creció hermosa y radiante, hasta que tuvo año y medio. Sin embargo, a los veinte meses, sufrió durante una noche convulsiones terribles, y a la mañana siguiente no reconocía a sus padres. El médico lo examinó con esa atención profesional que busca visiblemente las causas del mal en las enfermedades familiares.

Después de algunos días, los miembros paralizados recuperaron el movimiento; pero la inteligencia, el alma, incluso el instinto, se habían desvanecido por completo. Había quedado profundamente discapacitado, sin control de su cuerpo, caído sobre las rodillas de su madre.

—¡Hijo, mi hijo querido! —sollozaba ésta, sobre aquella espantosa ruina de su primogénito.

El padre, desolado, acompañó al médico afuera.

—A usted se le puede decir: creo que es un caso perdido. Podrá mejorar, educarse en todo lo que le permita su idiotismo, pero no más allá.

—¡Sí!… ¡Sí! —asentía Mazzini—. Pero dígame: ¿Usted cree que es herencia, que…?

—En cuanto a la herencia paterna, ya le dije lo que creía cuando vi a su hijo. Respecto a la madre, hay allí un pulmón que no sopla bien. No veo nada más, pero hay un soplo un poco rudo. Hágala examinar detenidamente.

Con el alma destrozada de remordimiento, Mazzini redobló el amor a su hijo, el pequeño idiota que pagaba los excesos del abuelo. Tuvo asimismo que consolar, sostener sin tregua a Berta, herida en lo más profundo por aquel fracaso de su joven maternidad.

Como es natural, el matrimonio puso todo su amor en la esperanza de otro hijo. Nació éste, y su salud y limpidez de risa reencendieron el porvenir extinguido. Pero a los dieciocho meses las convulsiones del primogénito se repetían, y al día siguiente el segundo hijo amanecía idiota.

Esta vez los padres cayeron en honda desesperación. ¡Luego su sangre, su amor estaban malditos! ¡Su amor, sobre todo! Veintiocho años él, veintidós ella, y toda su apasionada ternura no alcanzaba a crear un átomo de vida normal. Ya no pedían más belleza e inteligencia como en el primogénito; ¡pero un hijo, un hijo como todos!

Del nuevo desastre brotaron nuevas llamaradas del dolorido amor, un loco anhelo de redimir de una vez para siempre la santidad de su ternura. Sobrevinieron mellizos, y punto por punto se repitió el proceso de los dos mayores.

Mas por encima de su inmensa amargura quedaba a Mazzini y Berta gran compasión por sus cuatro hijos. Hubo que arrancar del limbo de la más honda animalidad, no ya sus almas, sino el instinto mismo, abolido. No sabían deglutir, cambiar de sitio, ni aun sentarse. Aprendieron al fin a caminar, pero chocaban contra todo, por no darse cuenta de los obstáculos. Cuando los lavaban mugían hasta inyectarse de sangre el rostro. Se animaban sólo al comer, o cuando veían colores brillantes u oían truenos. Se reían entonces, echando afuera lengua y ríos de baba, radiantes de frenesí bestial. Tenían, en cambio, cierta facultad imitativa; pero no se pudo obtener nada más.

Con los mellizos pareció haber concluido la aterradora descendencia. Pero pasados tres años desearon de nuevo ardientemente otro hijo, confiando en que el largo tiempo transcurrido hubiera aplacado a la fatalidad.

No satisfacían sus esperanzas. Y en ese ardiente anhelo que se exasperaba en razón de su infructuosidad, se agriaron. Hasta ese momento cada cual había tomado sobre sí la parte que le correspondía en la miseria de sus hijos; pero la desesperanza de redención ante las cuatro bestias que habían nacido de ellos echó afuera esa imperiosa necesidad de culpar a los otros, que es patrimonio específico de los corazones inferiores.

Iniciaron con el cambio de pronombre: tus hijos. Y como a más del insulto había la insidia, la atmósfera se cargaba.

—Me parece —les dijo una noche Mazzini, que acababa de entrar y se lavaba las manos—que podrías tener más limpios a los muchachos.

Berta continuó leyendo como si no hubiera oído.

—Es la primera vez —repuso al rato— que te veo inquietarte por el estado de tus hijos.

Mazzini volvió un poco la cara a ella con una sonrisa forzada:

—De nuestros hijos, ¿me parece?

—Bueno, de nuestros hijos. ¿Te gusta así? —alzó ella los ojos.

Esta vez Mazzini se expresó claramente:

—¿Creo que no vas a decir que yo tenga la culpa, no?

—¡Ah, no! —se sonrió Berta, muy pálida— ¡pero yo tampoco, supongo!… ¡No faltaba más!… —murmuró.

—¿Qué no faltaba más?

—¡Que si alguien tiene la culpa, no soy yo, entiéndelo bien! Eso es lo que te quería decir.

Su marido la miró un momento, con brutal deseo de insultarla.

—¡Dejemos! —articuló, secándose por fin las manos.

—Como quieras; pero si quieres decir…

—¡Berta!

—¡Como quieras!

Éste fue el primer choque y le sucedieron otros. Pero en las inevitables reconciliaciones, sus almas se unían con doble arrebato y locura por otro hijo.

Nació así una niña. Vivieron dos años con la angustia a flor de alma, esperando siempre otro desastre. Nada acaeció, sin embargo, y los padres pusieron en ella toda su complacencia, que la pequeña llevaba a los más extremos límites del mimo y la mala crianza.

Si aún en los últimos tiempos Berta cuidaba siempre de sus hijos, al nacer Bertita se olvidó casi del todo de los otros. Su solo recuerdo la horrorizaba, como algo atroz que la hubieran obligado a cometer. A Mazzini, bien que en menor grado, le ocurría lo mismo. No por eso la paz había llegado a sus almas. La menor indisposición de su hija echaba ahora afuera, con el terror de perderla, los rencores de su descendencia podrida. Habían acumulado hiel sobrado tiempo para que el vaso no quedara distendido, y al menor contacto el veneno se vertía afuera. Desde el primer disgusto emponzoñado se habían perdido el respeto; y si hay algo a que el hombre se siente arrastrado con cruel fruición es, cuando ya se comenzó, a humillar del todo a una persona. Antes se contenían por la mutua falta de éxito; ahora que éste había llegado, cada cual, atribuyéndolo a sí mismo, sentía mayor la infamia de los cuatro engendros que el otro le había forzado a crear.

Con estos sentimientos, no hubo ya para los cuatro hijos mayores afecto posible. La sirvienta los vestía, les daba de comer, los acostaba, con visible brutalidad. No los lavaban casi nunca. Pasaban todo el día sentados frente al cerco, abandonados de toda remota caricia. De este modo Bertita cumplió cuatro años, y esa noche, resultado de las golosinas que era a los padres absolutamente imposible negarle, la criatura tuvo algún escalofrío y fiebre. Y el temor a verla morir o quedar idiota, tornó a reabrir la eterna llaga.

Hacía tres horas que no hablaban, y el motivo fue, como casi siempre, los fuertes pasos de Mazzini.

—¡Mi Dios! ¿No puedes caminar más despacio? ¿Cuántas veces…?

—Bueno, es que me olvido; ¡se acabó! No lo hago a propósito.

Ella se sonrió, desdeñosa: —¡No, no te creo tanto!

—Ni yo jamás te hubiera creído tanto a ti… ¡tisiquilla!

—¡Qué! ¿Qué dijiste?…

—¡Nada!

—¡Sí, te oí algo! Mira: ¡no sé lo que dijiste; pero te juro que prefiero cualquier cosa a tener un padre como el que has tenido tú!

Mazzini se puso pálido.

—¡Al fin! —murmuró con los dientes apretados—. ¡Al fin, víbora, has dicho lo que querías!

—¡Sí, víbora, sí! Pero yo he tenido padres sanos, ¿oyes?, ¡sanos! ¡Mi padre no ha muerto de delirio! ¡Yo hubiera tenido hijos como los de todo el mundo! ¡Esos son hijos tuyos, los cuatro tuyos!

Mazzini explotó a su vez.

—¡Víbora tísica! ¡eso es lo que te dije, lo que te quiero decir! ¡Pregúntale, pregúntale al médico quién tiene la mayor culpa de la meningitis de tus hijos: mi padre o tu pulmón picado, víbora!

Continuaron cada vez con mayor violencia, hasta que un gemido de Bertita selló instantáneamente sus bocas. A la una de la mañana la ligera indigestión había desaparecido, y como pasa fatalmente con todos los matrimonios jóvenes que se han amado intensamente una vez siquiera, la reconciliación llegó, tanto más efusiva cuanto infames fueran los agravios.

Amaneció un espléndido día, y mientras Berta se levantaba escupió sangre. Las emociones y mala noche pasada tenían, sin duda, gran culpa. Mazzini la retuvo abrazada largo rato, y ella lloró desesperadamente, pero sin que ninguno se atreviera a decir una palabra.

A las diez decidieron salir, después de almorzar. Como apenas tenían tiempo, ordenaron a la sirvienta que matara una gallina.

El día radiante había arrancado a los idiotas de su banco. De modo que mientras la sirvienta degollaba en la cocina al animal, desangrándolo con parsimonia (Berta había aprendido de su madre este buen modo de conservar la frescura de la carne), creyó sentir algo como respiración tras ella. Se volvió, y vio a los cuatro idiotas, con los hombros pegados uno a otro, mirando estupefactos la operación… Rojo… Rojo…

—¡Señora! Los niños están aquí, en la cocina.

Berta llegó; no quería que jamás pisaran allí. ¡Y ni aun en esas horas de pleno perdón, olvido y felicidad reconquistada, podía evitarse esa horrible visión! Porque, naturalmente, cuando más intensos eran los raptos de amor a su marido e hija, más irritado era su humor con los monstruos.

—¡Que salgan, María! ¡Échelos! ¡Échelos, le digo!

Las cuatro pobres bestias, sacudidas, brutalmente empujadas, fueron a dar a su banco.

Después de almorzar salieron todos. La sirvienta fue a Buenos Aires y el matrimonio a pasear por las quintas. Al bajar el sol volvieron; pero Berta quiso saludar un momento a sus vecinas de enfrente. Su hija se escapó enseguida a casa.

Entretanto los idiotas no se habían movido en todo el día de su banco. El sol había traspuesto ya el cerco, comenzaba a hundirse, y ellos continuaban mirando los ladrillos, más inertes que nunca.

De pronto algo se interpuso entre su mirada y el cerco. Su hermana, cansada de cinco horas paternales, quería observar por su cuenta. Detenida al pie del cerco, miraba pensativa la cresta. Quería trepar, eso no ofrecía duda. Al fin se decidió por una silla desfondada, pero aún no alcanzaba. Recurrió entonces a un cajón de kerosene, y su instinto topográfico le hizo colocar vertical el mueble, con lo cual triunfó.

Los cuatro idiotas, la mirada indiferente, vieron cómo su hermana lograba pacientemente dominar el equilibrio, y cómo en puntas de pie apoyaba la garganta sobre la cresta del cerco, entre sus manos tirantes. La vieron mirar a todos lados, y buscar apoyo con el pie para alzarse más.

Pero la mirada de los idiotas se había animado; una misma luz insistente estaba fija en sus pupilas. No apartaban los ojos de su hermana mientras creciente sensación de gula bestial iba cambiando cada línea de sus rostros. Lentamente avanzaron hacia el cerco. La pequeña, que habiendo logrado calzar el pie iba ya a montar a horcajadas y a caerse del otro lado, seguramente se sintió cogida de la pierna. Debajo de ella, los ocho ojos clavados en los suyos le dieron miedo.

—¡Suéltame! ¡Déjame! —gritó sacudiendo la pierna. Pero fue atraída.

—¡Mamá! ¡Ay, mamá! ¡Mamá, papá! —lloró imperiosamente. Trató aún de sujetarse del borde, pero se sintió arrancada y cayó.

—Mamá, ¡ay! Ma. . . —No pudo gritar más. Uno de ellos le apretó el cuello, apartando los bucles como si fueran plumas, y los otros la arrastraron de una sola pierna hasta la cocina, donde esa mañana se había desangrado a la gallina, bien sujeta, arrancándole la vida segundo por segundo.

Mazzini, en la casa de enfrente, creyó oír la voz de su hija.

—Me parece que te llama—le dijo a Berta.

Prestaron oído, inquietos, pero no oyeron más. Con todo, un momento después se despidieron, y mientras Berta iba dejar su sombrero, Mazzini avanzó en el patio.

—¡Bertita!

Nadie respondió.

—¡Bertita! —alzó más la voz, ya alterada.

Y el silencio fue tan fúnebre para su corazón siempre aterrado, que la espalda se le heló de horrible presentimiento.

—¡Mi hija, mi hija! —corrió ya desesperado hacia el fondo. Pero al pasar frente a la cocina vio en el piso un mar de sangre. Empujó violentamente la puerta entornada, y lanzó un grito de horror.

Berta, que ya se había lanzado corriendo a su vez al oír el angustioso llamado del padre, oyó el grito y respondió con otro. Pero al precipitarse en la cocina, Mazzini, lívido como la muerte, se interpuso, conteniéndola:

—¡No entres! ¡No entres!

Berta alcanzó a ver el piso inundado de sangre. Sólo pudo echar sus brazos sobre la cabeza y hundirse a lo largo de él con un ronco suspiro.

EL ALMOHADÓN DE PLUMAS *por Horacio Quiroga*

Su luna de miel fue un largo escalofrío. Rubia, angelical y tímida, el carácter duro de su marido heló sus soñadas niñerías de novia. Ella lo quería mucho, sin embargo, a veces con un ligero estremecimiento cuando volviendo de noche juntos por la calle, echaba una furtiva mirada a la alta estatura de Jordán, mudo desde hacía una hora. Él, por su parte, la amaba profundamente, sin darlo a conocer.

Durante tres meses —se habían casado en abril— vivieron una dicha especial.

Sin duda hubiera ella deseado menos severidad en ese rígido cielo de amor, más expansiva e incauta ternura; pero el impasible semblante de su marido la contenía siempre.

La casa en que vivían influía un poco en sus estremecimientos. La blancura del patio silencioso —frisos, columnas y estatuas de mármol— producía una otoñal impresión de palacio encantado. Dentro, el brillo glacial del estuco, sin el más leve rasguño en las altas paredes, afirmaba aquella sensación de desapacible frío. Al cruzar de una pieza a otra, los pasos hallaban eco en toda la casa, como si un largo abandono hubiera sensibilizado su resonancia.

En ese extraño nido de amor, Alicia pasó todo el otoño. No obstante, había concluido por echar un velo sobre sus antiguos sueños, y aún vivía dormida en la casa hostil, sin querer pensar en nada hasta que llegaba su marido.

No es raro que adelgazara. Tuvo un ligero ataque de influenza que se arrastró insidiosamente días y días; Alicia no se reponía nunca. Al fin una tarde pudo salir al jardín apoyada en el brazo de él. Miraba indiferente a uno y otro lado. De pronto Jordán, con honda ternura, le pasó la mano por la cabeza, y Alicia rompió en seguida en sollozos, echándole los brazos al cuello. Lloró largamente todo su espanto callado, redoblando el llanto a la menor tentativa de caricia. Luego los sollozos fueron retardándose, y aún quedó largo rato escondida en su cuello, sin moverse ni decir una palabra.

Fue ese el último día que Alicia estuvo levantada. Al día siguiente amaneció desvanecida. El médico de Jordán la examinó con suma atención, ordenándole calma y descanso absolutos.

—No sé —le dijo a Jordán en la puerta de calle, con la voz todavía baja—. Tiene una gran debilidad que no me explico, y sin vómitos, nada… Si mañana se despierta como hoy, llámeme enseguida.

Al otro día Alicia seguía peor. Hubo consulta. Se le diagnosticó una anemia de marcha agudísima, completamente inexplicable. Alicia no tuvo más desmayos, pero se iba visiblemente a la muerte. Todo el día el dormitorio estaba con las luces prendidas y en pleno silencio. Pasábanse horas sin oír el menor ruido. Alicia dormitaba. Jordán vivía casi en la sala, también con toda la luz encendida. Se paseaba sin cesar de un extremo a otro, con incansable obstinación. La alfombra ahogaba sus pasos. A ratos entraba en el dormitorio y proseguía su mudo vaivén a lo largo de la cama, mirando a su mujer cada vez que caminaba en su dirección.

Pronto Alicia comenzó a tener alucinaciones, confusas y flotantes al principio, y que descendieron luego a ras del suelo. La joven, con los ojos desmesuradamente abiertos, no hacía sino mirar la alfombra a uno y otro lado del respaldo de la cama. Una noche se quedó de repente mirando fijamente. Al rato abrió la boca para gritar, y sus narices y labios se perlaron de sudor.

—¡Jordán! ¡Jordán! —clamó, rígida de espanto, sin dejar de mirar la alfombra.

Jordán corrió al dormitorio, y al verlo aparecer Alicia dio un alarido de horror.

—¡Soy yo, Alicia, soy yo!

Alicia lo miró con extravío, miró la alfombra, volvió a mirarlo, y después de largo rato de estupefacta confrontación, se serenó. Sonrió y tomó entre las suyas la mano de su marido, acariciándola, temblando.

Entre sus alucinaciones más porfiadas, hubo un antropoide, apoyado en la alfombra sobre los dedos, que tenía fijos en ella los ojos.

Los médicos volvieron inútilmente. Había allí delante de ellos una vida que se acababa, desangrándose día a día, hora a hora, sin saber absolutamente cómo. En la última consulta Alicia yacía en estupor mientras ellos la pulsaban, pasándose de uno a otro la muñeca inerte. La observaron largo rato en silencio y siguieron al comedor.

—Pssssttt… —se encogió de hombros desalentado su médico—. Es un caso serio… poco hay que hacer…

—¡Sólo eso me faltaba! —resopló Jordán. Y tamborileó bruscamente sobre la mesa.

Alicia fue extinguiéndose en su delirio de anemia, agravado de tarde, pero que remitía siempre en las primeras horas. Durante el día no avanzaba su enfermedad, pero cada mañana amanecía lívida, en síncope casi. Parecía que únicamente de noche se le fuera la vida en nuevas alas de sangre. Tenía siempre al despertar la sensación de estar desplomada en la cama con un millón de kilos encima. Desde el tercer día este hundimiento no la abandonó más. Apenas podía mover la cabeza. No quiso que le tocaran la cama, ni aún que le arreglaran el almohadón. Sus terrores crepusculares avanzaron en forma de monstruos que se arrastraban hasta la cama y trepaban dificultosamente por la colcha.

Perdió luego el conocimiento. Los dos días finales deliró sin cesar a media voz. Las luces continuaban fúnebremente encendidas en el dormitorio y la sala. En el silencio agónico de la casa, no se oía más que el delirio monótono que salía de la cama, y el rumor ahogado de los eternos pasos de Jordán.

Alicia murió, por fin. La sirvienta, que entró después a deshacer la cama, sola ya, miró un rato extrañada el almohadón.

—¡Señor! —llamó a Jordán en voz baja—. En el almohadón hay manchas que parecen de sangre.

Jordán se acercó rápidamente Y se dobló a su vez. Efectivamente, sobre la funda, a ambos lados del hueco que había dejado la cabeza de Alicia, se veían manchitas oscuras.

—Parecen picaduras —murmuró la sirvienta después de un rato de inmóvil observación.

—Levántelo a la luz —le dijo Jordán.

La sirvienta lo levantó, pero enseguida lo dejó caer, y se quedó mirando a aquél, lívida y temblando. Sin saber por qué, Jordán sintió que los cabellos se le erizaban.

—¿Qué hay? —murmuró con la voz ronca.

—Pesa mucho —articuló la sirvienta, sin dejar de temblar.

Jordán lo levantó; pesaba extraordinariamente. Salieron con él, y sobre la mesa del comedor Jordán cortó funda y envoltura de un tajo. Las plumas superiores volaron, y la sirvienta dio un grito de horror con toda la boca abierta, llevándose las manos crispadas a los bandos. Sobre el fondo, entre las plumas, moviendo lentamente las patas velludas, había un animal monstruoso, una bola viviente y viscosa. Estaba tan hinchado que apenas se le pronunciaba la boca.

Noche a noche, desde que Alicia había caído en cama, había aplicado sigilosamente su boca —su trompa, mejor dicho— a las sienes de aquélla, chupándole la sangre. La picadura fuera casi imperceptible. La remoción diaria del almohadón había impedido sin duda su desarrollo, pero desde que la joven no pudo moverse, la succión fue vertiginosa. En cinco días, en cinco noches, había vaciado a Alicia.

Estos parásitos de las aves, diminutos en el medio habitual, llegan a adquirir en ciertas condiciones proporciones enormes. La sangre humana parece serles particularmente favorable, y no es raro hallarlos en los almohadones de pluma.

LOS OJOS VERDES *por Gustavo A. Bécquer*

Hace mucho tiempo que tenía ganas de escribir cualquier cosa con este título. Hoy, que se me ha presentado ocasión, lo he puesto con letras grandes en la primera cuartilla de papel, y luego he dejado a capricho volar la pluma.

Yo creo que he visto unos ojos como los que he pintado en esta leyenda. No sé si en sueños, pero yo los he visto. De seguro no los podré describir tal cuales ellos eran: luminosos, transparentes como las gotas de la lluvia que se resbalan sobre las hojas de los árboles después de una tempestad de verano. De todos modos, cuento con la imaginación de mis lectores para hacerme comprender en este que pudiéramos llamar boceto de un cuadro que pintaré algún día.

I

—Herido va el ciervo…, herido va… no hay duda. Se ve el rastro de la sangre entre las zarzas del monte, y al saltar uno de esos lentiscos han flaqueado sus piernas… Nuestro joven señor comienza por donde otros acaban… En cuarenta años de montero no he visto mejor golpe… Pero, ¡por San Saturio, patrón de Soria!, cortadle el paso por esas carrascas, azuzad los perros, soplad en esas trompas hasta echar los hígados, y hundid a los corceles una cuarta de hierro en los ijares: ¿no veis que se dirige hacia la fuente de los Álamos y si la salva antes de morir podemos darlo por perdido?

Las cuencas del Moncayo repitieron de eco en eco el bramido de las trompas, el latir de la jauría desencadenada, y las voces de los pajes resonaron con nueva furia, y el confuso tropel de hombres, caballos y perros, se dirigió al punto que Iñigo, el montero mayor de los marqueses de Almenar, señalara como el más a propósito para cortarle el paso a la res.

Pero todo fue inútil. Cuando el más ágil de los lebreles llegó a las carrascas, jadeante y cubiertas las fauces de espuma, ya el ciervo, rápido como una saeta, las había salvado de un solo brinco, perdiéndose entre los matorrales de una trocha que conducía a la fuente.

—¡Alto!… ¡Alto todo el mundo! —gritó Iñigo entonces—. Estaba de Dios que había de marcharse.

Y la cabalgata se detuvo, y enmudecieron las trompas, y los lebreles dejaron refunfuñando la pista a la voz de los cazadores.

En aquel momento, se reunía a la comitiva el héroe de la fiesta, Fernando de Argensola, el primogénito de Almenar.

—¿Qué haces? —exclamó, dirigiéndose a su montero, y en tanto, ya se pintaba el asombro en sus facciones, ya ardía la cólera en sus ojos—. ¿Qué haces, imbécil? Ves que la pieza está herida, que es la primera que cae por mi mano, y abandonas el rastro y la dejas perder para que vaya a morir en el fondo del bosque. ¿Crees acaso que he venido a matar ciervos para festines de lobos?

—Señor —murmuró Iñigo entre dientes—, es imposible pasar de este punto.

—¡Imposible! ¿Y por qué?

—Porque esa trocha —prosiguió el montero— conduce a la fuente de los Álamos: la fuente de los Álamos, en cuyas aguas habita un espíritu del mal. El que osa enturbiar su corriente paga caro su atrevimiento. Ya la res habrá salvado sus márgenes. ¿Cómo la salvarás sin atraer sobre vuestra cabeza alguna calamidad horrible? Los cazadores somos reyes del Moncayo, pero reyes que pagan un tributo. Fiera que se refugia en esta fuente misteriosa, pieza perdida.

—¡Pieza perdida! Primero perderé yo el señorío de mis padres, y primero perderé el ánima en manos de Satanás, que permitir que se me escape ese ciervo, el único que ha herido mi venablo, la primicia de mis excursiones de cazador… ¿Lo ves?… ¿Lo ves?… Aún se distingue a intervalos desde aquí; las piernas le fallan, su carrera se acorta; déjame…, déjame; suelta esa brida o te revuelvo en el polvo… ¿Quién sabe si no le daré lugar para que llegue a la fuente? Y si llegase, al diablo ella, su limpidez y sus habitadores. ¡Sus, Relámpago!; ¡sus, caballo mío! Si lo alcanzas, mando engarzar los diamantes de mi joyel en tu serreta de oro.

Caballo y jinete partieron como un huracán. Iñigo los siguió con la vista hasta que se perdieron en la maleza; después volvió los ojos en derredor suyo; todos, como él, permanecían inmóviles y consternados.

El montero exclamó al fin:

—Señores, vosotros lo habéis visto; me he expuesto a morir entre los pies de su caballo por detenerlo. Yo he cumplido con mi deber. Con el diablo no sirven valentías. Hasta aquí llega el montero con su ballesta; de aquí en adelante, que pruebe a pasar el capellán con su hisopo.

II

—Tienes el rostro pálido; andas triste y sombrío. ¿Qué te sucede? Desde aquel día, que siempre consideraré nefasto, en que llegaste a la fuente de los Álamos tras la res herida, parece que una bruja te ha hechizado. Ya no vas a los montes con la ruidosa jauría, ni el sonido de tus trompas despierta los ecos. Cada mañana, perdido en tus pensamientos, tomas la ballesta y te adentras en la espesura hasta que cae el sol. Y cuando regresas de noche, pálido y cansado al castillo, busco en vano en tu bandolera los trofeos de caza. ¿Qué te mantiene tanto tiempo lejos de quienes más te quieren?

Mientras Íñigo hablaba, Fernando, absorto en sus pensamientos, sacaba astillas del escaño de ébano con su cuchillo de caza.

Tras un largo silencio, que solo rompía el chirrido de la hoja al deslizarse sobre la madera, el joven exclamó, dirigiéndose a su servidor como si no hubiera oído ni una palabra:

—Íñigo, tú que eres viejo y conoces cada rincón del Moncayo, que has vivido en sus laderas persiguiendo fieras y has subido más de una vez a su cumbre, dime: ¿alguna vez has visto a una mujer que vive entre sus rocas?

—¿Una mujer? —exclamó el montero, mirándolo con asombro.

—Sí —dijo el joven—. Es algo muy extraño… Creí que podría guardar este secreto para siempre, pero ya no es posible. Me desborda y se refleja en mi rostro. Voy a contártelo… Tú me ayudarás a desvelar el misterio que rodea a esa criatura que, al parecer, solo yo he visto. Nadie la conoce, nadie puede darme razón de ella.

El montero, sin decir una palabra, acercó su banquillo y se sentó junto al escaño de su señor, sin apartar la mirada de él. Fernando, tras organizar sus pensamientos, continuó:

—Desde aquel día en que, ignorando tus advertencias, llegué a la fuente de los Álamos y, cruzando sus aguas, recuperé el ciervo que tu superstición habría dejado escapar, mi alma se llenó de un profundo deseo de soledad.

Tú no conoces ese lugar. Mira: la fuente brota oculta en el corazón de una roca y cae, deslizándose gota a gota entre las hojas verdes que flotan alrededor. Esas gotas, que al caer brillan como puntos dorados y suenan como las notas de un instrumento, se reúnen en el césped y, con un murmullo suave, avanzan como abejas que zumban entre las flores. Se deslizan por la arena, forman un cauce, luchan contra los obstáculos, se repliegan, saltan, huyen y corren… A veces con risas, otras con suspiros, hasta caer en un lago.

El agua se precipita en el lago con un sonido indescriptible. Lamentos, palabras, nombres, canciones… No sé qué he oído en ese rumor cuando me he sentado solo y febril sobre la roca, donde las aguas de la fuente misteriosa se estancan en una balsa profunda. Su superficie inmóvil apenas se agita con la brisa de la tarde.

Todo allí es grandioso. La soledad, con sus mil sonidos desconocidos, habita ese lugar y embriaga el alma con su melancolía. En las hojas plateadas de los álamos, en las grietas de las rocas, en las ondas del agua, parece que los espíritus invisibles de la naturaleza nos hablan y reconocen un hermano en el alma inmortal del hombre.

Cuando al despuntar la mañana me veías tomar la ballesta y dirigirme al monte, no fue nunca para perderme entre sus matorrales en pos de la caza, no; iba a sentarme al borde de la fuente, a buscar en sus ondas... no sé qué, ¡una locura! El día en que saltó sobre ella mi Relámpago, creí haber visto brillar en su fondo una cosa extraña.., muy extraña..: los ojos de una mujer.

Tal vez sería un rayo de sol que serpenteó fugitivo entre su espuma; tal vez sería una de esas flores que flotan entre las algas de su seno y cuyos cálices parecen esmeraldas...; no sé; yo creí ver una mirada que se clavó en la mía, una mirada que encendió en mi pecho un deseo absurdo, irrealizable: el de encontrar una persona con unos ojos como aquellos. En su busca fui un día y otro a aquel sitio.

Por último, una tarde... yo me creí juguete de un sueño...; pero no, es verdad; le he hablado ya muchas veces como te hablo a ti ahora...; una tarde encontré sentada en mi puesto, vestida con unas ropas que llegaban hasta las aguas y flotaban sobre su haz, una mujer hermosa sobre toda ponderación. Sus cabellos eran como el oro; sus pestañas brillaban como hilos de luz, y entre las pestañas volteaban inquietas unas pupilas que yo había visto..., sí, porque los ojos de aquella mujer eran los ojos que yo tenía clavados en la mente, unos ojos de un color imposible, unos ojos...

—¡Verdes! —exclamó Iñigo con un acento de profundo terror e incorporándose de un golpe en su asiento.

Fernando lo miró a su vez como asombrado de que concluyese lo que iba a decir, y le preguntó con una mezcla de ansiedad y de alegría:

—¿La conoces?

—¡Oh, no! —dijo el montero—. ¡Líbreme Dios de conocerla! Pero mis padres, al prohibirme llegar hasta estos lugares, me dijeron mil veces que el espíritu, trasgo, demonio o mujer que habita en sus aguas tiene los ojos de ese color. Yo te conjuro por lo que más ames en la tierra a no volver a la fuente de los álamos. Un día u otro os alcanzará su venganza y expiaréis, muriendo, el delito de haber encenagado sus ondas.

—¡Por lo que más amo! —murmuró el joven con una triste sonrisa.

—Sí —prosiguió el anciano—; por tus padres, por tus deudos, por las lágrimas de la que el Cielo destina para tu esposa, por las de un servidor, que te ha visto nacer.

—¿Sabes tú lo que más amo en el mundo? ¿Sabes tú por qué daría yo el amor de mi padre, los besos de la que me dio la vida y todo el cariño que pueden atesorar todas las mujeres de la tierra? Por una mirada, por una sola mirada de esos ojos… ¡Mira cómo podré dejar yo de buscarlos!

Dijo Fernando estas palabras con tal acento, que la lágrima que temblaba en los párpados de Iñigo se resbaló silenciosa por su mejilla, mientras exclamó con acento sombrío:

—¡Cúmplase la voluntad del Cielo!

III

—¿Quién eres tú? ¿Cuál es tu patria? ¿En dónde habitas? Yo vengo un día y otro en tu busca, y ni veo el corcel que te trae a estos lugares ni a los servidores que conducen tu litera. Rompe de una vez el misterioso velo en que te envuelves como en una noche profunda. Yo te amo, y, noble o villana, seré tuyo, tuyo siempre.

El sol había traspuesto la cumbre del monte; las sombras bajaban a grandes pasos por su falda; la brisa gemía entre los álamos de la fuente, y la niebla, elevándose poco a poco de la superficie del lago, comenzaba a envolver las rocas de su margen.

Sobre una de estas rocas, sobre la que parecía próxima a desplomarse en el fondo de las aguas, en cuya superficie se retrataba, temblando, el primogénito Almenar, de rodillas a los pies de su misteriosa amante, procuraba en vano arrancarle el secreto de su existencia.

Ella era hermosa, hermosa y pálida como una estatua de alabastro. Y uno de sus rizos caía sobre sus hombros, deslizándose entre los pliegues del velo como un rayo de sol que atraviesa las nubes, y en el cerco de sus pestañas rubias brillaban sus pupilas como dos esmeraldas sujetas en una joya de oro.

Cuando el joven acabó de hablarle, sus labios se removieron como para pronunciar algunas palabras; pero exhalaron un suspiro, un suspiro débil, doliente, como el de la ligera onda que empuja una brisa al morir entre los juncos.

—¡No me respondes! —exclamó Fernando al ver burlada su esperanza—. ¿Querrás que dé crédito a lo que de ti me han dicho? ¡Oh, no!… Háblame; yo quiero saber si me amas; yo quiero saber si puedo amarte, si eres una mujer…

—O un demonio… ¿Y si lo fuese?

El joven vaciló un instante; un sudor frío corrió por sus miembros; sus pupilas se dilataron al fijarse con más intensidad en las de aquella mujer, y fascinado por su brillo fosfórico, demente casi, exclamó en un arrebato de amor:

—Si lo fueses.:., te amaría…, te amaría como te amo ahora, como es mi destino amarte, hasta más allá de esta vida, si hay algo más de ella.

—Fernando —dijo la hermosa entonces con una voz semejante a una música—, yo te amo más aún que tú me amas; yo, que desciendo hasta un mortal siendo un espíritu puro. No soy una mujer como las que existen en la Tierra; soy una mujer digna de ti, que eres superior a los demás hombres. Yo vivo en el fondo de estas aguas, incorpórea como ellas, fugaz y transparente: hablo con sus rumores y ondulo con sus pliegues. Yo no castigo al que osa turbar la fuente donde moro; antes lo premio con mi amor, como a un mortal superior a las supersticiones del vulgo, como a un amante capaz de comprender mi caso extraño y misterioso.

Mientras ella hablaba así, el joven absorto en la contemplación de su fantástica hermosura, atraído como por una fuerza desconocida, se aproximaba más y más al borde de la roca.

La mujer de los ojos verdes prosiguió así:

—¿Ves, ves el límpido fondo de este lago? ¿Ves esas plantas de largas y verdes hojas que se agitan en su fondo?… Ellas nos darán un lecho de esmeraldas y corales…, y yo…, yo te daré una felicidad sin nombre, esa felicidad que has soñado en tus horas de delirio y que no puede ofrecerte nadie… Ven; la niebla del lago flota sobre nuestras frentes como un pabellón de lino…; las ondas nos llaman con sus voces incomprensibles; el viento empieza entre los álamos sus himnos de amor; ven…, ven.

La noche comenzaba a extender sus sombras; la luna rielaba en la superficie del lago; la niebla se arremolinaba al soplo del aire, y los ojos verdes brillaban en la oscuridad como los fuegos fatuos que corren sobre el haz de las aguas infectas… Ven, ven… Estas palabras zumbaban en los oídos de Fernando como un conjuro. Ven… y la mujer misteriosa lo llamaba al borde del abismo donde estaba suspendida, y parecía ofrecerle un beso…, un beso…

Fernando dio un paso hacía ella…, otro…, y sintió unos brazos delgados y flexibles que se liaban a su cuello, y una sensación fría en sus labios ardorosos, un beso de nieve…, y vaciló…, y perdió pie, y cayó al agua con un rumor sordo y lúgubre.

Las aguas saltaron en chispas de luz y se cerraron sobre su cuerpo, y sus círculos de plata fueron ensanchándose, ensanchándose hasta expirar en las orillas.

LA CRUZ DEL DIABLO *por Gustavo A. Bécquer*

Que lo crea o no, me importa bien poco.
Mi abuelo se lo narró a mi padre;
mi padre me lo ha referido a mí,
y yo te lo cuento ahora,
siquiera no sea más que por pasar el rato.

I

El crepúsculo comenzaba a extender sus ligeras alas de vapor sobre las pintorescas orillas del Segre, cuando después de una fatigosa jornada llegamos a Bellver, término de nuestro viaje.

Bellver es una pequeña población situada a la falda de una colina, por detrás de la cual se ven elevarse, como las gradas de un colosal anfiteatro de granito, las empinadas y nebulosas crestas de los Pirineos.

Los blancos caseríos que la rodean, salpicados aquí y allá sobre una ondulante sábana de verdura, parecen a lo lejos un bando de palomas que han abatido su vuelo para apagar su sed en las aguas de la ribera.

Una pelada roca, a cuyos pies tuercen éstas su curso, y sobre cuya cima se notan aún remotos vestigios de construcción, señala la antigua línea divisoria entre el condado de Urgel y el más importante de sus feudos.

A la derecha del tortuoso sendero que conduce a este punto, remontando la corriente del río y siguiendo sus curvas y frondosos márgenes, se encuentra una cruz.

El asta y los brazos son de hierro; la redonda base en que se apoya, de mármol, y la escalinata que a ella conduce, de oscuros y mal unidos fragmentos de sillería.

La destructora acción de los años, que ha cubierto de orín el metal, ha roto y carcomido la piedra de este monumento, entre cuyas hendiduras crecen algunas plantas trepadoras que suben enredándose hasta coronarlo, mientras una vieja y corpulenta encina le sirve de dosel.

Yo había adelantado algunos minutos a mis compañeros de viaje, y deteniendo mi escuálida cabalgadura, contemplaba en silencio aquella cruz, muda y sencilla expresión de las creencias y la piedad de otros siglos.

Un mundo de ideas se agolpó a mi imaginación en aquel instante. Ideas ligerísimas, sin forma determinada, que unían entre sí, como un invisible hilo de luz, la profunda soledad de aquellos lugares, el alto silencio de la naciente noche y la vaga melancolía de mi espíritu.

Impulsado de un pensamiento religioso, espontáneo e indefinible, eché maquinalmente pie a tierra, me descubrí, y comencé a buscar en el fondo de mi memoria una de aquellas oraciones que me enseñaron cuando niño; una de aquellas oraciones, que cuando más tarde se escapan involuntarias de nuestros labios, parece que aligeran el pecho oprimido, y semejantes a las lágrimas, alivian el dolor, que tambíen toma estas formas para evaporarse.

Ya había comenzado a murmurarla, cuando de improviso sentí que me sacudían con violencia por los hombros.

Volví la cara: un hombre estaba al lado mío.

Era uno de nuestros guías natural del país, el cual, con una indescriptible expresión de terror pintada en el rostro, pugnaba por arrastrarme consigo y cubrir mi cabeza con el fieltro que aún tenía en mis manos.

Mi primera mirada, mitad de asombro, mitad de cólera, equivalía a una interrogación enérgica, aunque muda.

El pobre hombre sin cejar en su empeño de alejarme de aquel sitio, contestó a ella con estas palabras, que entonces no pude comprender, pero en las que había un acento de verdad que me sobrecogió:

—¡Por la memoria de su madre! ¡Por lo más sagrado que tenga en el mundo, señorito, cúbrase usted la cabeza y aléjese más que de prisa de esta cruz! ¡Tan desesperado está usted que, no bastándole la ayuda de Dios, recurre a la del demonio!

Yo permanecí un rato mirándole en silencio. Francamente, creí que estaba loco; pero él prosiguió con igual vehemencia:

—Usted busca la frontera; pues bien, si delante de esa cruz le pide usted al cielo que le preste ayuda, las cumbres de los montes vecinos se levantarán en una sola noche hasta las estrellas invisibles, sólo porque no encontremos la raya en toda nuestra vida.

Yo no puedo menos de sonreírme.

—¿Se burla usted?... ¿Cree acaso que esa es una cruz santa como la del porche de nuestra iglesia?...

—¿Quién lo duda?

—Pues se engaña usted de medio a medio; porque esa cruz, salvo lo que tiene de Dios, está maldita... esa cruz pertenece a un espíritu maligno, y por eso le llaman La cruz del diablo.

—¡La cruz del diablo! —repetí cediendo a sus instancias, sin darme cuenta a mí mismo del involuntario temor que comenzó a apoderarse de mi espíritu, y que me rechazaba como una fuerza desconocida de aquel lugar;— ¡la cruz del diablo! ¡Nunca ha herido mi imaginación una amalgama más disparatada de dos ideas tan absolutamente enemigas!... ¡Una cruz... y del diablo!!! ¡Vaya, vaya! Fuerza será que en llegando a la población me expliques este monstruoso absurdo.

Durante este corto diálogo, nuestros camaradas, que habían picado sus cabalgaduras, se nos reunieron al pie de la cruz; yo les expliqué en breves palabras lo que acababa de suceder; monté nuevamente en mi rocín, y las campanas de la parroquia llamaban lentamente a la oración, cuando nos apeamos en el más escondido y lóbrego de los paradores de Bellver.

II

Las llamas rojas y azules se enroscaban chisporroteando a lo largo del grueso tronco de encina que ardía en el ancho hogar; nuestras sombras, que se proyectaban temblando sobre los ennegrecidos muros, se empequeñecían o tomaban formas gigantescas, según la hoguera despedía resplandores más o menos brillantes; el vaso de saúco, ora vacío, ora lleno, y no de agua, como cangilón de noria, había dado tres veces la vuelta en derredor del círculo que formábamos junto al fuego, y todos esperaban con impaciencia la historia de La cruz del diablo, que a guisa de postres de la frugal cena que acabábamos de consumir se nos había prometido, cuando nuestro guía tosió por dos veces, se echó al coleto un último trago de vino, se limpió con el revés de la mano la boca, y comenzó de este modo:

Hace mucho tiempo, mucho tiempo, yo no sé cuánto, pero los moros ocupaban aún la mayor parte de España, se llamaban condes nuestros reyes, y las villas y aldeas pertenecían en feudo a ciertos señores, que a su vez prestaban homenaje a otros más poderosos, cuando acaeció lo que voy a referir a ustedes.

Concluida esta breve introducción histórica, el héroe de la fiesta guardó silencio durante algunos segundos como para coordinar sus recuerdos, y prosiguió así:

—Pues es el caso que, en aquel tiempo remoto, esta villa y algunas otras formaban parte del patrimonio de un noble barón, cuyo castillo señorial se levantó por muchos siglos sobre la cresta de un peñasco que baña el Segre, del cual toma su nombre.

Aún testifican la verdad de mi relación algunas informes ruinas que, cubiertas de jaramago y musgo, se alcanzan a ver sobre su cumbre desde el camino que conduce a este pueblo.

No sé si por ventura o desgracia quiso la suerte que este señor, a quien por su crueldad detestaban sus vasallos, y por sus malas cualidades ni el rey admitía en su corte, ni sus vecinos en el hogar, se aburriese de vivir solo con su mal humor y sus ballesteros en lo alto de la roca en que sus antepasados colgaron su nido de piedra.

Noche y día los sesos en busca de alguna distracción propia de su carácter, lo cual era bastante difícil después de haberse cansado, como ya lo estaba, de mover guerra a sus vecinos, apalear a sus servidores y ahorcar a sus súbditos.

En esta ocasión cuentan las crónicas que se le ocurrió, aunque sin ejemplar, una idea feliz.

Sabiendo que los cristianos de otras poderosas naciones se aprestaban a partir juntos en una formidable armada a un país maravilloso para conquistar el sepulcro de Nuestro Señor Jesucristo, que los moros tenían en su poder, se determinó a marchar en su seguimiento.

Si realizó esta idea con objeto de purgar sus culpas, que no eran pocas, derramando su sangre en tan justa empresa, o con el de trasplantarse a un punto donde sus malas mañas no se conociesen, se ignora; pero la verdad del caso es que, con gran contentamiento de grandes y chicos, de vasallos y de iguales, allegó cuánto dinero pudo, redimió a sus pueblos del señorío, mediante una gruesa cantidad, y no conservando de propiedad suya más que el peñón del Segre y las cuatro torres del castillo, herencia de sus padres, desapareció de la noche a la mañana.

La comarca entera respiró en libertad durante algún tiempo, como si despertara de una pesadilla.

Ya no colgaban de sus sotos, en vez de frutas, racimos de hombres; las muchachas del pueblo no temían al salir con su cántaro en la cabeza a tomar agua de la fuente del camino, ni los pastores llevaban sus rebaños al Segre por sendas impracticables y ocultas, temblando encontrar a cada revuelta de la trocha a los ballesteros de su muy amado señor.

Así transcurrió el espacio de tres años; la historia del mal caballero, que sólo por este nombre se le conocía, comenzaba a pertenecer al exclusivo dominio de las viejas, que en las eternas veladas del invierno las relataban con voz hueca y temerosa a los asombrados chicos; las madres asustaban a los pequeñuelos incorregibles o llorones diciéndoles: ¡que viene el señor del Segre!, cuando he aquí que no sé si un día o una noche, si caído del cielo o abortado de los profundos, el temido señor apareció efectivamente, y como suele decirse, en carne y hueso, en mitad de sus antiguos vasallos.

Renuncio a describir el efecto de esta agradable sorpresa. Ustedes se lo podrán figurar mejor que yo pintarlo, sólo con decirles que tornaba reclamando sus vendidos derechos, que si malo se fue, peor volvió; y si pobre y sin crédito se encontraba antes de partir a la guerra; ya no podía contar con más recursos que su despreocupación, su lanza y una media docena de aventureros tan desalmados y perdidos como su jefe.

Como era natural, los pueblos se resistieron a pagar tributos que a tanta costa habían redimido; pero el señor puso fuego a sus heredades, a sus alquerías y a sus mieses.

Entonces apelaron a la justicia del rey; pero el señor se burló de las cartas—leyes de los condes soberanos; las clavó en el postigo de sus torres, y colgó a los farautes de una encina.

Exasperados y no encontrando otra vía de salvación, por último, se pusieron de acuerdo entre sí, se encomendaron a la Divina Providencia y tomaron las armas: pero el señor llamó a sus secuaces, llamó en su ayuda al diablo, se encaramó a su roca y se preparó a la lucha.

Ésta comenzó terrible y sangrienta. Se peleaba con todas armas, en todos sitios y a todas horas, con la espada y el fuego, en la montaña y en la llanura, en el día y durante la noche.

Aquello no era pelear para vivir; era vivir para pelear.

Al cabo triunfó la causa de la justicia. Oigan ustedes cómo.

Una noche oscura, muy oscura, en que no se oía ni un rumor en la tierra ni brillaba un solo astro en el cielo, los señores de la fortaleza, engreídos por una reciente victoria, se repartían el botín, y ebrios con el vapor de los licores, en mitad de la loca y estruendosa orgía, entonaban sacrílegos cantares en loor de su infernal patrono.

Como dejo dicho, nada se oía en derredor del castillo, excepto el eco de las blasfemias, que palpitaban perdidas en el sombrío seno de la noche, como palpitan las almas de los condenados envueltas en los pliegues del huracán de los infiernos.

Ya los descuidados centinelas habían fijado algunas veces sus ojos en la villa que reposaba silenciosa, y se habían dormido sin temor a una sorpresa, apoyados en el grueso tronco de sus lanzas, cuando he aquí que algunos aldeanos, resueltos a morir y protegidos por la sombra, comenzaron a escalar el cubierto peñón del Segre, a cuya cima tocaron a punto de la media noche.

Una vez en la cima, lo que faltaba por hacer fue obra de poco tiempo: los centinelas salvaron de un solo salto el valladar que separa el sueño de la muerte; el fuego, aplicado con teas de resina al puente y al rastrillo, se comunicó con la rapidez del relámpago a los muros; y los escaladores, favorecidos por la confusión y abriéndose paso entre las llamas, dieron fin con los habitantes de aquella guarida en un abrir y cerrar de ojos.

Todos perecieron.

Cuando el cercano día comenzó a blanquear las altas copas de los enebros, humeaban aún los calcinados escombros de las desplomadas torres; y a través de sus anchas brechas, chispeando al herirla la luz y colgada de uno de los negros pilares de la sala del festín, era fácil divisar la armadura del temido jefe, cuyo cadáver, cubierto de sangre y polvo, yacía entre los desgarrados tapices y las calientes cenizas, confundido con los de sus oscuros compañeros.

El tiempo pasó; comenzaron los zarzales a rastrear por los desiertos patios, la hiedra a enredarse en los oscuros machones, y las campanillas azules a mecerse colgadas de las mismas almenas. Los desiguales soplos de la brisa, el graznido de las aves nocturnas y el rumor de los reptiles, que se deslizaban entre las altas hierbas, turbaban sólo de vez en cuando el silencio de muerte de aquel lugar maldecido; los insepultos huesos de sus antiguos moradores blanqueaban el rayo de la luna, y aún podía verse el haz de armas del señor del Segre, colgado del negro pilar de la sala del festín.

Nadie osaba tocarle; pero corrían mil fábulas acerca de aquel objeto, causa incesante de hablillas y terrores para los que le miraban llamear durante el día, herido por la luz del sol, o creían percibir en las altas horas de la noche el metálico son de sus piezas, que chocaban entre sí cuando las movía el viento, con un gemido prolongado y triste.

A pesar de todos los cuentos que a propósito de la armadura se fraguaron, y que en voz baja se repetían unos a otros los habitantes de los alrededores, no pasaban de cuentos, y el único más positivo que de ellos resultó, se redujo entonces a una dosis de miedo más que regular, que cada uno de por sí se esforzaba en disimular lo posible, haciendo, como decirse suele, de tripas corazón.

Si de aquí no hubiera pasado la cosa, nada se habría perdido. Pero el diablo, que a lo que parece no se encontraba satisfecho de su obra, sin duda con el permiso de Dios y a fin de hacer purgar a la comarca algunas culpas, volvió a tomar cartas en el asunto.

Desde este momento las fábulas, que hasta aquella época no pasaron de un rumor vago y sin viso alguno de verosimilitud, comenzaron a tomar consistencia y a hacerse de día en día más probables.

En efecto, hacía algunas noches que todo el pueblo había podido observar un extraño fenómeno.

Entre las sombras, a lo lejos, ya subiendo las retorcidas cuestas del peñón del Segre, ya vagando entre las ruinas del castillo, ya cerniéndose al parecer en los aires, se veían correr, cruzarse, esconderse y tornar a aparecer para alejarse en distintas direcciones, unas luces misteriosas y fantásticas, cuya procedencia nadie sabía explicar.

Esto se repitió por tres o cuatro noches durante el intervalo de un mes, y los confusos aldeanos esperaban inquietos el resultado de aquellos conciliábulos, que ciertamente no se hizo aguardar mucho, cuando tres o cuatro alquerías incendiadas, varias reses desaparecidas y los cadáveres de algunos caminantes despeñados en los precipicios, pusieron en alarma a todo el territorio en diez leguas a la redonda.

Ya no quedó duda alguna. Una banda de malhechores se albergaba en los subterráneos del castillo.

Éstos, que sólo se presentaban al principio muy de tarde en tarde y en determinados puntos del bosque que aun en el día se dilata a lo largo de la ribera, concluyeron por ocupar casi todos los desfiladeros de las montañas, emboscarse en los caminos, saquear los valles y descender como un torrente a la llanura, donde a éste quiero, a éste no quiero, no dejaban títere con cabeza.

Los asesinatos se multiplicaban; las muchachas desaparecían, y los niños eran arrancados de las cunas a pesar de los lamentos de sus madres, para servirlos en diabólicos festines, en que, según la creencia general, los vasos sagrados sustraídos de las profanadas iglesias servían de copas.

El terror llegó a apoderarse de los ánimos en un grado tal, que al toque de oraciones nadie se aventuraba a salir de su casa, en la que no siempre se creían seguros de los bandidos del peñón.

Mas ¿quiénes eran éstos? ¿De dónde habían venido? ¿Cuál era el nombre de su misterioso jefe? He aquí el enigma que todos querían explicar y que nadie podía resolver hasta entonces, aunque se observase desde luego que la armadura del señor feudal había desaparecido del sitio que antes ocupara, y posteriormente varios labradores hubiesen afirmado que el capitán de aquella desalmada gavilla marchaba a su frente cubierto con una que, de no ser la misma, se le asemejaba en un todo.

Cuanto queda repetido, si se le despoja de esa parte de fantasía con que el miedo abulta y completa sus creaciones favoritas, nada tiene en sí de sobrenatural y extraño.

¿Qué cosa más corriente en unos bandidos que las ferocidades con que éstos se distinguían, ni más natural que el apoderarse su jefe de las abandonadas armas del señor del Segre?

Sin embargo, algunas revelaciones hechas antes de morir por uno de sus secuaces, prisionero en las últimas refriegas, acabaron de colmar la medida, preocupando el ánimo de los más incrédulos. Poco más o menos, el contenido de su confusión fue éste:

Yo —dijo— pertenezco a una noble familia. Los extravíos de mi juventud, mis locas prodigalidades y mis crímenes por último, atrajeron sobre mi cabeza la cólera de mis deudos y la maldición de mi padre, que me desheredó al expirar. Hallándome solo y sin recursos de ninguna especie, el diablo sin duda debió sugerirme la idea de reunir algunos jóvenes que se encontraban en una situación idéntica a la mía, los cuales seducidos con la promesa de un porvenir de disipación, libertad y abundancia, no vacilaron un instante en suscribir a mis designios.

Éstos se reducían a formar una banda de jóvenes de buen humor, despreocupados y poco temerosos del peligro, que desde allí en adelante vivirían alegremente del producto de su valor y a costa del país, hasta tanto que Dios se sirviera disponer de cada uno de ellos conforme a su voluntad, según hoy a mí me sucede.

Con este objeto señalamos esta comarca para teatro de nuestras expediciones futuras, y escogimos como punto el más a propósito para nuestras reuniones el abandonado castillo del Segre, lugar seguro no tanto por su posición fuerte y ventajosa, como por hallarse defendido contra el vulgo por las supersticiones y el miedo.

Congregados una noche bajo sus ruinosas arcadas, alrededor de una hoguera que iluminaba con su rojizo resplandor las desiertas galerías, se originó una acalorada disputa sobre cuál de nosotros había de ser elegido jefe.

Cada uno alegó sus méritos; yo expuse mis derechos: ya los unos murmuraban entre sí con ojeadas amenazadoras; ya los otros, con voces descompuestas por la embriaguez, habían puesto la mano sobre el pomo de sus puñales para dirimir la cuestión, cuando de repente oímos un extraño crujir de armas, acompañado de pisadas huecas y sonantes, que de cada vez se hacían más distintas. Todos arrojamos a nuestro alrededor una inquieta mirada de desconfianza: nos pusimos de pie y desnudamos nuestros aceros, determinados a vender caras las vidas; pero no pudimos por menos de permanecer inmóviles al ver adelantarse con paso firme e igual un hombre de elevada estatura completamente armado de la cabeza al pie y cubierto el rostro con la visera del casco, el cual, desnudando su montante, que dos hombres podrían apenas manejar, y poniéndole sobre uno de los carcomidos fragmentos de las rotas arcadas, exclamó con voz hueca y profunda, semejante al rumor de una caída de aguas subterráneas:

—Si alguno de vosotros se atreve a ser el primero mientras yo habite en el castillo del Segre, que tome esa espada, signo del poder.

Todos guardamos silencio, hasta que, transcurrido el primer momento de estupor, le proclamamos a grandes voces nuestro capitán, ofreciéndole una copa de nuestro vino, la cual rehusó por señas, acaso por no descubrir la faz, que en vano procuramos distinguir a través de las rejillas de hierro que la ocultaban a nuestros ojos.

No obstante, aquella noche pronunciamos el más formidable de los juramentos, y a la siguiente dieron principio nuestras nocturnas correrías. En ella nuestro misterioso jefe marchaba siempre delante de todos. Ni el fuego le ataja, ni los peligros le intimidan, ni las lágrimas le conmueven. Nunca despliega sus labios; pero cuando la sangre humea en nuestras manos, como cuando los templos se derrumban calcinados por las llamas; cuando las mujeres huyen espantadas entre las ruinas, y los niños arrojan gritos de dolor, y los ancianos perecen a nuestros golpes, contesta con una carcajada de feroz alegría a los gemidos, a las imprecaciones y a los lamentos.

Jamás se desnuda de sus armas ni abate la visera de su casco después de la victoria, ni participa del festín, ni se entrega al sueño. Las espadas que le hieren se hunden entre las piezas de su armadura, y ni le causan la muerte, ni se retiran teñidas en sangre; el fuego enrojece su espaldar y su cota, y aún prosigue impávido entre las llamas, buscando nuevas víctimas; desprecia el oro, aborrece la hermosura, y no le inquieta la ambición.

Entre nosotros, unos le creen un extravagante; otros un noble arruinado, que por un resto de pudor se tapa la cara; y no falta quien se encuentra convencido de que es el mismo diablo en persona.

El autor de esas revelaciones murió con la sonrisa de la mofa en los labios y sin arrepentirse de sus culpas; varios de sus iguales le siguieron en diversas épocas al suplicio; pero el temible jefe a quien continuamente se unían nuevos prosélitos, no cesaba en sus desastrosas empresas.

Los infelices habitantes de la comarca, cada vez más aburridos y desesperados, no acertaban ya con la determinación que debería tomarse para concluir de un todo con aquel orden de cosas, cada día más insoportable y triste.

Inmediato a la villa, y oculto en el fondo de un espeso bosque, vivía a esta sazón, en una pequeña ermita dedicada a San Bartolomé, un santo hombre de costumbres piadosas y ejemplares, a quien el pueblo tuvo siempre en olor de santidad, merced a sus saludables consejos y acertadas predicciones.

Este venerable ermitaño, a cuya prudencia y proverbial sabiduría encomendaron los vecinos de Bellver la resolución de este difícil problema, después de implorar la misericordia divina por medio de su santo Patrono, que, como ustedes no ignoran, conoce al diablo muy de cerca y en más de una ocasión le ha atado bien corto, les aconsejó que se emboscasen durante la noche al pie del pedregoso camino que sube serpenteando por la roca; en cuya cima se encontraba el castillo, encargándoles al mismo tiempo que, ya allí, no hiciesen uso de otras armas para aprehenderlo que de una maravillosa oración que les hizo aprender de memoria, y con la cual aseguraban las crónicas que San Bartolomé había hecho al diablo su prisionero.

Puso en planta el proyecto, y su resultado excedió a cuantas esperanzas se habían concebido; pues aún no iluminaba el sol del otro día la alta torre de Bellver, cuando sus habitantes, reunidos en grupos en la plaza Mayor, se contaban unos a otros, con aire de misterio, cómo aquella noche, fuertemente atado de pies y manos y a lomos de una poderosa mula, había entrado en la población el famoso capitán de los bandidos del Segre.

De qué arte se valieron los acometedores de esta empresa para llevarla a término, ni nadie se lo acertaba a explicar, ni ellos mismos podían decirlo; pero el hecho era que gracias a la oración del santo o al valor de sus devotos, la cosa había sucedido tal como se refería.

Apenas la novedad comenzó a extenderse de boca en boca y de casa en casa, la multitud se lanzó a las calles con ruidosa algazara y corrió a reunirse a las puertas de la prisión. La campana de la parroquia llamó a concejo, y los vecinos más respetables se juntaron en capítulo, y todos aguardaban ansiosos la hora en que el reo había de comparecer ante sus improvisados jueces.

Éstos, que se encontraban autorizados por los condes de Urgel para administrarse por sí mismos pronta y severa justicia sobre aquellos malhechores, deliberaron un momento, pasado el cual, mandaron comparecer al delincuente a fin de notificarle su sentencia.

Como dejo dicho, así en la plaza Mayor, como en las calles por donde el prisionero debía atravesar para dirigirse al punto en que sus jueces se encontraban, la impaciente multitud hervía como un apiñado enjambre de abejas. Especialmente en la puerta de la cárcel, la conmoción popular tomaba cada vez mayores proporciones; ya los animados diálogos, los sordos murmullos y los amenazadores gritos comenzaban a poner en cuidado a sus guardas, cuando afortunadamente llegó la orden de sacar al reo.

Al aparecer éste bajo el macizo arco de la portada de su prisión, completamente vestido de todas armas y cubierto el rostro por la visera, un sordo y prolongado murmullo de admiración y de sorpresa se elevó de entre las compactas masas del pueblo, que se abrían con dificultad para dejarle paso.

Todos habían reconocido en aquella armadura la del señor del Segre: aquella armadura, objeto de las más sombrías tradiciones mientras se la vio suspendida de los arruinados muros de la fortaleza maldita.

Las armas eran aquéllas, no cabía duda alguna: todos habían visto flotar el negro penacho de su cimera en los combates que en un tiempo trabaran contra su señor; todos le habían visto agitarse al soplo de la brisa del crepúsculo, a par de la hiedra del calcinado pilar en que quedaron colgadas a la muerte de su dueño. Mas ¿quién podría ser el desconocido personaje que entonces las llevaba? Pronto iba a saberse, al menos así se creía. Los sucesos dirán cómo esta esperanza quedó frustrada, a la manera de otras muchas, y por qué de este solemne acto de justicia, del que debía aguardarse el completo esclarecimiento de la verdad, resultaron nuevas y más inexplicables confusiones.

El misterioso bandido penetró al fin en la sala del concejo, y un silencio profundo sucedió a los rumores que se elevaran de entre los circunstantes, al oír resonar bajo las altas bóvedas de aquel recinto el metático son de sus acicates de oro. Uno de los que componían el tribunal, con voz lenta e insegura, le preguntó su nombre, y todos prestaron el oído con ansiedad para no perder una sola palabra de su respuesta; pero el guerrero se limitó a encoger sus hombros ligeramente, con un aire de desprecio e insulto que no pudo menos de irritar a sus jueces, los que se miraron entre sí sorprendidos.

Tres veces volvió a repetirle la pregunta, y otras tantas obtuvo semejante o parecida contestación.

—¡Que se levante la visera! ¡Que se descubra! ¡Que se descubra! —comenzaron a gritar los vecinos de la villa presentes al acto—. ¡Que se descubra! Veremos si se atreve entonces a insultarnos con su desdén, como ahora lo hace protegido por el incógnito!

—Descubríos —repitió el mismo que anteriormente le dirigiera la palabra.

El guerrero permaneció impasible.

—Los lo mando en el nombre de nuestra autoridad. La misma contestación.

—En el de los condes soberanos. Ni por esas.

La indignación llegó a su colmo, hasta el punto que uno de sus guardas, lanzándose sobre el reo, cuya pertinacia en callar bastaría para apurar la paciencia a un santo, le abrió violentamente la visera. Un grito general de sorpresa se escapó del auditorio, que permaneció por un instante herido de un inconcebible estupor.

La cosa no era para menos.

El casco, cuya férrea visera se veía en parte levantada hasta la frente, en parte caída sobre la brillante gola de acero, estaba vacío... completamente vacío.

Cuando pasado ya el primer momento de terror quisieron tocarle, la armadura se estremeció ligeramente y, descomponiéndose en piezas, cayó al suelo con un ruido sordo y extraño.

La mayor parte de los espectadores, a la vista del nuevo prodigio, abandonaron tumultuosamente la habitación y salieron despavoridos a la plaza.

La nueva se divulgó con la rapidez del pensamiento entre la multitud, que aguardaba impaciente el resultado del juicio; y fue tal alarma, la revuelta y la vocería, que ya a nadie cupo duda sobre lo que de pública voz se aseguraba, esto es, que el diablo, a la muerte del señor del Segre, había heredado los feudos de Bellver.

Al fin se apaciguó el tumulto, y decidió volver a un calabozo la maravillosa armadura.

Ya en él, despacharon cuatro emisarios, que en representación de la atribulada villa hiciesen presente el caso al conde de Urgel y al arzobispo, los que no tardaron muchos días en tornar con la resolución de estos personajes, resolución que, como suele decirse, era breve y clara.

—Cuélguese —les dijeron— la armadura en la plaza Mayor de la villa; que si el diablo la ocupa, fuerza le será el abandonarla o ahorcarse con ella.

Encantados los habitantes de Bellver con tan ingeniosa solución, volvieron a reunirse en concejo, mandaron levantar una altísima horca en la plaza, y cuando ya la multitud ocupaba sus avenidas, se dirigieron a la cárcel por la armadura, en corporación y con toda la solemnidad que la importancia del caso requería.

Cuando la respetable comitiva llegó al macizo arco que daba entrada al edificio, un hombre pálido y descompuesto se arrojó al suelo en presencia de los aturdidos circunstantes, exclamando con lágrimas en los ojos:

—¡Perdón, señores, perdón!

—¡Perdón! ¿Para quién? —dijeron algunos—; ¿para el diablo que habita dentro de la armadura del señor del Segre?

—Para mí —prosiguió con voz trémula el infeliz, en quien todos reconocieron al alcaide de las prisiones—, para mí... porque las armas... han desaparecido.

Al oír estas palabras, el asombro se pintó en el rostro de cuantos se encontraban en el pórtico, que, mudos e inmóviles, hubieran permanecido en la posición en que se encontraban Dios sabe hasta cuándo, si la siguiente relación del aterrado guardián no les hubiera hecho agruparse en su alrededor para escuchar con avidez.

—Perdónenme, señores —decía el pobre alcaide—, y yo no os ocultaré nada, siquiera sea en contra mía.

Todos guardaron silencio y él prosiguió así:

—Yo no acertaré nunca a dar razón; pero es el caso que la historia de las armas vacías me pareció siempre una fábula tejida en favor de algún noble personaje, a quien tal vez altas razones de conveniencia pública no permitía ni descubrir ni castigar.

En esta creencia estuve siempre, creencia en que no podía menos de confirmarme la inmovilidad en que se encontraban desde que por segunda vez tornaron a la cárcel traídas del concejo. En vano una noche y otra, deseando sorprender su misterio, si misterio en ellas había, me levantaba poco a poco y aplicaba el oído a los intersticios de la cerrada puerta de su calabozo; ni un rumor se percibía.

En vano procuré observarlas a través de un pequeño agujero producido en el muro; arrojadas sobre un poco de paja y en uno de los más oscuros rincones, permanecían un día y otro descompuestas e inmóviles.

Una noche, por último, aguijoneado por la curiosidad y deseando convencerme por mí mismo de que aquel objeto de terror nada tenía de misterioso, encendí una linterna, bajé a las prisiones, levanté sus dobles aldabas, y, no cuidando siquiera —tanta era mi fe en que todo no pasaba de un cuento— de cerrar las puertas tras mí, penetré en el calabozo. Nunca lo hubiera hecho; apenas anduve algunos pasos; la luz de mi linterna se apagó por sí sola, y mis dientes comenzaron a chocar y mis cabellos a erizarse. Turbando el profundo silencio que me rodeaba, había oído como un ruido de hierros que se removían y chocaban al unirse entre las sombras.

Mi primer movimiento fue arrojarme a la puerta para cerrar el paso, pero al asir sus hojas, sentí sobre mis hombros una mano formidable cubierta con un guantelete, que después de sacudirme con violencia me derribó bajo el dintel. Allí permanecí hasta la mañana siguiente, que me encontraron mis servidores falto de sentido, y recordando sólo que, después de mi caída, había creído percibir confusamente como unas pisadas sonoras, al compás de las cuales resonaba un rumor de espuelas, que poco a poco se fue alejando hasta perderse.

Cuando concluyó el alcaide, reinó un silencio profundo, al que siguió luego un infernal concierto de lamentaciones, gritos y amenazas.

Trabajo costó a los más pacíficos el contener al pueblo que, furioso con la novedad, pedía a grandes voces la muerte del curioso autor de su nueva desgracia.

Al cabo lograron apaciguar el tumulto, y comenzaron a disponerse a una nueva persecución. Ésta obtuvo también un resultado satisfactorio.

Luego de algunos días, la armadura volvió a encontrarse en poder de sus perseguidores. Conocida la fórmula, y mediante la ayuda de San Bartolomé, la cosa no era ya muy difícil.

Pero aún quedaba algo por hacer; pues en vano, a fin de sujetarla, la colgaron de una horca; en vano emplearon la más exquisita vigilancia con el objeto de quitarle toda ocasión de escaparse por esos mundos. En cuanto las desunidas armas veían dos dedos de luz, se encajaban, y volvían a tomar el trote y emprender de nuevo sus excursiones por montes y llanos, que era una bendición del cielo.

Aquello era el cuento de nunca acabar.

En tan angustiosa situación, los vecinos se repartieron entre sí las piezas de la armadura, que acaso por la centésima vez se encontraba en sus manos, y rogaron al piadoso eremita, que un día los iluminó con sus consejos, decidiera lo que debía hacerse de ella.

El santo varón ordenó al pueblo una penitencia general. Se encerró por tres días en el fondo de la caverna que le servía de asilo, y al cabo de ellos dispuso que se fundiesen las diabólicas armas, y con ellas y algunos sillares del castillo del Segre, se levantase una cruz.

La operación se llevó a término, aunque no sin que nuevos y aterradores prodigios llenasen de pavor el ánimo de los consternados habitantes de Bellver.

En tanto que las piezas arrojadas a las llamas comenzaban a enrojecerse, largos y profundos gemidos parecían escaparse de la ancha hoguera, de entre cuyos troncos saltaban como si estuvieran vivas y sintiesen la acción del fuego. Una tromba de chispas rojas, verdes y azules danzaba en la cúspide de sus encendidas lenguas, y se retorcían crujiendo como si una legión de diablos, cabalgando sobre ellas, pugnase por libertar a su señor de aquel tormento.

Extraña, horrible fue la operación en tanto que la candente armadura perdía su forma para tomar la de una cruz.

Los martillos caían resonando con un espantoso estruendo sobre el yunque, al que veinte trabajadores vigorosos sujetaban las barras del hirviente metal, que palpitaba y gemía al sentir los golpes.

Ya se extendían los brazos del signo de nuestra redención, ya comenzaba a formarse la cabecera, cuando la diabólica y encendida masa se retorcía de nuevo como en una convulsión espantosa, y rodeándose al cuerpo de los desgraciados que pugnaban por desasirse de sus brazos de muerte, se enroscaba en anillas como una culebra o se contraía en zigzag como un relámpago.

El constante trabajo, la fe, las oraciones y el agua bendita consiguieron, por último, vencer al espíritu infernal, y la armadura se convirtió en cruz.

Esa cruz es la que hoy han visto, y a la cual se encuentra sujeto el diablo que le presta su nombre: ante ella, ni las jóvenes colocan en el mes de mayo ramilletes de lirios, ni los pastores se descubren al pasar, ni los ancianos se arrodillan, bastando apenas las severas amonestaciones del clero para que los muchachos no la apedreen.

Dios ha cerrado sus oídos a cuantas plegarias se le dirijan en su presencia. En el invierno los lobos se reúnen en manadas junto al enebro que la protege, para lanzarse sobre las reses; los bandidos esperan a su sombra a los caminantes, que entierran a su pie después que los asesinan; y cuando la tempestad se desata, los rayos tuercen su camino para liarse, silbando, al asta de esa cruz y romper los sillares de su pedestal.

MAUD EVELYN *por Henry James*

A una alusión a una señora que yo no conocía, pero que era conocida por dos o tres de los que estaban conmigo, uno de éstos preguntó si sabíamos la extraña circunstancia que motivaba su «venida», el golpe de fortuna en el atardecer de la carrera de una persona tan oscura y solitaria. De momento, en nuestra ignorancia, quedamos reducidos a la simple envidia; pero la anciana Lady Emma, que desde hacía rato no decía nada y que aparecía para escuchar unas palabras de la conversación y se iba, que estaba sencillamente al margen de la charla, volvió de su ausencia mental para observar que si lo que le había sucedido a Lavinia era maravilloso, ciertamente, lo que había pasado antes, durante años, lo que había llevado a ello, era igualmente curioso y singular. Nos dimos cuenta de que Lady Emma disponía de una historia superior al somero conocimiento que cualquiera de sus oyentes pudiera tener de la apacible persona objeto de la conversación. Casi lo más extraño —como supimos después— era que aquella situación hubiera quedado sumergida tan en el fondo de la vida de Lavinia. Por "después" quiero decir, sencillamente, antes de separarnos, porque lo que se supo, se supo a continuación, por estímulo y presión, por nuestra insistencia. Lady Emma, que siempre me recordaba un instrumento musical, antiguo y de gran calidad, que hay que afinar antes de tocar, convino —tras hacerse rogar un rato— en que, dado que ya había dicho tanto, no había razón alguna para abstenerse de contarlo todo sin que su reserva fuera causa de tormento para nosotros, encendida ya nuestra curiosidad.

Lady Emma había conocido a Lavinia, a la que mencionó siempre solo por el nombre, hacía ya mucho tiempo; y había conocido también a… Pero lo que ella sabía debo contarlo como nos lo contó, en la medida en que esto sea posible. Nos habló desde un extremo del sofá, y el reflejo de las llamas de la chimenea en su rostro era como el resplandor de la memoria, un juego de fantasía, que emergía de su interior.

I

Recuerdo el comienzo como una sucesión de vuelos y caídas, un pequeño vaivén entre las cuerdas precisas y las innecesarias. Antes de emprender el viaje, todavía en la ciudad, pasé un par de días muy malos, advertí que habían renacido todas mis dudas y llegué a convencerme de que había cometido un error. Y en ese estado de ánimo pasé una horas muy largas en la traqueteante diligencia que me condujo al lugar donde debía recogerme un carruaje de la casa que había sido dispuesto para mí;

y de esa manera me encontré con que, al final de aquella tarde de junio, me estaba esperando una calesa. Viajar en ella a esa hora, en un día maravilloso y a través de una campiña impregnada de dulzura que parecía ofrecerme una acogedora bienvenida, hizo que mi estado de ánimo mejorase notablemente; y, cuando enfocamos una amplia avenida, la belleza del lugar estuvo acorde con mis sensaciones. Me imagino que había esperado, o temido, algo tan melancólico, que el paisaje que me envolvía resultó una agradable sorpresa. Recuerdo la favorable impresión que me produjeron la amplia y clara fachada de la casa, sus ventanas abiertas, las cortinas de colores alegres y el par de doncellas asomadas en una de ellas; recuerdo el césped y las hermosas flores, el crujido de las ruedas en la grava y las verdes copas de los árboles, cuyas cúspides parecían perderse en un cielo dorado. El escenario era de tal grandiosidad que nada tenía en común con mi modesto hogar. En la puerta principal del edificio apareció una persona muy cortés con una niñita tomada de la mano que me recibió con una gran reverencia, como si fuera yo la señora de la casa o una visitante distinguida. La noción que me había hecho de la casa, a juzgar por la de Harley Street, era muy pobre, y aquélla me hizo pensar en el propietario como en un caballero aún más poderoso, sugiriéndome que iba a disfrutar allí mucho más de lo que él me había prometido.

No sufrí ninguna decepción hasta el día siguiente, ya que en el curso de las horas que siguieron a mi llegada fui como hechizada por la presencia y el conocimiento que hice del más joven de mis alumnos: la niña que acompañaba a la señora Grose, que me pareció a primera vista una criatura encantadora cuyo trato debía ser una delicia. Era la más hermosa que había visto en mi vida, y más tarde me pregunté cómo era posible que quien me empleaba no me hubiera hablado más de ella. Esa noche dormí poco…, me sentía demasiado excitada; y recuerdo que aquello me sorprendió también, teniendo en cuenta la generosidad con que había sido tratada. Mi amplio y espectacular dormitorio, uno de los mejores de la casa, el fastuoso lecho, los cortinajes, los grandes espejos en que podía verme, por primera vez, de la cabeza a los pies, todo aquello me impresionaba, así como el encanto extraordinario de mi pequeña pupila, y tantas otras cosas… Desde el primer momento me resultó evidente que podría sostener buenas relaciones con la señora Grose, lo que había puesto en duda mientras viajaba en la calesa. Lo único que me desconcertaba de aquellas primeras impresiones era la gran alegría que había experimentado al verme. En menos de media hora advertí que estaba muy contenta aquella buena, robusta, sencilla, limpia y franca mujer, a la vez que trataba de no mostrar su alegría. Me pregunté entonces por qué tendría interés en ocultarla, y esa reflexión y las sospechas a que daba lugar me hicieron sentir, por supuesto, un poco intranquila.

En cambio, era un consuelo saber que no habría dificultades en mis relaciones con un ser tan encantador y de tan radiante belleza como mi niñita, cuya angelical hermosura fue el principal motivo de que me levantara antes del alba y caminara de un lado a otro para no dejar escapar nada de lo que acontecía en ese momento: contemplar desde mi ventana abierta el amanecer, observar todos los detalles que podía del edificio y escuchar, mientras la oscuridad se disolvía, el trino de los primeros pajarillos, al que se agregaron un par de sonidos menos naturales, y no provenientes del exterior, sino del interior de la casa, que había creído percibir. Por un momento creí reconocer, débil y lejano, el grito de un niño, y en otro creí percibir ruido de pasos ante la puerta de mi habitación. Pero aquellos detalles no fueron suficientemente fuertes para impresionarme entonces, sino que fue la luz —o quizá debería decir la lobreguez— aportada por otros hechos posteriores lo que los ha hecho volver a mi memoria. Vigilar, enseñar, "formar" a la pequeña Flora sería, evidentemente, el objeto de un vida feliz y útil. Había quedado convenido entre nosotras que a partir de la siguiente noche dormiría en mi cuarto, y su pequeña cama blanca había sido ya instalada en mi habitación.

Me había yo comprometido a cuidarla por completo, así que ella durmió por última vez en el cuarto de la señora Grose solo en atención a mi inevitable extrañeza del lugar y a su natural timidez. No obstante aquella timidez —sobre la cual la misma niña, de la manera más extraña del mundo, había hablado con perfecta naturalidad, mencionándola sin ninguna señal de azoramiento y con la profunda y dulce serenidad de uno de los niños dioses de Rafael, permitiendo que se la discutiera, se la imputara a ella y nos determinara—, tuve la seguridad de que no tardaría en simpatizar conmigo. En parte, ya la señora Grose me gustaba por el placer que pude observar en ella por el hecho de que yo me admirara y sorprendiera cuando nos sentamos a la mesa con cuatro candelabros y con mi alumna colocada frente a mí en una silla alta y con el rostro brillante. Por supuesto, había cosas que, estando presente Flora, tenían que resolverse entre nosotras a través de ciertas miradas cargadas de sentido o por medio de alusiones oscuras y furtivas.

—Y, el niño… ¿se parece a ella? ¿Es también tan notable?

Sabía que no se debe alabar a un niño en su presencia.

—¡Oh, señorita, es todavía más notable! Si tiene usted una buena opinión de esta criatura… ¡imagine! —y se interrumpió sosteniendo una fuente en la mano, mientras la niña nos miraba con una plácida expresión en los ojos.

—¿Qué debo imaginar?

—¡Nuestro pequeño caballero la va a fascinar!

—Muy bien, muy bien; creo que para eso he venido… para que alguien me fascine. Lo que me temo —no pude evitar añadir— es que resulto muy fácil de fascinar. Y creo que ya me ocurrió eso en Londres.

Puedo ver aún la ancha cara de la señora Grose al oírme decir aquellas palabras.

—¿En Harley Street? —me preguntó.

—Sí.

—Bueno, no es usted la primera, señorita, y tampoco va a ser la última.

—¡Oh, no tengo ninguna pretensión —dije, echándome a reír— de ser la única! De cualquier manera, tengo entendido que mi otro alumno llega mañana, ¿no es así?

—No mañana…, sino el viernes, señorita. Vendrá de la misma manera que usted: en la diligencia, al cuidado del cochero, y luego lo esperará la calesa.

Me permití expresar que lo adecuado, así como lo más agradable y cordial, sería que fuera yo con su hermana a esperarlo a la carretera; idea que la señora Grose acogió con tanto entusiasmo, que tomé su actitud como una especie de promesa de apoyo —¡nunca desmentida, a Dios gracias!—, un juramento de que estaríamos en todo unidas. ¡Sí, se sentía feliz de tenerme a su lado!

Lo que al día siguiente sentí no podría llamarse precisamente, supongo, una reacción por la alegría de mi llegada; lo más probable es que solo fuera una ligera decepción producida por el análisis de mis nuevas circunstancias. Éstas tenían una expresión y un volumen para los que yo no estaba preparada, y ante ellas me sentía un poco amedrentada, a la vez que ligeramente orgullosa. En esa agitación, es posible que las lecciones sufrieran algún retraso; reflexioné en que mi primera obligación consistía en ganarme la buena voluntad de la niña por todos los medios de que pudiera echar mano. Pasé con ella el día, fuera de casa; me comprometí, para su enorme satisfacción, a que fuera ella, solamente ella, quien me mostrara el lugar. Me mostró la casa escalón por escalón y cuarto por cuarto, secreto por secreto, sosteniendo una deliciosa conversación infantil al respecto y con el resultado de que en media hora nos habíamos convertido en grandes amigas. A pesar de sus pocos años, durante el paseo me asombró por la seguridad y el valor con que se deslizaba por las habitaciones vacías y los oscuros corredores, las escaleras crujientes, que me hacían detener con temor, y al hacerme trepar hasta la cima de una vieja torre cuadrada que me produjo vértigo. Me impresionó también su disposición a contarme muchas más cosas de las que le preguntaba, mientras me conducía de un lado a otro. No he vuelto a ver Bly desde el día que me marché, y me atrevería a decir que a mis ojos, más viejos y más experimentados, les parecería ahora un lugar mucho menos imponente, pero en aquellos momentos, mientras mi pequeña conductora, con sus cabellos dorados y su vestido azul, danzaba ante mí y tiraba de mi mano a lo largo de pasillos y habitaciones sin fin, tuve la visión de un castillo de novela, habitado por un hada color de rosa, de un lugar con todo el colorido de los libros de historias fantásticas. ¿No era acaso una mansión de cuento de hadas a la que había ido a caer medio en sueños, medio despierta? No. Era simplemente una casa antigua, grande y fea, pero bastante cómoda, que incluía algunos fragmentos de un edificio aún más antiguo, semidesalojado, utilizado en parte, en el cual tuve la sensación de que nos hallábamos tan perdidas como un puñado de pasajeros en un barco a la deriva. ¡Y era yo, extrañamente, quien empuñaba el timón!

II

Me acordé de esto cuando, dos días más tarde, salí en compañía de Flora a recibir al pequeño caballero, como lo llamaba la señora Grose; sobre todo debido a un incidente que se produjo la segunda noche y que me desconcertó profundamente. El primer día había sido en conjunto, como he dicho, tranquilizador; pero no tardó en soplar un viento amenazante. Aquella misma noche el correo, que pasó muy tarde, traía una carta destinada a mí. El sobre contenía otro, sin abrir, dirigido a mi patrón, quien incluía la siguiente nota:

"Por la letra veo que la carta adjunta es del director de la escuela, el tipo más pesado que pueda existir. Léala, por favor, y entiéndase con él; por favor, no me informe de nada. Ni una palabra. ¡Yo he quedado fuera del juego!".

Rompí el sello con un gran esfuerzo, tan grande que me costó un buen rato hacerlo; me llevé la carta a mi habitación y la leí cuando estaba ya por acostarme. Lamenté no haberlo hecho a la mañana siguiente, pues aquella lectura me produjo la segunda noche de insomnio. A la mañana siguiente, sin nadie a quien recurrir en busca de consejo, me sentí presa de la aflicción; finalmente, logré sobreponerme al abatimiento y decidí que lo mejor sería sincerarme, por lo menos, con la señora Grose.

—¿Qué significa eso? ¡El niño ha sido expulsado de la escuela!

La mirada que me lanzó fue muy extraña, pude advertirlo; luego, haciendo un visible esfuerzo para disimular, pareció serenarse.

—Pero, ¿no los envían a todos…?

—¿A casa…? Sí. Pero solo durante las vacaciones. En cambio, Miles nunca podrá volver.

La señora Grose enrojeció.

—¿No lo aceptarían?

—Se niegan terminantemente a readmitirlo.

La buena mujer alzó los ojos, que había mantenido bajos; vi que estaban llenos de lágrimas.

—¿Qué ha podido hacer?

Dudé un instante, y luego juzgué preferible pasarle la carta. Cuando se la tendí, ella se llevó las manos a la espalda, movió tristemente la cabeza y me dijo:

—Esas cosas no son para mí, señorita.

¡Mi consejera no sabía leer! Parpadeé al advertir mi error, que traté de atenuar de la mejor manera posible, volví a abrir el sobre y le leí la carta; luego la guardé de nuevo en el bolsillo.

—¿Es realmente malo? —le pregunté.

Tenía aún los ojos llenos de lágrimas.

—¿Dicen eso los caballeros?

—No entran en detalles. Simplemente declaran que es imposible que el niño continúe en la escuela. Eso solo puede significar una cosa…

La señora Grose escuchaba con reconcentrada emoción; pero, en vista de que no me preguntaba qué podía significar, y tratando de expresar mis pensamientos de la manera más coherente, añadí:

—Que su presencia constituye una ofensa para los otros alumnos.

Al oír aquello, con uno de esos rápidos cambios emocionales típicos del pueblo, se enardeció.

—¡El señorito Miles! ¿Una ofensa, él?

La influencia de su buena fe fue tal que, aunque yo no había visto todavía al niño, la idea llegó a parecerme absurda. De pronto me di cuenta de que, para igualar a mi compañera, yo misma exclamaba en tono sarcástico:

—¡Sí! ¡Para sus pobres e inocentes compañeros!

—¡Es espantoso —gritó la señora Grose— que puedan decir cosas tan crueles! ¡El niño no ha cumplido siquiera los diez años!

—Sí, sí, es increíble.

La señora Grose, evidentemente, estaba agradecida por mi apoyo.

—Ante todo, señorita, véale; entonces podrá juzgar por sí misma.

Sentí una nueva impaciencia por conocerlo; fue el principio de una curiosidad que en las siguientes horas alcanzaría una intensidad casi dolorosa. La señora Grose era consciente del efecto que habían producido en mí sus palabras y añadió, para reforzar el efecto:

—¡Imagine que dijeran eso de nuestra jovencita…! —para concluir, un instante después—: ¡Mírela!

Volví la cabeza y vi que Flora, a quien diez minutos antes había dejado en el salón de clases con una hoja de papel blanco, un lápiz y una plana de hermosas y redondas oes, se encontraba en ese momento bajo el dintel de la puerta. Manifestaba en sus modales un extraordinario desprecio hacia las tareas que le resultaban desagradables, mirándome, sin embargo, de un modo que parecía demostrar que aquel desprecio obedecía al afecto que yo le inspiraba y que la obligaba a seguirme. No fue necesario más para que yo sintiera toda la fuerza de la comparación de la señora Grose; y, abrazando a mi discípula, la cubrí de besos con un suspiro de reparación.

A pesar de todo, durante el resto del día aceché otra ocasión para acercarme a mi colega, especialmente cuando, hacia el atardecer, comencé a sospechar que ella estaba tratando de evitarme. Recuerdo que la abordé en el rellano de la escalera; bajamos juntas y, al llegar abajo, la detuve poniéndole una mano sobre el brazo.

—Considero lo que me dijo este mediodía como una declaración de que usted nunca ha sabido que se portara mal.

La señora Grose echó hacia atrás la cabeza; ya para entonces había adoptado muy claramente una actitud, aunque de la manera más honesta posible.

—¿Que nunca he sabido…? ¡Oh, no pretendí decir eso!

—Entonces, ¿cree usted que Miles puede ser malo?

—En efecto, señorita, a Dios gracias.

Después de pensar un momento, acepté aquella declaración.

—¿Quiere usted decir que un niño que nunca…?

—¡Para mí, no es un niño!

Apreté aún más.

—¿Quiere usted decir que un niño tiene que ser travieso? —y en seguida, anticipándome a su respuesta, continué—: Yo opino lo mismo. Claro que no hasta el grado de contaminar…

—¿Contaminar?

Aquella extraña expresión la había desorientado.

—Corromper —le aclaré.

Me miró fijamente mientras yo pronunciaba la nueva palabra, luego estalló en una extraña carcajada.

—¿Teme que Miles pueda corromperla?

Me hizo aquella pregunta con una ironía tan evidente, que tuve que reírme también, aunque un poco nerviosa tal vez, para no ponerme en ridículo.

Pero al día siguiente, poco antes de salir, volví a abordarla en otra parte de la casa.

—¿Cómo era la dama a la que he venido a sustituir?

—¿La última institutriz? Era también joven y guapa, casi tan joven y guapa como usted, señorita.

—¡Ah!, me imagino entonces que su belleza y juventud la ayudaron... —murmuré— parece que a él le gusta que seamos jóvenes y guapas.

—¡Desde luego! —afirmó la señora Grose—. Le gusta que todo el mundo sea así —y no bien había dicho aquello cuando se apresuró a añadir—: Me refiero, claro, al amo.

La aclaración me desconcertó.

—¿A quién se refería usted antes?

—Claro está que a él —dijo la señora Grose con voz neutra, pero ruborizándose.

—¿Al amo?

—¿A quién, si no?

Era tan evidente que no podía referirse a ninguna otra persona, que un segundo más tarde había dejado de pensar que la señora Grose había dicho por accidente más de lo que pretendía decir; y me limité a preguntarle lo que me interesaba saber.

—¿Vio ella algo en el niño que...?

—¿Que no estuviera bien? Nunca me habló de ello. Tenía algunos reparos, pero logré superarlos.

—¿Era una persona cuidadosa...?

La señora Grose parecía luchar por ser precisa.

—Sí... en determinadas cosas.

—¿Pero no en todas?

La señora Grose se quedó meditando un instante.

—Bueno, señorita, ella ya ha muerto; no quiero andar contando historias.

—Comprendo muy bien sus sentimientos —me apresuré a responder; pero al cabo de unos instantes me pareció que a aquella concesión no se oponía preguntarle—: Murió aquí?

—No... Ya se había marchado.

No sé por qué la concisión de la señora Grose me pareció tan ambigua.

—¿Se marchó… para morir? —insistí.

La señora Grose miró hacia la ventana, pero a mí me parecía que tenía derecho a saber qué les aguardaba a las jóvenes institutrices de Bly.

—¿Quiere decir que enfermó y regresó a su casa?

—No enfermó, que yo sepa, aquí. Se marchó a su casa, a fin de año, para pasar allá unas breves vacaciones a las que, sin duda, tenía derecho, después del tiempo que llevaba aquí. Teníamos entonces a una niñera, una joven que había continuado con nosotros y era buena y competente. Aceptó quedarse con los niños durante ese tiempo. Pero nuestra institutriz no volvió y, precisamente cuando la estábamos esperando, me informó el amo que había muerto.

—Pero ¿de qué? —volví a preguntar.

—¡Nunca me lo dijo! Si me lo permite usted, señorita —terminó la señora Grose—, debo volver a mi trabajo.

III

Por fortuna, la manera como la señora Grose me dio la espalda en aquella ocasión no fue un obstáculo para el desarrollo de nuestra mutua estimación. Por el contrario, después de que regresé con el pequeño Miles, nuestras relaciones se volvieron más íntimas, siempre sobre la base del asombro que me causaba el hecho de que aquel niño que acababa de conocer hubiera sido objeto de una expulsión. Llegué con cierto retraso al lugar fijado para el encuentro y, al observarlo mientras él permanecía buscándome con la mirada en la puerta de la posada donde lo había depositado el cochero, pensé que en aquel instante captaba de él, de dentro y fuera de su ser, la misma positiva fragancia de pureza que había percibido desde el primer momento en su hermanita. Era de una hermosura sin par, y la señora Grose lo había descrito perfectamente: su presencia lo derribaba todo, excepto una especie de apasionada ternura hacia él. Lo que entonces me arrebató el corazón fue ese algo divino que nunca he visto, ni antes ni después, en ningún otro niño; aquel aire indescriptible de no saber nada de las cosas de este mundo, fuera del amor. Resultaba imposible asociar una mala fama con semejantes dulzura e inocencia, y mientras volvía yo con él a Bly no hacía más que pensar con estupor, con una sensación casi de ultraje, en el significado de la carta que guardaba encerrada en una gaveta de mi cuarto. Tan pronto como pude cambiar unas palabras con la señora Grose, le manifesté mi asombro: aquello era grotesco. Ella me comprendió en seguida.

—¿Se refiere usted a ese cruel cargo contra el niño?

—Es imposible sostenerlo un solo instante. ¡Mírelo usted, querida amiga!

La señora Grose sonrió ante mi pretensión de haber descubierto el encanto del chiquillo.

—Puedo asegurarle, señorita, que yo no he creído una sola palabra —e inmediatamente añadió—: ¿Qué va a decirles ahora?

—¿En respuesta a la carta? —yo ya había tomado para entonces una decisión—. ¡Nada!

—¿Y a su tío?

Fui tajante.

—¡Nada!

—¿Y al niño?

Estuve maravillosa.

—¡Nada!

La señora Grose se llevó a la boca la punta de su delantal.

—Yo estoy de su lado, señorita —afirmó—. Procuraremos arreglarlo todo.

—¡Lo arreglaremos! —exclamé ardientemente, tendiéndole la mano para sellar nuestro juramento.

La señora Grose retuvo mi mano un momento y luego volvió a llevarse el delantal a la boca con la mano que le quedaba libre.

—¿Le importaría, señorita, que me tomara la libertad…?

—¿De besarme? ¡Por supuesto que no!

Estreché entre mis brazos a la buena señora y, después de habernos besado como hermanas, me sentí aún más fortalecida e indignada.

Al recordar esos días —tan densos que al describirlos veo lo difícil que resulta hacer que se entiendan claramente— lo que más me asombra es la situación que acepté. Había convenido con mi compañera arreglar la situación y diríase que me hallaba bajo el efecto de un hechizo que parecía tender un velo sobre las dificultades de semejante empresa. Me hallaba en la cima de una inmensa ola de infatuación y piedad. En mi ignorancia, confusión y, tal vez, vanidad, me era fácil suponer que podría entendérmelas con un muchacho cuya educación para el mundo debía de comenzar apenas. Ni siquiera logro recordar qué proyectos fragüé para el final de sus vacaciones y la reanudación de sus estudios. Se esperaba que durante aquel encantador verano yo le daría clases; pero ahora me doy cuenta de que, durante varias semanas, quien recibió lecciones fui yo. Aprendí —por lo menos, al principio— algo que no había figurado en las enseñanzas de mi anodina y tranquila vida; aprendí a divertirme, e incluso divertir a otros, y a no pensar en el mañana. Por primera vez, en cierto modo, conocía yo el espacio, el aire y la libertad, la música entera del verano y los misterios de la naturaleza. Era objeto de atenciones… y aquella consideración me llenaba de gozo. ¡Oh, era una trampa —una trampa involuntaria, pero profunda— a mi imaginación, a mi delicadeza, tal vez a mi vanidad; a todo lo que había en mí de más excitable! El mejor modo de describir la situación sería diciendo que me cogió enteramente desprevenida. Los niños me daban tan pocas molestias… eran de una amabilidad tan extraordinaria… Yo solía meditar, aunque con una vaguedad absoluta, acerca de cómo el áspero futuro —todos los futuros son ásperos— los trataría y podría lastimarlos. Estaban en la flor de la salud y la felicidad; y, sin embargo, como si yo hubiera estado a cargo de un par de pequeños príncipes de la sangre, para quienes todas las cosas debían ser previstas de antemano, la única forma que en mi imaginación podían asumir los años venideros era la de una expansión romántica, una expansión real del jardín y el parque. Es posible, por supuesto, que lo que repentinamente sucedió diera a toda la época anterior el encanto de la inmovilidad… ese apaciguamiento en que todo se concentra y recoge. El cambio equivalió, en efecto, al salto de una fiera.

Durante las primeras semanas, los días fueron largos; a menudo me permitían lo que yo solía llamar mi hora de asueto, esa hora en que, una vez cenados y acostados mis pupilos, yo tenía, antes de retirarme definitivamente a descansar, un pequeño intervalo de soledad. A pesar de lo mucho que me complacían mis compañeros, aquella hora era la cosa que más me gustaba de todo el día; sobre todo me gustaba cuando, a la luz moribunda del atardecer, con el último canto de los pájaros, bajo un cielo violeta y entre los viejos árboles, podía dar una vuelta por el jardín y disfrutar, casi con una sensación de propiedad que me divertía y halagaba, la belleza y la dignidad del lugar. Era un placer sentirme en aquellos momentos tranquila y justificada; e, indudablemente, reflexionar acerca de que gracias a mi discreción, a mi buen sentido y a la respetabilidad intachable de mi comportamiento, yo también estaba complaciendo —¡si alguna vez llegaba él a pensar en ello!— a la persona a cuya influencia había cedido. Lo que yo estaba haciendo era lo que él había esperado de mí, y el que pudiera hacerlo me producía una alegría mucho mayor de lo que me había imaginado. Me atrevo a decir que me veía a mí misma como una joven notable y me consolaba pensando que eso sería un día reconocido públicamente. Y el caso es que necesitaba ser notable para enfrentarme a las cosas notables que comenzaron a dar de pronto señales de vida.

Todo comenzó un atardecer, a mitad de mi habitual paseo vespertino. Los niños se habían retirado ya a sus habitaciones cuando salí al parque. Uno de los pensamientos que me rondaban —ahora no debo ocultar nada— era el de que sería maravilloso encontrar repentinamente a alguien. Alguien que apareciera en el recodo de un camino y se detuviese ante mí con una sonrisa de aprobación. No pedía sino eso: lo único que pedía era que él se enterara; y la única manera de estar segura de que él se había enterado era viéndolo reflejado en su hermoso rostro. Estaba pensando eso exactamente cuando, al final de aquel largo día de junio, me detuve en seco al salir de una de las plantaciones y encontrarme con la vista de la casa. Lo que me detuvo en aquel lugar —y con un sobresalto mucho mayor de lo que cualquier visión hubiera podido provocar— fue la sensación de que lo ansiado por mi imaginación se volvía realidad. ¡Allí estaba él!, pero en lo alto, más allá del césped, en la cima de la torre a la que la pequeña Flora me había llevado durante mi primera mañana en Bly. Aquella torre era una del par de estructuras cuadradas, incongruentes, almenadas que, por alguna razón para mí inexplicable, ya que no podía ver la diferencia entre ellas, eran conocidas como "la nueva" y "la vieja".

Flanqueaban extremos opuestos de la casa y eran, indudablemente, unos absurdos arquitectónicos, aceptados solo por el hecho de no estar del todo desincorporados ni ser demasiado altos, datando, en su pretenciosa antigüedad, de un renacimiento romántico que era ya un respetable pasado. Yo las admiraba y dejaba volar mi imaginación sobre ellas, pues todos disfrutábamos en cierta medida, especialmente cuando se las contemplaba en la semioscuridad del crepúsculo, de la indudable belleza de sus almenas; sin embargo, no era aquella altura el lugar más indicado para que apareciera la figura que tan a menudo había invocado.

Me acuerdo muy bien de que aquella figura, en el claro crepúsculo, provocó en mí dos reacciones diferentes. La primera fue de sorpresa y la segunda de una violenta rectificación del error inicial: el hombre que veían mis ojos no era la persona que yo atolondradamente había supuesto. En aquel momento estaba tan perturbada mi visión, que aun ahora, después de tantos años, no logro precisarla. Un hombre desconocido en un lugar solitario es un objeto justificado de temor para una joven bien educada; y la figura que contemplaba —unos cuantos segundos bastaron para convencerme de ello— no era nadie a quien yo conociera. No la había visto en la casa de Harley Street ni en ninguna otra parte. Es más: el sitio se convirtió en un instante, y de la manera más extraña del mundo, en un páramo. Vuelvo a sentir, al hacer esta declaración aquí, con una deliberación de la que siempre he carecido desde entonces, las mismas sensaciones que tuve en aquel momento. Fue como si, en el instante en que yo lo descubrí, todo el resto del escenario fuera herido de muerte. Puedo oír de nuevo, mientras escribo, el profundo silencio que devoró todos los sentidos del atardecer. Las cornejas dejaron de graznar en el cielo dorado y la hora amistosa perdió toda su voz. Pero no se produjo ningún otro cambio visible en la naturaleza, a menos que, en efecto, fuera un cambio lo que vi con una nitidez y precisión extrañas. El cielo no perdió su color de oro, ni el aire su transparencia, y el hombre que me miraba por encima de las almenas era tan definido como un cuadro en un marco. Pensé con extraordinaria rapidez en cada una de las personas que hubiera podido ser y que no era. A través de la distancia, nos miramos el tiempo suficiente para que yo me preguntara con intensidad quién podía ser, y sentir, como resultado de mi incapacidad para responder a la pregunta, un asombro que en unos cuantos segundos fue todavía más intenso.

El gran problema, o uno de ellos, lo sé muy bien, estriba en enterarse más tarde de la duración de esos lapsos. Bueno, en aquel caso concreto creo que duró el tiempo necesario para que yo barajara una docena de posibilidades, ninguna de las cuales resultó satisfactoria, aunque todas coincidían en un punto: en que había en la casa una persona cuya existencia yo ignoraba. Duró mientras yo me encolerizaba un poco ante la convicción de que mi cargo exigía que no existieran tal ignorancia ni tal persona. Duró mientras aquel visitante —del cual recuerdo ahora que se desprendía una sensación de libertad, de cierta familiaridad, por el hecho de no llevar sombrero— parecía hacerme objeto, desde su altura, de un minucioso escrutinio, igual que el que en mí provocaba su presencia. Estábamos demasiado lejos para poder llamarnos el uno al otro, pero hubo un momento en que, a menor distancia, un reto entre nosotros, rompiendo el silencio, hubiera sido el resultado lógico de nuestra mutua contemplación. Estaba en uno de los ángulos, el más alejado de la casa, muy erguido y con las dos manos apoyadas en la balaustrada. Lo veía con la misma claridad con que veo las letras que dibujo sobre esta página; y después de un instante, como si deseara añadir algo al panorama, cambió lentamente de lugar… pasó, sin dejar de mirarme con fijeza, al rincón opuesto de la plataforma. Sí, tenía la aguda sensación de que durante ese trayecto no apartaba nunca los ojos de mí, y ahora puedo ver aún los movimientos de su mano al pasar de una almena a otra. Se detuvo en el otro extremo de la balaustrada sin apartar la mirada de mí y luego desapareció; y eso fue todo lo que supe.

IV

No se me puede culpar de que no esperara más en aquella ocasión, pues permanecí tan firmemente plantada en el suelo como estremecida. ¿Existía un secreto en Bly… quizá un familiar inmencionable recluido en un insospechado confinamiento? No puedo decir cuánto tiempo permanecí en aquel lugar asaltada por una mezcla de curiosidad y temor; solo recuerdo que cuando volví a la casa era ya noche cerrada. La agitación se había apoderado de mí, pues debí caminar cerca de tres millas dando vueltas alrededor. Pero más tarde la angustia me sobrecogería de tal manera, que aquel despertar de mis temores no fue, en comparación, sino un simple estremecimiento. Lo más singular del caso, ya todo él insólito, fue el papel que desempeñé en el vestíbulo al advertir la presencia de la señora Grose. Este cuadro vuelve a mi memoria dentro del relato general, con la impresión, tal como la recibía al volver, de aquel amplio espacio de paneles blancos, resplandeciente a la luz de la lámpara, con sus retratos y su alfombra roja, y la bondadosa y sorprendida mirada de mi amiga, quien inmediatamente me dijo que me había echado de menos. Me resultó absolutamente claro en aquel encuentro, ante la expresión de alivio de su rostro, que ella no tenía conocimiento de nada que se relacionara con el incidente que yo acababa de protagonizar. No había sospechado previamente que su apacible rostro pudiera obrar en mí de freno, y de alguna manera medí la importancia de lo que había visto con mis vacilaciones para mencionarlo.

Pocas cosas en toda esta historia me resultan tan extrañas como el hecho de que el comienzo real de mi miedo se aunara, por así decirlo, con el instinto de ocultárselo a mi compañera. Por lo tanto, en aquel agradable vestíbulo y con su mirada fija en mi yo, por alguna razón que no podía entonces comprender, experimenté una revolución en mi interior. Di un vago pretexto por mi demora y, aludiendo a la belleza de la noche, al rocío y a mis pies mojados, me dirigí lo más pronto que pude hacia mi cuarto.

Aquello era algo nuevo; así que ahí, durante muchos días, tuve que ventilar aquel extraño asunto. Había horas, cada uno de aquellos días, o por lo menos había momentos, arrancados de los deberes diarios, en que tenía que encerrarme a meditar. No se trataba de que me sintiera más nerviosa de lo que pudiera soportar, sino de que temía que esto pudiera ocurrirme; la verdad a la que tenía que enfrentarme era, simple y llanamente, que no podía saber nada sobre aquel visitante con quien tan inexplicablemente y, sin embargo —al menos, eso me parecía—, tan íntimamente estaba yo relacionada. Pronto advertí que no podría llegar a ninguna parte sin interrogar a alguien y suscitar alguna complicación doméstica. La impresión recibida debió agudizar todos mis sentidos; al cabo de tres días, como resultado de la más sostenida atención, estaba segura de que no había sido objeto de ninguna broma por parte de los criados. Solo podía inferir que alguien se había tomado una libertad indebida. Esa fue la conclusión a que llegué al encerrarme en mi habitación para meditar. Todos nosotros, colectivamente, habíamos sido víctimas de una intrusión: algún viajero inescrupuloso, interesado en los palacios antiguos, se había introducido en la casa sin que nadie lo observara y disfrutado del panorama desde el mejor punto de observación, y luego se marchó como había entrado. Y el que me mirase con tanta audacia no era sino una parte de su indiscreción. Lo bueno, después de todo, era que con seguridad no volveríamos a verle.

Pero esta deducción no era tan satisfactoria, debo admitirlo, como para hacerme olvidar que lo que esencialmente me ayudaba a superar aquella intranquilidad era mi agradable trabajo. Éste consistía, sencillamente, en mi vida con Miles y Flora, y nada podía serenarme tanto como sumergirme en esa labor. El atractivo de mis pequeños pupilos era una fuente constante de alegría que me llevaba a burlarme de mi antigua vanidad y absurdos temores, el disgusto con el que veía antes la gris perspectiva de mi oficio. No había, al parecer, ninguna perspectiva gris ni agobios de ninguna especie. ¿Cómo no iba a ser encantador un trabajo que se me ofrecía diariamente con tal belleza? En él se mezclaban la ternura de la niñera y la poesía del aula de clases. No quiero con esto decir que lo único que estudiásemos fueran novelas y poemas; lo que pasa es que no logro expresar de otra manera la clase de interés que mis compañeros me inspiraban. ¿Cómo describirlo, salvo diciendo que, en vez de acostumbrarme a ellos —¡y qué maravillosa puede resultar la profesión de institutriz: yo la llamo la hermandad de los testigos!—, hacía constantemente descubrimientos? Solo había una dirección en que aquellos descubrimientos cesaban: una profunda oscuridad continuaba ocultando todo lo referente a la conducta del niño en la escuela. Advertí que muy pronto había logrado encarar ese misterio sin un latido doloroso del corazón. Tal vez sería más acertado decir que, sin pronunciar una palabra, él mismo había aclarado el asunto. Su sola presencia hacía que el cargo pareciera completamente absurdo. Mi conclusión floreció al contacto de su inocencia: Miles era demasiado fino y delicado para aquel pequeño, horrible y sucio mundo escolar, y había pagado un precio por ello. Reflexioné agudamente que el sentimiento de tales diferencias, de tal superioridad, provoca en la mayoría —la cual puede incluir a estúpidos y sordos directores—, de una manera infalible, un deseo de venganza.

Ambos niños poseían una delicadeza —su única falta, aunque no por ello podía decirse que Miles fuera un niño blandengue— que los mantenía, ¿cómo podría expresarlo?, en un nivel casi impersonal y, desde luego, ajeno a los castigos. Eran como los querubines de la anécdota, a quienes nada —por lo menos, moralmente— podía reprochárseles. Recuerdo que sentía, sobre todo cuando estaba con Miles, que no existía ninguna historia tras él. Esperamos de todo niño una historia minúscula, pero en aquel hermoso niño había algo extraordinariamente sensitivo, extraordinariamente feliz que, más que en ninguna otra criatura de esa edad que haya yo visto, me sorprendía como el comienzo de algo nuevo cada día. Nunca había sufrido un solo segundo. Consideré esto como una prueba directa de su inocencia. En el caso de ser malvado, hubiese sido sorprendido, y yo lo hubiera descubierto; sin duda alguna, habría descubierto las trazas. No logré encontrar nada; por consiguiente, era un ángel. Nunca hablaba de su escuela, nunca mencionaba a un camarada o un maestro; y yo, por mi parte, estaba demasiado disgustada para aludir a ellos. Por supuesto, vivía bajo los efectos del hechizo, y lo más sorprendente es que, aun en aquella misma época, yo era consciente de ello. Pero no me preocupaba; era un antídoto a cualquier dolor, y yo tenía más de uno: estaba recibiendo, precisamente aquellos días, unas cartas muy aflictivas de mi casa, donde las cosas no marchaban bien. Pero, estando con mis niños, ¿qué cosas en el mundo podían importarme? Esta pregunta me la hacía durante los momentos de retiro. Sí, estaba hechizada por el encanto de ambos.

Hubo un domingo, para ser precisos, que llovió con tal intensidad y por espacio de tantas horas, que no pudimos ir en grupo a la iglesia; en consecuencia, y como el día avanzaba, decidí que la señora Grose y yo asistiríamos al servicio vespertino si el tiempo mejoraba. La lluvia cesó, por fortuna, y me dispuse a hacer nuestro paseo, el cual, a través del parque y por el buen camino que conducía al pueblo, nos tomaría solo unos veinte minutos. Cuando bajaba las escaleras para reunirme con mi compañera en el vestíbulo, me acordé de un par de guantes que habían necesitado tres puntadas y las habían recibido, quizá en un momento poco adecuado, mientras acompañaba a los niños en su té, servido los domingos, por excepción, en aquel frío y brillante templo de caoba y bronce que era el comedor de los adultos. Había dejado allí los guantes y decidí ir a recogerlos. El día era bastante oscuro, pero la luz de la tarde, al cruzar el umbral, me permitió no solo reconocer, en una silla cerca de la amplia ventana, cerrada en ese momento, los objetos que buscaba, sino también distinguir a una persona que, desde el otro lado de los cristales, miraba hacia el interior de la estancia.

Un solo paso en el comedor había bastado, mi imaginación fue instantánea: era él. La persona que miraba por el ventanal era la misma que había visto en la torre. Aparecía una vez más, y no diré con una nitidez mayor, pues eso hubiera sido imposible, pero sí con una proximidad que representaba un adelanto en nuestro trato, y que hizo, en el momento en que nuestras miradas se cruzaron, que contuviera la respiración mientras mi cuerpo se cubría de un sudor frío… Era el mismo… era el mismo; y visto esta vez, como en la anterior, de la cintura para arriba, enmarcado en la ventana. Tenía el rostro pegado al cristal, y el efecto de esta nueva visión fue, extrañamente, el de demostrarme qué intensa había sido la anterior. Permaneció allí solo unos segundos, el tiempo suficiente para convencerme de que también él me había visto y reconocido; pero era como si lo hubiese estado viendo durante años enteros, como si lo hubiera conocido desde siempre. Esa vez, sin embargo, ocurrió algo que no había sucedido antes: la mirada que me dirigió a través del cristal y de la amplia habitación fue tan profunda y dura como la anterior, pero la apartó de mí, un momento durante el cual yo todavía lo observaba, para fijarse en otras varias cosas. Por lo que debí añadir, a mi natural sobresalto, la certidumbre de que no había ido por mí, sino por alguna otra persona.

El impacto de aquel nuevo conocimiento, al incidir en medio de mi temor, produjo en mí el más extraordinario de los efectos, inundándome, mientras permanecía en el lugar, de una repentina vibración de valor y sentido del deber. Hablo de valor porque fui, sin duda alguna, muy lejos. Crucé de nuevo el umbral del comedor, llegué al de la casa, salí a la terraza y eché a correr hasta que la ventana apareció ante mi vista. Pero delante de ella no había nadie… Mi visitante había desaparecido. Me detuve, casi me dejé caer, y experimenté un profundo alivio. Dirigí una mirada a mi alrededor dándole tiempo a reaparecer. Ahora bien, este tiempo, ¿cuánto duró? Hoy no puedo precisar la duración de aquellos periodos; ni estaba en condiciones de medirlos entonces. Lo que sí creo es que no pudieron ser tan largos como en aquella ocasión me parecieron. La terraza y todo el edificio, el prado y el jardín detrás de él, todo lo que podía ver del parque, eran lugares vacíos, como colmados de una gran vaciedad. Había arbustos y altos árboles, pero recuerdo que tuve la seguridad de que en ninguno de ellos se ocultaba el visitante. Estaba o no estaba allí; y si no podía verlo, era porque no estaba. Me aferré a esa idea y luego, instintivamente, me acerqué a la ventana en vez de regresar por dónde había llegado. Sentía, aunque de manera confusa, la necesidad de situarme en el mismo lugar donde él había estado; pegué mi rostro al cristal y miré, como él, al interior de la habitación. Y en ese preciso instante, como para que yo pudiera tener una imagen de lo que había ocurrido, entró en el comedor, procedente del vestíbulo, la señora Grose. Me vio de la misma manera que yo al visitante y se sobresaltó como debí de sobresaltarme antes. Se puso pálida y me preguntó si yo había palidecido tanto. Luego se retiró por el mismo camino que yo había tomado, por lo que tuve la convicción de que daría la vuelta para salir a la terraza y se encontraría conmigo. Permanecí inmóvil donde estaba y, mientras la esperaba me asaltaron numerosos pensamientos. Pero solo vale la pena mencionar uno: me pregunté qué habría podido espantarla tanto.

V

Me lo hizo saber tan pronto como apareció en la terraza.

—En nombre del cielo, ¿qué es lo que pasa? —gritó sofocada.

No le respondí hasta que estuvo más cerca.

—¿Conmigo? —mi rostro debía tener un aspecto extraordinario—. ¿Por qué?

—Está usted pálida como un papel. Está horrible. Medité unos instantes. Pude darme cuenta de que la mujer hablaba con absoluta inocencia. Mi necesidad de respetar la frialdad de la señora Grose se había desvanecido calladamente, y si aún vacilé un instante, no fue porque quisiera crear un nuevo distanciamiento. Le tendí la mano y ella la tomó; retuve la suya entre las mías con el placer de sentirla cerca de mí. Había una especie de apoyo en su tímida expresión de sorpresa.

—Ha venido usted a buscarme para que vayamos a la iglesia pero no puedo ir.

—¿Ha ocurrido algo?

—Sí. Y usted debe saberlo. ¿Tenía yo un aspecto muy raro?

—¿A través de la ventana? ¡Espantoso!

—Bueno —dije— me he asustado.

Los ojos de la señora Grose expresaron abiertamente que no tenía deseos de entrometerse, y que conocía lo suficiente cuál era su lugar. ¡Pero yo había establecido desde un principio que ella debía compartir mis problemas!

—Lo que vio usted desde el comedor, hace un minuto, fue efecto de lo sucedido. Lo que yo vi, poco antes… fue mucho peor.

Su mano apretó con más fuerza la mía.

—¿Qué vio usted?

—Vi a un hombre extraordinario. Mirando hacia adentro.

—¿Qué hombre extraordinario?

—No tengo la menor idea.

La señora Grose miró en torno, pero fue, por supuesto, en vano.

—Entonces, ¿dónde se ha metido?

—Esto aún puedo saberlo menos.

—¿Lo había visto antes?

98

—Sí… una vez, en la torre vieja.

Me miró con mayor dureza.

—¿Quiere decir que se trata de un forastero?

—Sí, desde luego.

—¿Por qué no me lo dijo entonces?

—Tenía mis razones… Sin embargo, ahora que usted lo ha adivinado…

Los redondos ojos de la señora Grose parecieron rechazar aquella aseveración.

—¡Ah, no, yo no he adivinado nada! —dijo sencillamente—. ¿Qué iba a poder adivinar?

—No sé. Por un momento…

—¿No ha visto, pues, a ese hombre en ninguna parte más que en la torre?

—Y en este mismo lugar.

La señora Grose volvió a mirar alrededor.

—¿Qué estaba haciendo en la torre?

—Solo permanecía de pie en la plataforma y me miraba.

Volvió a meditar por unos instantes.

—¿Era un caballero?

Me di cuenta de que no necesitaba pensarlo para responder.

—No, no.

Ella se me quedó mirando con una expresión de sorpresa creciente.

—Entonces, ¿no era nadie de aquí?, ¿no era nadie del pueblo?

—Nadie, nadie. No se lo dije a usted, pero de eso estoy segura.

Respiró con alivio. Aquello, extrañamente, parecía calmarnos.

—Pero, si no es un caballero…

—¿Qué es, entonces? Un horror.

—¿Un horror?

—Es… ¡Dios me valga si sé lo que es!

La señora Grose volvió a escudriñar en torno nuestro; clavó la mirada en la brumosa lejanía y luego, encogiéndose de hombros, se volvió hacia mí y exclamó con abrupta incoherencia:

—Ya es hora de que estemos en la iglesia.

—¡No me siento en condiciones para ir a la iglesia!

—¿No le haría a usted bien?

—No se lo haría a ellos —dije, señalando hacia la casa.

—¿A los niños?

—No podría dejarlos ahora.

—¿Teme usted que…?

Hablé con audacia.

—Tengo miedo de él.

La ancha cara de la señora Grose me mostró por primera vez, al oír aquellas palabras, el tenue reflejo de una conciencia más aguda: me pareció advertir en ella el alba tardía de una idea que yo no le había inculcado y que era aún oscura para mí. Recuerdo ahora que entonces pensé en ello como en algo que podría sonsacarle; y sentí que eso se relacionaba con el deseo que ella mostraba de saber más.

—¿Cuándo fue aquello… lo de la torre?

—Hacia mediados de mes. A esta misma hora.

—Casi al oscurecer… —dijo la señora Grose.

—¡Oh, no, no tanto! Lo vi como la puedo ver ahora a usted.

—¿Y cómo entró aquí?

—¿Y cómo salió? —me eché a reír—. ¡No tuve oportunidad de preguntárselo! Y esta tarde, por lo visto, no ha podido entrar.

—¿Solo espiaba?

—Espero que se conforme con eso.

La señora Grose, después de soltarme, se había vuelto. Esperé un instante su respuesta, que no llegó, por lo que añadí:

—Vaya usted a la iglesia. ¡Adiós! Yo debo vigilar.

Lentamente, volvió a mirarme a la cara.

—¿Teme por ellos?

Sostuve su mirada.

—¿Usted no?

En vez de responderme, la señora Grose se aproximó a la ventana y durante un momento aplicó el rostro al cristal.

—Usted ve ahora como él veía —añadí entonces.

Ella no hizo ningún movimiento.

—¿Cuánto tiempo permaneció aquí?

—Hasta mi salida. Vine a su encuentro.

La señora Grose se volvió en redondo, y vi en su rostro que seguía ocultando algo.

—Yo no hubiera sido capaz de salir —murmuró.

—¡Tampoco yo! —y volví a reír—. Pero salí. Tengo mis obligaciones.

—También yo tengo las mías —respondió; y luego añadió—: ¿A quién se parece?

—¿Me moriría por poder decírselo. Pero no se parece a nadie.

—¿A nadie? —repitió.

—No lleva sombrero —y, al ver por la expresión de su rostro que aquel detalle le resultaba significativo y, al parecer, agobiante, añadí rápidamente los siguientes datos—: Tiene un pelo rojo, muy rojo, rizado, y un rostro pálido, alargado, con facciones bastante regulares y pequeñas patillas, raras, tan rojas como sus cabellos. Las cejas son un poco más oscuras, tienen una forma particularmente arqueada y parece que suele moverlas bastante. Sus ojos son agudos, extraños… terribles; y su mirada es penetrante. Tiene la boca grande y los labios finos y, además de las pequeñas patillas, va completamente afeitado. Tuve la impresión, en cierto momento, de estar viendo a un actor.

—¿A un actor?

Y era imposible parecerse menos a una actriz que la señora Grose en ese momento.

—Nunca he visto a uno, pero me imagino que son así. Es alto, enérgico, erguido —continué— pero nunca, ¡jamás!, un caballero.

El rostro de mi compañera había ido palideciendo intensamente a medida que yo hablaba. Sus ojos parecían desencajados y tenía la boca abierta por el asombro.

—¿Un caballero? —musitó confusa y azorada—. ¿Un caballero, él?

—Entonces, ¿le conoce usted?

Trató visiblemente de dominarse.

—¿Es bien parecido?

Me di cuenta de cuál era la manera de ayudarla.

—¡Extraordinariamente!

—Y vestía…

—Con ropas de otra persona. Eran elegantes, pero no las suyas.

Ella me interrumpió con un gruñido ahogado y confirmador.

—¡Son del amo!

La tenía ya agarrada.

—¿Así que lo conoce?

Vaciló un par de segundos; luego exclamó:

—¡Quint!

—¿Quint?

—Peter Quint, su criado, su ayuda de cámara cuando el amo estuvo aquí.

—¿Cuando el amo estuvo aquí?

Jadeando aún, pero decidida a hacerme frente, continuó:

—Nunca usó sombrero; sin embargo llevaba… Bueno, faltaron algunos chalecos. Ambos estuvieron aquí… el año pasado. Cuando el amo se marchó, Quint se quedó solo.

Yo la seguía, pero entonces la interrumpí.

—¿Solo?

—Solo con nosotros —y añadió, como si sus palabras surgieran de una profundidad aún mayor—: Se quedó a cargo del lugar.

—¿Y qué fue de él?

Tardó tanto en responderme, que me sentí todavía más desconcertada.

—También se marchó —dijo finalmente.

—¿Adónde?

La expresión de la señora Grose, en ese momento, se volvió extraordinaria.

—¡Solo Dios puede saberlo! Murió.

Yo me estremecí.

—¿Murió?

Ella pareció adquirir aplomo, plantarse más firmemente para resistir al asombro.

—Sí. El señor Quint ha muerto.

VI

Desde luego, fue necesario algo más que aquel episodio para situarnos en presencia de lo que ahora tendríamos que soportar como pudiésemos; es decir, a pesar de mi poquísima capacidad para encajar impresiones del género de las que vívidamente acababa de experimentar; capacidad cuyo conocimiento suscitaba en mi compañera, mezclados, un poco de consternación y otro poco de lástima. Aquella misma tarde, después de la revelación que me dejó durante una hora enteramente postrada, no hubo para nosotras servicio religioso, sino un pequeño servicio de lágrimas y juramentos, de preces y promesas, una crisis de desafíos y ruegos mutuos que tuvo lugar en el salón destinado a las clases, en el que nos habíamos encerrado para tratar de definir la situación. El resultado fue que decidimos someter a ésta al máximo control de sus elementos. La señora Grose no había visto nada, ni la sombra de una sombra, y nadie más en la casa, salvo la institutriz, estaba en el caso de ésta. No obstante, aceptó la verdad tal como se la ofrecí, sin impugnar directamente mi salud mental; y terminó por demostrarme una ternura conmovedora y una deferencia a mi más que discutible privilegio, el recuerdo de las cuales perdura en mí como uno de los más dulces sentimientos humanos.

Aquella noche convinimos en que juntas podríamos soportar esas cosas, y yo no me daba cuenta de que a pesar de que ella parecía eximirse, era precisamente quien debía soportar casi toda la carga. Sabía en aquel momento, como lo sé ahora, que yo era capaz de afrontar cualquier cosa con tal de proteger a mis discípulos; pero tardé algún tiempo en estar segura de lo que mi honrada aliada sería capaz de hacer para mantenerse fiel a nuestro pacto. Yo resultaba una compañera muy extraña, tanto como lo era ella; pero, cuando recuerdo todo lo que tuvimos que pasar juntas, advierto cuánto de común habíamos hallado en la única idea que, por fortuna, podía unirnos. La idea que me hizo salir, como podría decirse, de la cárcel de mi espanto. Puedo recordar perfectamente lo que me fortaleció aquella noche, antes de separarme de la señora Grose. Habíamos discutido una y mil veces cada uno de los detalles de lo que había visto.

—¿Dice que buscaba a otra persona… a alguien que no era usted?

—Buscaba al pequeño Miles —en aquel momento me sentí poseída por una portentosa clarividencia—. Era a él a quien estaba buscando.

—Pero… ¿cómo puede saberlo?

—¡Lo sé, lo sé, lo sé! —mi exaltación iba en aumento—. ¡Y también usted lo sabe, querida!

No lo negó, pero advertí que no era necesario que yo dijera esas cosas. De cualquier manera, poco después replicó:

—¿Qué tiene de raro que quiera verlo?

—¿Al pequeño Miles? ¡No es precisamente lo que quiere!

Me pareció que de nuevo estaba intensamente asustada.

—¿El niño?

—No, el hombre. ¡Dios no lo permita! Quiere aparecer ante ellos.

El hecho de que era capaz de hacerlo, estaba probado. Yo tenía la absoluta certidumbre de que volvería a ver lo que ya había visto, pero algo en mi interior me decía que, si me ofrecía como sujeto único de la experiencia, aceptándola, invitándola, superándola del todo, podría servir de víctima expiatoria y proteger la tranquilidad de todos los demás. Especialmente, evitaría aquella experiencia a los niños. Me acuerdo de una de las últimas cosas que aquella noche dije a la señora Grose:

—Me sorprende que mis alumnos no hayan mencionado nunca…

La señora Grose me lanzó una mirada tan extraña, que me impidió terminar la frase, pero ella lo hizo por mí.

—¿La estancia de él aquí, y el tiempo que pasaron juntos?

—Sí, el tiempo que pasaron con él, y su nombre, su presencia, su historia, en fin…

—¡Oh!, la pequeña no lo recordará. Ella no llegó a enterarse.

—¿De las circunstancias de su muerte? —pregunté con bastante intensidad—. Tal vez no. Pero Miles debería recordar… Miles debería saber…

—¡Ay!, mejor será que no le pregunte —exclamó la señora Grose.

Le devolví la mirada que me había dirigido.

—No tema —y luego murmuré—: Es bastante raro.

—¿Que no le haya hablado nunca de él?

—No ha hecho nunca la más pequeña alusión. ¿Y dice usted que eran grandes amigos?

—¡Oh!, Miles no era él mismo en esos momentos —declaró la señora Grose con énfasis—. Eran cosas de Quint. Jugaba con él…, Mejor dicho, lo echaba a perder —hizo una breve pausa y luego añadió—. Quint era demasiado atrevido.

Estas palabras me hicieron recordar su rostro, ¡aquel rostro!, y me sentí invadida por una sensación de disgusto.

—¿Demasiado atrevido con mi niño?

—Demasiado atrevido con todo el mundo.

Preferí no analizar por el momento su afirmación. Supuse que se refería a los miembros de la servidumbre, a la media docena de criados y sirvientes que constituían nuestra pequeña colonia. Pero se daba la feliz circunstancia de que el lugar no tenía una leyenda de escándalo, ni mala fama, cosas que resultan imposibles de ocultar, y la señora Grose, al parecer, deseaba que yo permaneciera en silencio. Al final de nuestra entrevista decidí someterla a una prueba. Era ya medianoche y mi compañera había puesto la mano en el pomo de la puerta dispuesta a marcharse.

—¿Debo entender, por lo que me ha dicho (y esto es para mí de la mayor importancia), que Quint era definitiva y deliberadamente malo?

—¡Oh, no abiertamente! Yo lo sabía… pero el amo no.

—¿Y nunca se lo dijo usted?

—Bueno, a él le disgustaban las habladurías, odiaba las quejas. Podía ser terrible cuando alguien se le acercaba con ese fin. Y si la gente se portaba correctamente con él…

—¿No se preocupaba de nada más?

Eso encajaba muy bien con la impresión que yo tenía de él: no era un caballero al que le gustara preocuparse, y tampoco un hombre demasiado cuidadoso con las relaciones que mantenía. Aun así, apremié a mi interlocutora, añadiendo:

—En su caso, ¡yo se lo habría dicho!

Advirtió mi reproche.

—Tal vez cometí un error. Pero la verdad es que estaba asustada.

—¿Asustada? ¿De qué?

—De las cosas que aquel hombre podía hacer. Quint era tan hábil… tan astuto…

Yo oía todo aquello, tal vez, con mayor atención de la que deseaba mostrar.

—¿No temía usted algo más? —insistí—. ¿Su efecto, por ejemplo?

—¿Su efecto? —repitió la señora Grose con un rostro angustiado y suplicante.

—Su efecto sobre esas vidas preciosas e inocentes. Usted estaba a cargo de los niños.

—¡No, no estaban a mi cargo! —exclamó rotundamente y con enojo—. El amo tenía confianza en él y lo trajo consigo; al parecer, no estaba bien de salud y el aire del campo le sentaba bien. Así que él se hizo cargo de todo —su tono era ahora sarcástico—. Incluso de los niños.

—¿De los niños… semejante individuo? —exclamé indignada—. ¿Y podía usted soportarlo?

—No, no podía… ¡Tampoco ahora puedo! —y la buena mujer estalló en sollozos.

Un estricto control, como ya he dicho, comenzó a regir a partir del siguiente día; sin embargo, ¡cuán a menudo y cuán apasionadamente volvimos durante una semana sobre el mismo tema! A pesar de lo mucho que habíamos discutido aquel domingo al atardecer, me sentí, sobre todo en las últimas horas de la noche —¿iba yo a poder dormir en tales condiciones?—, acosada por la sensación de que había algo que mi compañera no me había dicho. Yo no había reservado nada para mí; sin embargo, sabía que existían dos o más palabras que la señora Grose había retenido. Es más, por la mañana estaba convencida de que no se trataba de una falta de sinceridad, sino que su silencio estaba condicionado por el temor. En efecto, dando a la situación una mirada retrospectiva, me pareció que antes de que el sol estuviera en su cenit yo ya había leído, en los hechos que teníamos frente a nosotras, casi todo el significado que iban a adquirir por los posteriores y más crueles acontecimientos. Lo que los hechos me mostraron fue, sobre todo, la siniestra figura del hombre vivo —¡el muerto podía esperar un poco— y de los meses que él había pasado en Bly, los cuales, sumados, constituían un largo periodo.

El término de aquella época malvada solo llegó al amanecer de un día de invierno, cuando un jornalero, que se dirigía muy temprano al trabajo, halló a Peter Quint muerto al lado del camino que conducía al pueblo: una catástrofe que fue explicada, por lo menos superficialmente, por una herida visible en la cabeza. Una herida como ésa solo podía haber sido producida (y, según el veredicto final de la encuesta, lo fue) por un resbalón fatal en la oscuridad, después de abandonar la taberna, en la pendiente cubierta de hielo en cuyo fondo yacía. La pendiente helada, el paso en falso en la noche y el licor, fueron todo lo que surgió en la encuesta y lo que se cuchicheó en posteriores comadreos; pero había en su vida otras cosas —extrañas y peligrosas acciones, desórdenes secretos, vicios más que sospechados— que, de haber sido investigadas, habrían explicado mejor su colapso.

Aunque me es difícil ahora referir la historia con palabras capaces de dar un cuadro verosímil de mi estado de ánimo, he de decir que en aquellos días yo era literalmente capaz de encontrar un motivo de alegría en el extraordinario heroísmo que la ocasión exigía de mí. Ahora puedo ver que se me había solicitado un servicio admirable y difícil; y que habría una indudable grandeza en el hecho de que se llegara a saber —¡sí, en el sitio indicado!— que yo había triunfado donde tantas otras muchachas hubiesen fracasado. Fue para mí una ayuda inmensa —y confieso que llego a envanecerme cuando miro hacia atrás— que concibiera mi labor como algo tan grande y tan sencillo. Estaba allí para proteger y defender a las dos criaturas más adorables que había en el mundo, de cuya falta de protección me había dado cuenta repentinamente y, con el corazón dolorido, había decidido subsanar. Estábamos unidos en nuestro peligro. Ellos no tenían a nadie más que a mí, y yo… Bueno, yo los tenía a ellos. Era, en resumen, una oportunidad magnífica. Esto se me mostró en una clara imagen material: yo era como una pantalla que debía permanecer delante de ellos. Cuanto más viera yo, menos verían ellos.

Comencé a observarlos con extrema tensión, con una excitación disimulada que, de haberse prolongado demasiado, se hubiera convertido en algo semejante a la locura. Lo que me salvó, ahora puedo verlo, fue que la tensión perdió su razón de ser y fue reemplazada por una serie de pruebas horribles, y puedo llamarlas "pruebas" porque realmente pasé por ellas.

Ese momento se produjo una tarde en que salí al jardín con mi discípulo más joven. Habíamos dejado a Miles en casa, sobre el rojo almohadón de un sofá adosado a una ventana, porque había expresado su deseo de terminar de leer un libro, y yo me había sentido feliz de acceder a un propósito tan laudable en un jovencito cuyo único defecto podía ser, a veces, cierto exceso de actividad. Su hermana, por el contrario, se mostró encantada de poder salir, por lo que dimos un paseo de una media hora buscando la sombra, ya que el sol estaba aún muy alto y el día era excepcionalmente caluroso. Mientras estaba con ella, me di nuevamente cuenta de cómo, igual que su hermano —y era ésta una de las cualidades más encantadoras de ambos niños—, me dejaba sola sin que pareciera que me abandonara, y me acompañaba sin agobiarme con su presencia. Nunca me importunaban, ni tampoco se mostraban desatentos. Podían divertirse intensamente sin mí; y ello constituía un espectáculo que sabían preparar por sí mismos y en el que yo representaba el papel de una admiradora activa.

Yo me movía en un mundo imaginado por ellos… que no tuvieron oportunidad de hacerlo en el mío. Así, mi tiempo se llenaba representando el personaje o el objeto que su juego requería en cada momento, y que era siempre para ellos, gracias a mi superioridad y entusiasmo, una feliz y enormemente distinguida colaboración. Olvidé de qué se trataba en aquella ocasión; solo recuerdo que debía ser algo muy importante y silencioso, y que Flora estaba entusiasmada en el juego. Estábamos al borde del lago, y, como últimamente habíamos comenzado a estudiar geografía, el lago era el mar de Azof.

De pronto, en esas circunstancias, tuve la sensación de que al otro lado del mar de Azof teníamos a un interesado espectador. El conocimiento del hecho se produjo de la manera más extraña del mundo —es decir, aparte del hecho, mucho más extraño, constituido por la misma aparición—, porque yo era, en el juego, algo o alguien que podía sentarse, y lo hice en el viejo banco de piedra que dominaba el estanque; y en esa posición, de pronto, sin ninguna visión directa, comencé a tener la certidumbre de la presencia de una tercera persona. Los viejos árboles, los espesos matorrales, proyectaban una agradable sombra sumergida en el resplandor de aquella hora cálida y tranquila. No había en el escenario ninguna ambigüedad, como tampoco la había en la convicción que tuve de pronto de que con solo alzar los ojos vería a alguien al otro lado del lago. Recuerdo el esfuerzo que hice para no moverme hasta que estuviera completamente tranquila y haber decidido qué hacer en tales circunstancias. Había un objeto extraño a la vista: una figura cuyo derecho a hacer acto de presencia negué instantánea y apasionadamente.

Analicé cuidadosamente las posibilidades, diciéndome a mí misma que nada era más natural, por ejemplo, que la aparición de uno de los sirvientes en aquel lugar, o la de un mensajero, el cartero o el mozo de alguna tienda del pueblo. Pero aquel ejercicio mental tuvo muy poco efecto sobre la certidumbre que ya poseía —incluso antes de haberlo visto— acerca del carácter y la actitud de nuestro visitante. No me resultaba nada extraño que todo aquello fuese, en realidad, otra cosa de lo que parecía ser.

De la verdadera identidad de la aparición me aseguraría tan pronto como el pequeño reloj de mi valor marcase el instante adecuado; entretanto, con un esfuerzo que era ya bastante intenso, dirigí la mirada directamente a la pequeña Flora, quien en ese momento se hallaba a unas diez yardas de distancia de donde yo estaba. Mi corazón había permanecido inmóvil durante un momento por el asombro y terror que me producía pensar que también ella pudiera verlo. Contuve el aliento en espera de un grito suyo, algún signo de interés o alarma que me pudiera servir de indicación. Esperé, pero no obtuve nada. Luego —y en esto se oculta lo más terrible, creo yo, de lo que voy a relatar— experimenté la sensación de que, durante un minuto, todos los sonidos espontáneos procedentes de la niña habían cesado; y se dio la circunstancia de que en aquel mismo momento la niña, en su juego, se había vuelto y mirado hacia el agua. Esta era su actitud cuando, finalmente, la miré... la miré con la convicción, confirmada, de que ambas seguíamos estando bajo la mirada de otra persona.

Ella había recogido un pequeño trozo plano de madera, con un estrecho agujero, que evidentemente le había sugerido la idea de buscar otro fragmento que pudiera servirle de mástil, y hacer así un barquito. Observé que estaba intensamente ocupada tratando de colocar el palo en su sitio. Mi temor ante lo que estaba haciendo me contuvo hasta que, después de unos segundos, sentí que podía enfrentarme ya con lo demás. Entonces levanté la mirada... y me encaré con lo que debía desafiar.

VII

Después de aquello, fui en busca de la señora Grose tan pronto como pude hacerlo; y me resultaba imposible relatar cómo pasé el intervalo. Todavía me parece oírme gritar, en cuanto me arrojé en sus brazos:

—¡Lo saben! ¡Oh, es demasiado monstruoso! ¡Ellos lo saben, lo saben!

—¿Qué es lo que saben...?

Advertí su incredulidad mientras me sostenía en sus brazos.

—Bueno, lo que nosotras sabemos... ¡Y solo el cielo podría decirnos qué más!

Luego, soltándome de su abrazo y luchando por recobrar la coherencia, añadí:

—¡Hace un par de horas, en el jardín... —apenas podía articular las palabras—, Flora lo vio!

La señora Grose recibió la noticia como si le hubieran dado un golpe en el estómago.

—¿Se lo dijo ella? —gimió.

—Ni una palabra... Esto es lo monstruoso. ¡Se lo ha reservado! ¡Una niña de ocho años! ¡Esa niña!

Aún no salía de la estupefacción que aquello me había producido.

La señora Grose, por supuesto, se sorprendió aún más.

—Entonces, ¿cómo lo sabe usted?

—Yo estaba allí… Lo vi con mis propios ojos: vi que ella era perfectamente consciente de su presencia.

—¿Consciente de la presencia de él?

—No…, de ella.

Y, mientras hablaba, me di cuenta de que estaba asomándome a cosas prodigiosas, pues obtuve un tenue reflejo de ellas en el rostro de mi compañera.

—Esta vez era otra persona…, una figura de inconfundible maldad: una mujer vestida de negro, pálida y horrible… ¡Oh, qué aire el suyo, qué cara…! Estaba del otro lado del lago. Yo estaba allí con la niña, muy tranquila en ese momento, cuando de repente apareció.

—¿Apareció? ¿De dónde?

—¡De donde ellos aparecen! El hecho es que apareció y permaneció allí…, pero no muy cerca.

—¿Y no se aproximó un poco?

—¡Oh, por el efecto y la sensación producida, podía haber estado tan cerca como está usted!

Mi amiga dio un paso atrás con un extraño impulso.

—¿Era alguien a quien usted había visto antes?

—Nunca. Pero la niña sí. Y usted también —entonces expresé todo lo que había concebido—: Era mi predecesora…, la que murió.

—¿La señorita Jessel?

—La señorita Jessel. ¿No me cree usted? —la apremié.

La señora Grose se volvía de derecha a izquierda presa del desconcierto.

—¿Cómo puede estar usted tan segura?

Por el estado de mis nervios, aquella respuesta provocó un estallido de impaciencia.

—Pregúnteselo a Flora.., ella está segura —pero no bien hube dicho eso cuando logré recuperarme—. ¡No, por el amor de Dios, no lo haga! Diría que no vio nada… mentiría.

La señora Grose no estaba tan perturbada como para que instintivamente no protestara.

—¡Oh!, ¿cómo puede…?

—Estoy segura. Flora no quiere que yo sepa nada.

—¿Trata, pues, de ahorrarle…?

—¡No, no… esto es algo más profundo, más profundo! Mientras más ahondo, más lo veo así; y mientras más veo, más temo. ¡No sé qué es lo que no temo!

La señora Grose hizo un esfuerzo por comprenderme.

—¿Quiere decir que teme volver a verla?

—¡Oh, no… eso ahora no es nada! —luego expliqué—: Lo que temería sería no verla.

Pero mi compañera me miró vacuamente.

—No la comprendo.

—Mire: lo que temo es que la niña pueda verla, y que logre hacerlo sin que yo lo sepa.

Ante la idea de aquella posibilidad, la señora Grose pareció por un momento anonadada; sin embargo, logró recuperarse una vez más, como si tuviera conciencia de que, si cedíamos una pulgada, estábamos perdidas.

—Querida, querida…, ¡no debemos perder la cabeza! Después de todo, si a ella no le importa… —su boca se torció en una mueca que pretendía ser una sonrisa—. Tal vez a ella le gusta.

—¡Gustar esas cosas… a una niña tan pequeña!

—¿No es ello una prueba de su bendita inocencia? —inquirió valientemente mi amiga.

Por un instante, me dejó casi sin aliento.

—¡Ay! Debemos aferrarnos a eso… Si no es una prueba de lo que usted dice… es entonces una prueba de… ¡Solo Dios sabe de qué! Porque aquella mujer es el horror de los horrores.

La señora Grose clavó entonces la mirada en el suelo; después de unos instantes la levantó para pedirme:

—Dígame cómo lo supo.

—Entonces, ¿admite usted que lo era? —grité.

—Dígame cómo lo supo —repitió sencillamente mi compañera.

—¿Cómo lo supe? ¡Solo con verla! Por la manera como miraba.

—¿Por la manera como la miraba a usted? ¿Malévolamente?

—No, no, querida… Eso lo hubiera podido soportar. No me dirigió siquiera una mirada. Tenía la vista fijada en la niña.

—¿Fijada en ella?

—¡Oh, sí, y con qué espantosos ojos!

La señora Grose contempló los míos como si realmente pudieran parecerse a los de la aparición.

—¿De disgusto, quiere usted decir?

—¡No, santo cielo, no! De algo mucho peor.

—¿Peor que el disgusto?

Aquello dejó completamente desorientada a la buena mujer.

—Con una determinación indescriptible; con una especie de furia en la intención…

Palideció ante mis palabras.

—¿En la intención?

—Sí, de apoderarse de ella.

Los ojos de la señora Grose se desorbitaron al contemplarme… Se estremeció y caminó hacia la ventana; y, mientras permanecía allí mirando hacia el exterior, yo terminé mi declaración:

—Y eso es lo que Flora sabe.

Al cabo de un rato dio media vuelta.

—¿Dice usted que esa persona vestía de negro?

—De luto… Bastante pobremente, casi de harapos. Pero, eso sí, su belleza era extraordinaria.

Reconozco ahora que, después de tantos golpes, debí de haber convencido a la víctima de mis confidencias, pues en esos momentos sopesaba ya visiblemente sus palabras.

—¡Oh, sí, era muy hermosa! —insistí—. Maravillosamente hermosa. Pero infame.

La señora Grose se me acercó lentamente.

—La señorita Jessel… era una mujer infame.

Una vez más tomó mi mano entre las suyas estrechándola con fuerza, como si quisiera fortalecerme contra el aumento de inquietud que podía producirme su discurso.

—Ambos eran infames —dijo finalmente.

Así, durante un rato, volvimos a contemplar juntas la situación; y sentí que con su valiosa ayuda podía ahora verla con mayor claridad.

—Aprecio su pudor al no hablarme hasta ahora de ellos; pero creo que ha llegado el momento de que me cuente todo —ella pareció asentir a mi petición, pero se mantuvo en silencio, por lo cual agregué—: Debo saberlo. ¿De qué murió? Dígame, ¿había algo entre ellos?

—Había todo lo que podía haber.

—¿A pesar de las diferencias…?

—A pesar de todo, de su rango, de su condición —exclamó—. Ella era una dama.

Creí comprender.

—Sí…, era una dama.

—Y él era atrozmente plebeyo —dijo la señora Grose.

Sentí que, indudablemente, no necesitaba precisar demasiado ante mi compañera el lugar de un sirviente en la escala social; pero no había nada que me impidiera aceptar por buena la opinión expresada por ella respecto al rebajamiento de mi predecesora. Había un medio de enfrentarse a la situación y yo la adopté; lo hice instantáneamente, pues tenía una completa visión, basada en pruebas del difunto hombre "de confianza" de mi patrón: un individuo astuto, bien parecido, impúdico, seguro de sí mismo, vicioso, depravado.

—Aquel individuo era un sinvergüenza.

La señora Grose consideró mi afirmación y luego, aceptándola, añadió:

—No he conocido a ninguno como él. Hacía lo que quería.

—¿Con ella?

—Con todos ellos.

Fue como si ante los ojos de mi amiga hubiera vuelto a aparecer la señorita Jessel. Por un instante, me pareció que la evocaba tan claramente como yo la había visto en el estanque; y entonces afirmé con decisión:

—¡Debió de ser también lo que ella deseaba!

El rostro de la señora Grose reveló que, en efecto, así había sido, pero al mismo tiempo dijo:

—¡Pobre mujer… ya lo ha pagado!

—Entonces, ¿sabe usted de qué murió? —le pregunté.

—No… no sé nada. No quise saberlo. Me alegraba mucho no saberlo; y di gracias al cielo cuando se marchó de aquí.

—Sin embargo, alguna idea habrá tenido…

—¿Del verdadero motivo por el cual se marchó? ¡Oh, sí… eso sí! Ella no podía quedarse. Piense en su situación… ¡como institutriz! Y más tarde imaginé.., y continúo imaginando. Y lo que imagino es horroroso.

—No tan horroroso como lo que imagino yo —repliqué.

Con aquellas palabras quise mostrarle, de una manera enteramente consciente, mi sentimiento de derrota. Y ello desencadenó de nuevo toda su compasión por mí, y ante el renovado flujo de su bondad, mi poder de resistencia se vino abajo. Me eché a llorar, como en otra ocasión la había hecho llorar a ella; mi compañera me cobijó en su seno maternal y en él vertí todos mis lamentos.

—No logro hacerlo —sollocé desesperadamente— no logro salvarlos ni protegerlos. Es mucho peor de lo que había imaginado… ¡Están perdidos!

VIII

Lo que había dicho a la señora Grose era bastante cierto: existían, en el asunto que habíamos analizado, profundidades y posibilidades que me sentía incapaz de hurgar; de modo que, cuando volvimos a encontrarnos, estuvimos de acuerdo en que debíamos resistirnos a toda fantasía extravagante. Debíamos mantener nuestras mentes serenas, si queríamos pisar terreno firme, lo que era difícil en medio de nuestras prodigiosas experiencias. Más tarde, esa misma noche, mientras todos los de la casa dormían, sostuvimos otra conversación en mi cuarto; cuando ella se marchó, las dos estábamos convencidas, sin lugar a dudas, de que yo había visto exactamente lo que había dicho. La mejor prueba que encontré fue preguntarle tan solo si había cometido algún error al describirle a cada una de las personas que se me aparecieron, proporcionándole, en un retrato detallado, hasta los rasgos más insignificantes, un retrato ante el cual ella reconoció y nombró instantáneamente a los originales. Por supuesto, lo que ella deseaba, ¡y no se la podía culpar del todo por ello!, era olvidar por entero el asunto; y yo me apresuré a asegurarle que mi interés en éste había cambiado violentamente en el sentido de que ahora se cifraba en la búsqueda de un medio para escapar de él.

La tranquilicé al asegurarle que, con la repetición del fenómeno —pues dábamos por descontado que se repetiría—, yo me acostumbraría al peligro; y claramente le manifesté que mi riesgo personal se había convertido de pronto en la menor de mis preocupaciones. Lo intolerable, en cambio, era mi nueva sospecha; y aun para esta complicación, esas últimas horas del día habían aportado cierto alivio.

Al separarme de ella, después de un primer derrumbamiento, tuve que volver, por supuesto, al lado de mis alumnos, hallando así el adecuado alivio con aquel encanto que ya antes había reconocido como un recurso que podía cultivar positivamente y que hasta el momento no me había fallado. Me había sumergido, en otras palabras, en la peculiar compañía de Flora, con lo que me di cuenta de que ella podía poner su manita, de una manera consciente, precisamente en el lugar que dolía. Me contempló con expresión dulce e interrogadora y luego me acusó abiertamente de haber llorado. Suponía yo que había logrado desaparecer las feas señales del llanto, pero, por lo visto, aquéllas no se habían borrado del todo. Contemplar la profundidad azul de los ojos de la niña y juzgar que su amabilidad no era sino una prueba de prematura astucia, me hubiera hecho sentirme culpable de cinismo, por lo que preferí abjurar de mi criterio y, en la medida de lo posible, de mi agitación.

No podía abjurar por el mero hecho de desearlo, pero sí repetir a la señora Grose —como lo hice, una y otra vez, durante las horas que compartíamos juntas— que, con las voces de los niños en el aire, la presión que ejercían sobre nuestro corazón y sus fragantes mejillas sobre nuestros rostros, todo se venía abajo, menos su aire de inocencia y su belleza. Fue una lástima que, para dejar sentado esto de una manera definitiva, tuviera que evocar las sutilezas con que, aquella tarde en el lago, pude conservar milagrosamente mi capacidad de autodominio. Fue una lástima que me viera obligada a investigar una vez más la certeza de aquel momento y repetir cómo había tenido la revelación de que la inconcebible comunicación que acababa yo de sorprender era una cuestión de hábito para las otras dos partes. Fue una lástima que tuviera que enumerar de nuevo los motivos que me llevaron a suponer que la niña estaba viendo a la aparecida de la misma manera como yo podía en ese instante ver a la propia señora Grose, y que aquélla deseaba hacerme creer que no veía nada y, a la vez, conocer hasta dónde yo sabía. Fue una lástima que necesitara describir otra vez la portentosa actividad mediante la cual la niña trató de distraer mi atención… el perceptible aumento de movimientos, la mayor intensidad en el juego, los cantos, la conversación y su invitación a retozar.

Sin embargo, aunque no me mostré indulgente en aquella revisión, debí omitir los dos o tres vagos elementos de consuelo que aún me quedaban. Por ejemplo, no debía decir a mi amiga que estaba segura de no haberme engañado a mí misma. No debí haberla forzado, por desesperación —apenas sé qué término emplear—, a evocar todo lo que conocía, por el procedimiento de colocar a mi colega entre la espada y la pared. Me dijo poco a poco, aunque la mayor parte de las veces bajo presión, muchas cosas; pero había algo que no acababa de ajustar y que a veces me rozaba las sienes como si fuera el aletazo de un murciélago. Recuerdo que en una ocasión —porque la casa dormida y la concentración que surgía de nuestro común peligro y común vigilia parecían ayudar a ello— sentí la tentación de dar un último tirón a la cortina.

—No creo esto tan horrible —recuerdo que dije—. No, querida, definitivamente no lo creo. Pero, ¿sabe usted?, hay en todo esto algo que me preocupa y quiero que usted, ¡sí, usted, no se evada!, que usted me lo explique. ¿En qué pensaba usted cuando en nuestra aflicción, antes de que llegara Miles y hablando de la carta del director de la escuela, dijo, bajo mi insistencia, que no pretendía afirmar que Miles no había sido nunca malo? No lo ha sido durante estas semanas que he vivido con él, vigilándolo estrechamente; ha sido un pequeño prodigio de imperturbable y adorable bondad. De manera que usted no habría hecho esa declaración si no hubiese habido una excepción. ¿Cuál es esa excepción, y a qué episodio, observado personalmente por usted, se refería aquella vez?

Era una pregunta tremendamente grave, pero la ligereza no era nuestro fuerte; así que, antes de que el gris amanecer nos obligara a separarnos, yo ya tenía la respuesta. Lo que la señora Grose había pensado en aquella ocasión encajaba perfectamente en el cuadro. Era nada menos la circunstancia de que, por un periodo de varios meses,

Quint y el muchacho habían estado constantemente juntos. Debo decir, para hacer honor a la verdad, que ella se había permitido criticar aquella alianza tan estrecha y señalar su incongruencia, y hasta expresar abiertamente su oposición a la señorita Jessel. Ésta le respondió, con el mayor descaro, que se ocupara de sus propios asuntos; y fue entonces cuando la buena mujer apeló directamente al pequeño Miles. Cuando la presioné un poco más, me enteré de que había dicho al joven caballero que a ella le agradaría que no olvidara su condición social.

Tuve que volver a presionarla.

—¿Le recordó usted que Quint era un criado vulgar?

—¡Por supuesto! Y fue su respuesta, por una parte, lo que me hizo saber que era malo.

—¿Qué fue lo otro? —esperé—. ¿Repitió Miles a Quint las palabras de usted?

—No, no fue eso; no lo hizo —sus palabras seguían impresionándome—. De cualquier modo, estaba convencida de que no lo haría. Pero ocultaba ciertas cosas.

—¿Cuáles?

—Que habían estado juntos, como si Quint fuera su tutor y la señorita Jessel fuera la institutriz solo de la niña. Quiero decir que ocultaba que salí a con aquel hombre y pasaba horas enteras a su lado.

—¿Negaba, entonces…? ¿Decía que no había estado? —su asentamiento era tan visible, que me vi impulsada a añadir, un momento después—: Comprendo, Miles mentía.

—¡Oh…! —murmuró entonces la señora Grose, sugiriendo que aquello no era lo que importaba; y apoyó la sugerencia con una observación posterior—: Verá, después de todo, a la señorita Jessel no le importaba. Ella no se lo prohibía.

Reflexioné un momento.

—¿Fue ésta la justificación que Miles dio a usted?

Ella seguía estando reticente.

—No, nunca me dijo esto.

—¿Nunca mencionó a la señorita Jessel en relación con Quint?

La señora Grose advirtió qué era lo que me proponía saber, y enrojeció violentamente:

—Bueno, nunca mostró saber nada. Negaba —repitió—. ¡Negaba!

¡Dios mío, cómo la apremié en esa ocasión!

—¿De modo que pudo ver que estaba enterado de lo existente entre aquellos dos bribones?

—No lo sé… ¡No lo sé! —gimió la pobre mujer.

—¡Claro que lo sabe, querida! —repliqué—, solo que nunca ha tenido la suficiente audacia para confesárselo, y lo ha mantenido oculto, por timidez, por modestia y por delicadeza, a pesar de que en el pasado, cuando tenía usted que navegar sin mi ayuda, en silencio, todo esto debe de haberla hecho muy infeliz. Pero yo necesito saberlo y usted me lo va a decir. ¿Había algo en el niño que hiciese creer que él ocultaba y protegía esas relaciones?

—¡Oh, él no podía impedir…!

—Que usted se enterase de la verdad, ¿no es así? ¡Santo cielo! —exclamé con vehemencia—. ¡Eso demuestra hasta qué grado lo dominaban! ¿Qué hicieron con él?

—Cualquier cosa que hayan hecho, no le impide ser ahora un niño agradable —adujo la señora Grose lúgubremente.

—Ahora no me extraña que se portara usted de un modo tan raro —persistí— cuando le mencioné la carta que recibí de la escuela.

—Dudo que me haya portado más raramente que usted —me respondió con fiero orgullo—. Si era tan malo entonces, como parece usted insinuar, ¿por qué es ahora un ángel?

—En efecto, así es… Si era un demonio en la escuela, ¿cómo, cómo, cómo…? Bien —dije atormentada—, vuelva a decirme esto y le aseguro que no la molestaré en varios días. ¡Pero dígamelo de nuevo! —grité de un modo que hizo estremecer a mi amiga—. Hay ciertas direcciones que, por el momento, creo más prudente no seguir.

Entretanto, volví a su primer ejemplo, aquel al que anteriormente se había referido, sobre la capacidad del niño para moverse furtivamente cuando le era preciso.

—Si Quint era un criado vulgar, como señaló usted al tratar con el niño este asunto, una de las cosas que Miles debe haberle dicho, me imagino, es que usted era otra… —nuevamente su asentimiento fue tan total, que proseguí—: ¿Y le perdonó usted esa respuesta?

—¿No lo habría hecho usted?

—¡Oh, sí, por supuesto! —y al llegar aquí, en el silencio de la noche, intercambiamos signos de profunda comprensión; luego continué:

—De todos modos, mientras él estaba con el hombre…

—¡La señorita Flora estaba con la mujer! ¡Y todos tan contentos!

También yo lo estaba, y bastante; con lo cual quiero decir que aquello encajaba perfectamente en el monstruoso cuadro que yo estaba a punto de prohibirme concebir. Pero mayor luz pudo ofrecer mi comentario final a la señora Grose:

—Confieso que los cargos de que haya mentido y mostrado su impudicia me parecen menos graves de los que esperaba que hubiera descubierto usted en nuestro joven. Sin embargo —murmuré—, existen; y más que nunca me hacen sentir que debo permanecer alerta.

Me ruboricé al siguiente momento, al ver en la cara de mi compañera cuán sin reservas había ya perdonado a Miles; sentí que mi propia ternura esperaba solo la ocasión para manifestarse. Ésta se presentó cuando, ya en la puerta del salón de las clases, mi amiga murmuró al despedirse:

—No irá usted a acusarlo...

—¿De sostener una relación que me oculta? ¡Ah!, recuerde que mientras no tenga pruebas más concluyentes, no puedo acusar a nadie —luego, antes de que ella tomase otro corredor para dirigirse a sus habitaciones, añadí—: No me queda sino esperar.

IX

Esperé y esperé, y los días, al pasar, se llevaron algo de mi consternación. No fue necesario que transcurrieran muchos para que el espectáculo constante de mis discípulos, no presentándose ningún nuevo incidente, difuminara los contornos de atroces fantasías y aun de odiosos recuerdos como si un cepillo o una esponja hubiese pasado sobre ellos. He hablado de la rendición a su extraordinaria gracia infantil como de algo que yo misma podía promover activamente, y es fácil suponer que no descuidé entonces recurrir a esa fuente en busca del necesario bálsamo. Más extraño de lo que puedo expresar me resultaba el esfuerzo por luchar contra mis nuevos conocimientos. Me asombraba ver cómo era posible que mis pequeños discípulos no sospecharan que yo pensaba cosas raras sobre ellos; y el hecho de que aquellas cosas raras existieran, solo lograba hacérmelos más interesantes, lo que no era, desde luego, una ayuda para mantener ocultos mis pensamientos. Temblaba ante la idea de que pudieran advertir que de aquella manera eran inmensamente más interesantes. En el peor de los casos, como a menudo juzgué en mis meditaciones, cualquier nube sobre su inocencia podía ser una razón de más para correr riesgos en su favor. Había momentos en que, por un impulso irresistible, corría a abrazarlos y tenerlos estrechamente enlazados sobre mi corazón. Tan pronto como lo hacía, solía preguntarme: "¿Qué podrán pensar de esto? ¿No me estaré traicionando demasiado?".

Hubiera sido fácil encerrarme tristemente en el temor de lo mucho que podía traicionarme; pero la verdad es que, durante las horas de paz de que aún podía gozar, comprendía que el encanto personal de mis discípulos era su arma más eficaz, incluso bajo la sombra de sospecha de que fuera estudiado. Y, así como se me ocurre que en ciertas ocasiones podían suscitar sospechas los estallidos de mi intensa pasión por ellos, también recuerdo haberme preguntado si no resultaba sospechoso el aumento de sus propias demostraciones.

En aquel periodo se mostraban extravagantes y extraordinariamente cariñosos conmigo; lo que, después de todo, podía ser una simple y lógica respuesta al afecto que yo les daba. El homenaje que me rendían era el más acertado remedio para mis nervios, y yo parecía no advertirlo o, digamos, atraparlos mientras me lo preparaban. Eran incansables en hacer cosas en beneficio de su pobre protectora; quiero decir que no se limitaban a aprender sus lecciones cada vez mejor, con el evidente propósito de agradarle aún más, sino que se esforzaban para divertirla, entretenerla, sorprenderla; le leían pasajes de libros, le contaban historias, escenificaban charadas, disfrazándose de animales y de personajes históricos y, sobre todo, la asombraban con las obras que en secreto habían aprendido de memoria y podían recitar interminablemente. Nunca podría llegar a describir, ni siquiera ahora, a menos que fuera con comentarios prodigiosos, la manera como en aquella época llenábamos nuestras horas. Desde el primer momento habían demostrado una gran facilidad para todo, una facultad general que, elevándose siempre de nuevos puntos de partida, alcanzaba alturas insospechadas.

Realizaban sus pequeñas tareas como si amaran hacerlo y se entregaban, sin que nadie se los impusiera, a los más arriesgados ejercicios de memoria. Se presentaban ante mí no solo como tigres o como romanos, sino como personajes de Shakespeare, astrónomos o navegantes. El caso era tan singular, que probablemente tenga mucho que ver con un hecho que hasta el día de hoy no he logrado explicarme: aludo a mi natural resistencia a buscar una nueva escuela para Miles. Recuerdo que me limitaba a no plantear el problema, impresionada seguramente por el perpetuo chisporroteo de su talento. Era demasiado inteligente para una mala institutriz, para la hija de un párroco; y la hebra más extraña, si no la más brillante, de aquel rico bordado de que he hablado, era la impresión que tenía, aunque no me atrevía a confesármelo ni a mí misma, de que se encontraba bajo una influencia que operaba en su pequeña vida intelectual como un enorme estímulo.

Si bien era fácil determinar entonces que semejante niño podía aplazar su marcha a la escuela, no podía concebirse que un maestro de escuela llegara a expulsar a tal discípulo. Debo añadir que en su compañía, la cual tenía yo mucho cuidado de que fuera casi continua, no podía seguir ningún rastro demasiado lejos. Vivíamos en medio de una atmósfera de amor y de éxito, de música y representaciones teatrales. El talento musical era muy acusado en ambos hermanos, pero sobre todo el mayor tenía una capacidad maravillosa para captar y repetir una melodía. El piano del salón de las clases desgranó las más alegres tonadas; y, cuando esto resultaba ya excesivo, había confabulaciones en los rincones, cuya secuela era que alguien saliera del salón alegremente para reaparecer poco después como algo nuevo. Yo misma había tenido hermanos, así que no constituía una revelación para mí el hecho de que las niñas pudieran sentir auténtica veneración por sus hermanos mayores. Lo que me maravillaba era que un niño pequeño pudiera demostrar tanta consideración por una edad, sexo e inteligencia inferiores a los suyos.

Era una pareja extraordinariamente unida, y diciendo que nunca pelearon ni se quejaron el uno del otro, puedo hacer un elogio preciso de la dulzura de sus relaciones. A veces, cuando caíamos en algún trabajo rutinario, podía observar trazas de un sutil entendimiento entre ambos, de manera que uno me distrajese mientras el otro se deslizaba fuera de la habitación. Hay algo de naïf me imagino, en toda labor diplomática; pero mis alumnos la ejercían a mi costa con un mínimo de grosería. Fue en otro sector donde, después de una apacible pausa, se produjo un estallido de grosería.

Advierto mis vacilaciones para seguir adelante, pero estoy decidida a sumergirme en estas aguas. Al mirar hacia atrás, debo hacer hincapié en que no solo hubo para mí sufrimientos en Bly; pero, aunque así hubiera sido, debía proseguir mi camino hasta el fin. De pronto se inició una época en que, vista desde el presente, parecería no haber sino puro sufrimiento. Pero había llegado por fin al corazón de la historia, y el mejor camino, sin duda alguna, era avanzar. Una noche, sin que nada me hubiera preparado para ello, sentí la misma extraña impresión que había experimentado la noche de mi llegada, entonces mucho más ligera que ahora, y que seguramente se hubiera borrado de mi memoria si mi estancia en Bly hubiese sido menos agitada. No me había acostado aún y estaba sentada leyendo a la luz de dos velas. Había en Bly una habitación llena de libros antiguos, novelas del siglo pasado, algunas de las cuales conocía de oídas, aunque ninguna había logrado penetrar en el recluido mundo donde transcurrió mi juventud y saciado la sed que me consumía. Recuerdo que el libro que tenía en la mano era Amelia, de Henry Fielding, y también que estaba completamente despierta. Recuerdo además que tenía la firme convicción de que era horriblemente tarde, a pesar de que sentía una particular resistencia a consultar mi reloj. Estaba segura también de que, tras la blanca cortina de tul a la moda de aquella época, la pequeña cabeza de Flora conocía, como había podido comprobar un rato atrás, la tranquilidad del sueño infantil. Recuerdo, en fin, que aunque estaba profundamente interesada en mi lectura, al volver una página levanté los ojos hacia la puerta. Durante un momento permanecí escuchando, consciente de la falsa impresión que me asaltó la primera noche de que algo indefinible se movía en el interior de la casa, y noté que el suave aliento de la ventana abierta movía el velo de la cama. Entonces, con todas las señales de una decisión que habría resultado magnífica a los ojos de un espectador ocasional, solté el libro, me puse de pie, tomé una vela, salí de la habitación y cerré silenciosamente la puerta detrás de mí.

No puedo decir ahora qué fue lo que me decidió y me guió, pero el hecho es que caminé directamente a lo largo del pasillo, sosteniendo en alto mi vela, hasta llegar ante la alta ventana que presidía al gran rellano de la escalera. En aquel momento me di cuenta, de súbito, de tres cosas. Fueron para mí, prácticamente, simultáneas, aunque se produjeron como secuencias sucesivas. Mi vela, bajo un soplo de viento audaz, se apagó, y yo percibí, por la ventana descubierta, que las primeras claridades del alba la hacían innecesaria; y supe, un instante después, que había alguien más en la escalera. He hablado de secuencias, pero no fue necesario sino un lapso de unos segundos para endurecerme a fin de tener un tercer encuentro con Quint. La aparición estaba muy cerca de la ventana y, al verme, se detuvo en seco y me miró exactamente como me había mirado desde la torre y desde el jardín. Me conocía tan bien como yo a él; y así, a la leve claridad del amanecer, nos volvimos a enfrentar con recíproca intensidad. En esa ocasión era una presencia absolutamente viviente, detestable y peligrosa, pero no era aún la maravilla de las maravillas; esa distinción la reservo para otra circunstancia, la de que todos mis temores me habían abandonado y no había nada en mí que me impidiera enfrentarme y medirme con él.

Me sentí llena de angustia después de aquel extraordinario momento, pero, a Dios gracias, no sentí terror alguno. Y él lo supo, y yo supe que él lo sabía. Debo decir, a fin de ser precisa, que si hubiera permanecido en mi lugar un minuto más, cesaría —por lo menos, en esa ocasión— de tenérmelas que ver con él; y durante ese minuto, debo decirlo, la cosa fue tan humana y tan espantosa como si hubiera sido una entrevista real: espantosa porque era humana, tan humana como tener que hacer frente a solas, al amanecer y en una casa dormida, a un enemigo, un aventurero, un criminal. Fue el silencio mortal de nuestra larga mirada en tan reducido espacio, lo único que dio a aquel horror, enorme como era, una nota sobrenatural. Si yo hubiera encontrado a un asesino en tal lugar y a tal hora, al menos habríamos hablado, algo vivo habría ocurrido entre nosotros; o, si nada hubiera pasado, uno, por lo menos, se habría movido.

El momento fue tan prolongado, que, de haber durado un poco más, yo habría llegado a dudar incluso del hecho de estar viva. No puedo expresar lo que siguió, excepto diciendo que mi propio silencio —que era en realidad una afirmación de mi fuerza— fue el único contexto en que vi desaparecer la figura, en que la vi volverse definitivamente, como hubiese podido ver al vil sujeto a quien una vez perteneció volverse después de recibir una orden y pasar —con mi mirada fija en su vil espalda, que ningún jorobado podía tener más desfigurada— para luego descender la escalera y perderse en la oscuridad en que el siguiente tramo se perdía.

X

Permanecí un buen rato en el rellano de la escalera, hasta convencerme de un modo definitivo de que el visitante se había marchado; luego volví a mi dormitorio. Lo primero que me llamó la atención fue ver, a la luz de la vela que había dejado encendida, que la pequeña cama de Flora estaba vacía; y el hecho provocó en mí el terror que cinco minutos antes había sido capaz de resistir. Corrí hacia el lecho donde la había dejado durmiendo y comprobé que la colcha de seda y las sábanas estaban desarregladas, y que las blancas cortinas habían sido corridas. Entonces el ruido de mis pisadas, para mi indescriptible alivio, produjo otro como respuesta: percibí una agitación en la cortina de la ventana y vi que la niña, encaramándose sobre el alféizar, acababa de penetrar en el cuarto. Por un momento permaneció de pie allí, y luego se me acercó con gran candor, su camisón corto, los rosados pies descalzos y el resplandor dorado de sus rizos. Estaba intensamente seria, y nunca tuve antes tal sentimiento de haber perdido una ventaja, ganada anteriormente de modo tan prodigioso, como al verla dirigirse a mí con un reproche.

—Eres terrible —me dijo—. ¿Dónde estabas?

En vez de echarle en cara su propia conducta, me encontré tratando de explicar la mía. Ella también se explicó después, con la más encantadora sencillez. De pronto se había dado cuenta de que yo no estaba en la habitación y había salido a buscarme. Me dejé caer en un asiento con la alegría de su recuperación y sintiéndome un poco débil; y ella se encaramó en mis rodillas y apretó su carita contra mi mejilla. La luz de la vela iluminaba aquel pequeño rostro maravilloso, aún con los rubores del sueño; y recuerdo que cerré los ojos por un instante, bostezando conscientemente, como bajo los efectos de algo muy bello, iluminado por su propia luz.

—¿Me estabas buscando desde el balcón? —le pregunté—. ¿Creías que había salido a pasear por el jardín?

—Bueno, pensé que había alguien afuera —me respondió con la sonrisa más inocente que le hubiera visto hasta entonces.

¡Oh, de qué manera la miré en ese momento!

—¿Y viste a alguien?

—¡No! —me respondió; y con el privilegio de su inconsecuencia infantil, me mostró su resentimiento, aunque fuese en la gran dulzura con que arrastró el monosílabo.

En aquel momento, a pesar de la postración nerviosa en que me hallaba, tuve la seguridad de que la niña mentía; y si volví a cerrar los ojos fue bajo el peso de los tres o cuatro sentidos posibles que a aquello podían darse. Uno de ellos me tentó por un instante con tal violencia que, para resistirlo, sacudí a la pequeña con tal violencia, que fue asombroso que ella lo resistiera sin un grito o una señal de temor. ¿Por qué no interrogarla allí mismo y extraerle todo de una vez? ¿Por qué no poner a prueba aquella carita encantadora y luminosa? «Mira, mira: tú sabes lo que sabes y sospechas ya que yo me he enterado; por consiguiente, ¿por qué no me lo dices francamente, de modo que al menos podamos vivir con ello juntas y aprender tal vez, a pesar de lo extraño de nuestro destino, dónde estamos y qué significa todo ello?» Por desgracia, aquella pregunta no surgió de mis labios; de haberla formulado, tal vez no hubiese tenido que vivir lo… Bueno, ya se verá qué. En vez de sucumbir a la tentación de interrogarla, me puse de pie, miré a la camita de Flora y tomé un ineficaz camino intermedio.

—¿Corriste las cortinas para hacerme creer que estabas acostada?

Flora meditó unos momentos; luego respondió, con su divina sonrisa:

—No; porque no quería asustarte.

—Pero si, según me has dicho, creías que yo había salido…

Ella se negó definitivamente a dejarse sorprender; volvió la mirada hacia la llama de la vela como si la pregunta fuera incongruente o, al menos, no estuviera dirigida personalmente a ella.

—¡Oh! —respondió sencillamente—, sabía que podías volver en cualquier momento, como lo has hecho, querida.

Y al cabo de un rato, cuando Flora había vuelto ya a la cama, me senté a su lado, le tomé una mano y se la estreché para demostrarle que reconocía lo conveniente de mi regreso.

Es fácil de imaginar lo que a partir de entonces fueron mis noches. A menudo permanecía sentada hasta no sé qué hora. Aprovechaba los momentos en que dormía mi compañera de cuarto para dar silenciosos paseos nocturnos por el corredor; y llegué a prolongarlos hasta el sitio donde había visto por última vez a Quint. Pero nunca volví a encontrarle allí, y puedo decir que en ninguna otra ocasión le vi dentro de la casa. Sin embargo, en el rellano de la escalera volví a vivir otra aventura. Mirando hacia abajo, percibí la presencia de una mujer sentada en los peldaños inferiores, dándome la espalda. Tenía el cuerpo semiencorvado y la cabeza, en una actitud de pesar, entre las manos. No había estado yo allí sino un instante cuando se desvaneció sin volverse a mirarme. De todos modos, supe qué horrible rostro habría tenido que ver, si me lo hubiese mostrado. Y me pregunté si, en el caso de estar yo arriba y no abajo, habría tenido el valor que me asistió en mi encuentro con Quint. Aunque no me faltaron ocasiones para demostrar si tenía valor o no. Once noches después de mi último encuentro con aquel caballero —en aquel tiempo yo las contaba una por una—, ocurrió un incidente que, por lo inesperado, me impresionó profundamente. Fue precisamente la noche que, cansada de vigilias, sentí que debía volver a acostarme a la hora normal.

Me dormí inmediatamente y, según supe después, mi sueño duró hasta cerca de la una; pero cuando desperté fue para sentarme en la cama tan completamente despierta como si una mano me hubiera sacudido. Había dejado una vela encendida, pero vi que estaba apagada, y tuve la certidumbre de que Flora la había extinguido. Eso me hizo poner de pie sin dilación y dirigirme, en medio de la oscuridad, a la cama de la niña, que encontré vacía. Una mirada a la ventana me sacó de dudas, y el resplandor de un fósforo completó el cuadro.

La niña había vuelto a salir y estaba agazapada, con algún propósito de observación o de respuesta, detrás de las persianas. De que veía algo —cosa que no había logrado, y de eso tenía yo que felicitarme, la otra noche—, no me cabía la menor duda, y me lo demostró el hecho de que ni siquiera se movió cuando volví a encender la vela, ni cuando me apresuré a calzarme unas zapatillas y ponerme una bata. Escondida, protegida, absorta, descansaba en el antepecho de la ventana olvidándose de todo lo demás. Había una luna llena que la favorecía, y fue eso lo que influyó en mi rápida decisión. Estaba cara a cara con la aparición que habíamos visto en el lago y se podía comunicar con ella como no lo había logrado la vez anterior. Lo que hice fue, sin que me viera, dirigirme por el pasillo a otra ventana abierta en la misma pared. Cuando estuve en la puerta del dormitorio, salí, la cerré y permanecí un momento al otro lado para ver si lograba captar algún sonido. Mientras estaba en el pasillo, mis ojos se clavaron en la puerta del cuarto de su hermano, que se encontraba a menos de diez pasos de distancia y que despertó en mí un indescriptible impulso, algo semejante a una tentación. ¿Qué ocurriría si entraba directamente en su cuarto y me asomaba por la ventana? ¿Y si aprovechara la confusión y sorpresa que el niño experimentaría con toda seguridad ante mi audacia, para arrancarle una revelación que me permitiera desvelar el resto de aquel misterio.

Aquel pensamiento fue suficiente para hacerme cruzar el umbral de la puerta. Pero antes de entrar escuché y di rienda suelta a mi imaginación intentando figurarme lo que podía estar ocurriendo allí. Me pregunté si también su cama estaría vacía y él observando a escondidas.

Fue un minuto interminable al final del cual mi impulso flaqueó. No se oía nada. Miles podía ser inocente, y el riesgo era atroz. Me volví. Había una figura en el jardín.., una figura al acecho: la visitante con quien Flora estaba comprometida; pero aquella visitante tenía poco que ver con mi niño. Volví a dudar, pero por otro motivo y solo unos segundos; luego tomé una decisión: había muchas habitaciones vacías en Bly, y se trataba solo de elegir la adecuada. La adecuada me pareció de pronto la más baja —aunque bastante por encima de los jardines—, en la esquina de la casa donde se erguía la ya mencionada torre vieja. Era una habitación amplia y cuadrada, arreglada como dormitorio, aunque la extravagancia de su tamaño la hacía tan inconveniente para aquel fin, que había permanecido desocupada durante muchos años, aunque mantenida por la señora Grose en un orden ejemplar. A menudo la había admirado y conocía bien el camino para llegar a ella; así que no necesité ninguna luz para deslizarme sin tropiezo hasta la ventana. Abrí uno de los postigos sin hacer ruido y, pegando mi rostro al cristal, comprobé que mi elección de lugar había sido acertada.

Pero vi algo más. La luna hacía que la noche fuera excesivamente penetrable y me mostraba en el prado a una persona, empequeñecida por la distancia, que permanecía de pie, inmóvil y como fascinada, mirando hacia el lugar donde yo me encontraba. Pero no me miraba a mí, sino a algo que al parecer estaba por encima de mí. Era evidente que había otra persona arriba…, que había una persona en la torre; pero la figura sobre el césped no era de ninguna manera la que yo había imaginado y confiadamente me había apresurado a enfrentar. La figura sobre el césped —me sentí enferma al comprobarlo— era la del pobre, la del pequeño Miles.

XI

No fue sino hasta las últimas horas del día siguiente cuando hablé con la señora Grose. El rigor con que mantenía a mis pupilos al alcance de mi vista hacía difícil que pudiera encontrarme con ella en privado; además, ambas comprendíamos cada vez mejor la importancia de no provocar, ni en los sirvientes ni en los niños, cualquier sospecha de una agitación secreta o una discusión sobre tales misterios. En este sentido, confiaba plenamente en mi amiga. Nada en su fresca cara podía transmitir a los demás mis horribles confidencias. Ella me creía; estaba convencida de ello absolutamente. De no haber sido así, no sé que habría sucedido conmigo, pues sola no hubiera podido soportar la situación. Pero ella era un magnífico monumento a la bendita carencia de imaginación, y si no pudiese ver en nuestros pequeños pupilos nada más que belleza y amabilidad, felicidad e inteligencia, no tendría ninguna comunicación directa con los motivos de mi angustia. Si ellos hubieran resultado visiblemente maltrechos o golpeados, la señora Grose, sin duda alguna, se hubiera crecido moralmente; los habría seguido, habría sido lo suficientemente obcecada como para aliarse con ellos.

Tal como estaban las cosas —y me daba muy bien cuenta de ello cuando relacionaba a los niños con los robustos brazos blancos de ella, cruzados sobre el pecho, y su aire de seriedad en toda la expresión—, le parecía que había de dar gracias al cielo de que, aunque arruinados, hubiera todavía en ellos piezas que pudieran servir. El agitado viento de la fantasía se transformaba en su mente en un firme calor sin llama, y yo había comenzado a percibir el surgimiento y desarrollo de su convicción —ya que el tiempo pasaba sin que se produjera ningún incidente público— de que, cuando nuestros jóvenes pudieran después de todo cuidar de sí mismos, ella dirigiría su mayor solicitud al triste caso presentado por la institutriz. Decir esto no es sino simplificar la situación. Yo podía comprometerme a que mi rostro no transparentara nada de lo que estaba ocurriendo en la casa, y en aquellas condiciones hubiera sido un inmenso agobio de más el tener que preocuparme de ella.

En la ocasión de que ahora hablo, la señora Grose se reunió conmigo, a petición mía, en la terraza, donde gracias al cambio de estación, el sol de la tarde era ahora muy agradable. Nos sentamos juntas mientras, ante nosotras y a cierta distancia, pero al alcance de la voz, los niños corrían de un lado a otro con la magnífica compostura que los caracterizaba. Se movían lentamente, caminando en pareja, por el césped; el niño leía en voz alta un libro de cuentos y llevaba a su hermana cogida por la cintura. La señora Grose los observaba con visible placidez, pero luego capté su ahogado gruñido al volverse hacia mí para que le mostrara el reverso de la medalla.

Yo la había convertido en un receptáculo de cosas espeluznantes, pero en su paciencia había un extraño reconocimiento de mi superioridad, mis conocimientos y mi función. Ofrecía su mente a mis revelaciones de la misma manera que, si yo hubiera deseado preparar un brebaje de brujas y se lo hubiera planteado con aplomo, ella habría ido a buscar un caldero limpio. En eso se había convertido su actitud cuando, en mi relato de los acontecimientos de la noche anterior, llegué al momento en que, después de ver a Miles, a una hora tan intempestiva, casi en el mismo lugar en que ahora precisamente se hallaba, salí a buscarlo. Había decidido ir a su encuentro personalmente, con preferencia a cualquier otro recurso, a fin de no despertar a los sirvientes. Tan pronto como aparecí en la terraza, a la luz de la luna, él se dirigió a mí directamente.

Le cogí de la mano sin decir una palabra y lo llevé, a través de espacios oscuros, hasta la escalera, donde Quint lo había buscado con tanta insistencia, a lo largo del pasillo donde yo había escuchado y temblado, hasta llegar a su propia habitación.

Durante el trayecto, ni un sonido había pasado entre nosotros, y yo me preguntaba —¡oh, cómo me lo preguntaba!— si su pequeño cerebro estaría rumiando algo plausible y no demasiado grotesco. Aquel asunto pondría a prueba su inventiva, ciertamente, y yo sentía esa vez, a cuenta de sus dificultades, una extraña sensación de triunfo. Había caído en una especie de trampa y en adelante no podría fingir inocencia con tanto éxito. ¡Santo cielo!, ¿cómo iba a salir de aquello? Al mismo tiempo me pregunté, apasionadamente, cómo iba yo misma a salir de todo. Por fin, me tendría que enfrentar con todos los riesgos inherentes a la terrible situación. Recuerdo que entramos en su pequeño dormitorio, donde la cama estaba completamente sin deshacer y bañada por la luz de la luna; había tal claridad, que no consideré necesario encender una luz. Recuerdo que repentinamente me dejé caer en el borde de la cama, agobiada por la idea de que él debía de saber hasta qué grado me tenía en sus manos.

Podría hacer de mí cuanto quisiera, auxiliado por su asombrosa inteligencia, siempre y cuando yo continuara oponiéndome a la vieja tradición de crímenes impuesta por aquellos guardianes de la infancia que dominaban a mis niños a través de la superstición y el miedo. En efecto, me tenía en sus manos, ya que ¿quién iba a absolverme, quién consentiría en que yo saliera sin castigo, si ante la más ligera insinuación, era la primera en introducir en nuestras perfectas relaciones elementos tan horribles? No, no, fue inútil intentar explicárselo a la señora Grose, de la misma manera que es imposible expresar aquí lo mucho que, en nuestro breve y severo encuentro en la oscuridad, despertó mi admiración.

Por supuesto, me comporté bondadosa y misericordiosamente; nunca, nunca hasta entonces había colocado yo en sus pequeños hombros manos tan tiernas como las que, sentados en la cama y frente al fuego de una chimenea, le puse.

—Debes decirme ahora toda la verdad. ¿Para qué saliste? ¿Qué hacías en el jardín?

Puedo ver todavía su maravillosa sonrisa, el blanco de sus hermosos ojos y el fulgor de sus pequeños dientes, brillando para mí en la penumbra.

—¿Podrá comprenderlo si se lo digo?

Ante esas palabras, sentí que el corazón me saltaba hasta la garganta. ¿Me diría la verdad? No encontré en mis labios ningún sonido para apremiarle, y me limité a contestarle con una vaga y repetida mueca afirmativa. Miles era la buena educación personificada, y mientras yo movía la cabeza, en señal de asentimiento, él parecía más que nunca un pequeño príncipe. Y fue su brillantez lo que me dio un poco de confianza. ¿Se hubiera mostrado tan desenvuelto en el caso de contarme, en efecto, toda la verdad?.

—Bueno —concluyó—, el caso es que bajé para que usted hiciera precisamente lo que hizo.

—¿Para que hiciera qué?

—¡Para que, por variar, pensara que soy malo!

Jamás olvidaré la dulzura y la alegría con que pronunció aquella palabra, ni cómo, al acabar de decirla, se inclinó hacia delante y me besó. Era, prácticamente, el final dc todo. Recibí su beso y tuve que efectuar, mientras lo tenía entre mis brazos, un esfuerzo sobrehumano para no echarme a llorar. Me acababa de dar una explicación que me dejaba por entero indefensa, y apenas logré balbucir, mientras miraba en torno mío:

—Entonces, ¿no te habías desvestido?

Adiviné su sonrisa, en la penumbra.

—No; había estado sentado, leyendo.

—¿Y cuándo bajaste?

—A medianoche. ¡Cuando decido ser malo, soy malo!

—Comprendo, comprendo… Eres encantador. Pero ¿cómo podías tener la seguridad de que yo me enteraría?

—¡Oh! Lo arreglé todo con Flora —sus respuestas surgían con fluidez—. Convinimos en que ella se levantaría y miraría hacia fuera.

—Eso fue, en efecto, lo que hizo.

¡Quien había caído en la trampa era yo!

—Así, para enterarse de lo que ella estaba haciendo, usted tendría que asomarse y me vería…

—Mientras tú —concluí— pescabas un resfriado con el viento frío que sopla esta noche.

Literalmente, pareció florecer ante aquella salida mía; se permitió asentir alegremente:

—¿De qué otro modo habría podido ser realmente malo? —me preguntó.

Luego, después de otro abrazo, el incidente y nuestra entrevista se cerraron con mi reconocimiento de todas las reservas de bondad que, a cambio de su broma, había logrado extraer de él.

XII

A la luz del día, la impresión especial que yo había recibido la noche anterior no afectó de un modo extraordinario a la señora Grose, a pesar de que la reforcé con la mención de otros comentarios que había hecho él antes de separarnos.

—Todo reside en media docena de palabras —le dije a mi compañera—, palabras que en realidad constituyen el verdadero asunto: "Piense ahora en lo que podría yo hacer". Me dijo eso para demostrarme lo bueno que es. Pero es consciente de lo que podría hacer. Con toda seguridad, en la escuela trató de demostrarlo.

—¡Dios mío, cómo cambia usted! —exclamó mi amiga.

—No cambio; sencillamente, expreso lo que pienso. Los cuatro se han estado encontrando constantemente. Si hubiera estado usted con alguno de los niños cualquiera de estas noches, lo habría comprendido claramente. Cuando más he observado y esperado, más lo he sentido así, y para ello me basta recordar el sistemático silencio de ambos. Nunca, ni por casualidad, han aludido a ninguno de sus antiguos amigos, así como tampoco Miles ha aludido a su expulsión. ¡Oh, sí! podemos estar sentadas aquí y mirarlos, y ellos pueden aparecer frente a nosotras paseando tranquilamente; pero incluso cuando pretenden estar absortos en sus cuentos de hadas, están inmersos en la visión de los muertos que les han sido devueltos. Miles no está leyendo a su hermana —declaré— están hablando de ellos, se están relatando horrores. Hablo, lo sé, como si estuviera loca; y es una maravilla que no lo esté. Lo que he visto la habría enloquecido a usted; pero a mí solo me ha vuelto más lúcida, me ha hecho comprender otras cosas.

Mi lucidez debió de parecerle espantosa, pero las encantadoras criaturas que eran víctimas de ella, al pasar y volver a pasar cariñosamente cogidas de la cintura, fortalecieron en cierta manera a mi colega; noté lo tensa que estaba cuando, sin agitarse en el torbellino de mi pasión, los observaba atentamente.

—¿A qué otras cosas se refiere usted?

—Bueno, a las cosas que me han deleitado y, al mismo tiempo —ahora puedo verlo con absoluta claridad—, engañado y desconcertado. Su belleza más que terrenal, su bondad absolutamente fuera de este mundo —continué—, no son sino una táctica engañosa, son un fraude.

—¿Por parte de estos adorables…?

—Sí, de estos adorables niños. ¡Sí, por absurdo que parezca!

El solo hecho de esbozar aquella hipótesis me ayudó a ver con claridad, a encontrar los cabos sueltos y a asociarlos y unirlos.

—No han sido buenos; lo único que han hecho es estar ausentes. Ha sido fácil convivir con ellos sencillamente porque se han limitado a vivir una vida propia. No son míos… no son nuestros. ¡Son de él! ¡Son de ella!

—¿De Quint y de esa mujer?

—De Quint y de esa mujer. Los quieren para sí.

¡Oh cómo pareció estudiarlos la pobre señora Grose, después de oírme afirmar aquello!

—Pero ¿para qué?

—Por amor a toda la maldad que, en aquellos días terribles, la pareja inculcó en ellos. Y para jugar con ellos y con esa maldad, para preservar su obra demoniaca. Es por eso que vuelven.

—¡Cielos! —exclamó mi amiga sin aliento.

Su exclamación revelaba una completa aceptación de lo que yo deseaba probar, es decir, de lo que había sucedido en la mala época, pues había existido una época peor incluso que la presente. No podía haber mejor justificación, para mí, que el pleno asentimiento, dado por quien los había conocido, ante cualquier fondo de depravación concebible en aquella pareja de truhanes. Obedeciendo a una evidente sumisión al recuerdo, ella exclamó poco después:

—¡Eran unos malvados! Pero ¿qué pueden hacer ahora? —insistió.

—¿Qué pueden hacer? —inquirí, alzando tanto la voz que Miles y Flora interrumpieron su paseo y se volvieron para mirarnos—. ¿No están haciendo ya bastante? —pregunté en un tono más bajo, mientras los niños, tras dirigirnos una sonrisa y enviarnos besos con las manos, reanudaban sus juegos. Nos quedamos en silencio durante un momento. Luego contesté—: ¡Pueden destruirlos!

Mi compañera alzó la mirada hacia mí, pero la súplica que leí en ella era una súplica muda, y me pedía que fuese más explícita.

—Todavía no saben cómo… pero lo están intentando. Solo se dejan ver de lejos, en lugares extraños, en lo alto de una torre, en el techo de una casa, frente a las ventanas, en la orilla distante de un estanque; pero hay en ellos una decisión firme de acortar la distancia y superar los obstáculos; y el triunfo de los tentadores es solo cuestión de tiempo. Lo único que tienen que hacer es mantener su peligroso hechizo.

—¿Para que los sigan los niños?

—¡Y perezcan en el intento!

La señora Grose se incorporó lentamente y yo añadí, con el sentimiento de que era mi obligación hacerlo:

—A menos que nosotras, por supuesto, podamos evitarlo.

La vi de pie ante mí, que permanecía sentada, dando vueltas a esa idea.

—Debería ser su tío quien lo evitara. Debería llevárselos de aquí.

—¿Y quién se lo avisará?

La señora Grose había mantenido la mirada perdida a lo lejos, pero en ese momento volvió hacia mí un rostro enloquecido.

—Usted, señorita.

—¿Escribiéndole para decirle que la casa está embrujada y sus sobrinos están locos?

—Pero ¿y si lo están?

—¿Y si también lo estoy yo?, quiere usted decir. Una noticia encantadora para que se la envíe una institutriz que se comprometió a no importunarlo.

La señora Grose meditó, observando de nuevo a los niños.

—Sí, odia que lo molesten. Esa fue la principal razón…

—¿De que aquellos demonios estuvieran tanto tiempo a su servicio? No lo dudo, aunque su indiferencia debió ser monstruosa. Pero como yo no soy un demonio, no estaré mucho tiempo…

Mi compañera, al cabo de un instante y por toda respuesta, volvió a sentarse y me tomó del brazo.

—Procure que venga a verla.

La miré fijamente.

—¿A mí? —me invadió un súbito temor ante lo que ella pudiese hacer—. ¿Él?

—¡Debería estar aquí… debería ayudar!

Me puse de pie rápidamente, y pienso que la expresión de mi cara debió de parecerle más rara que nunca.

—¿Cree usted que podría pedirle una visita?

No, era evidente que no lo creía. En cambio —una mujer lee siempre en otra—, podía ver lo que yo misma veía: su desprecio, su burla, su desdén por mi incapacidad para hacer honor a mi compromiso de no molestarlo y por el ingenioso mecanismo que yo había puesto en marcha para llamar su atención hacia mis modestos encantos. Ella no podía saber —nadie lo sabía— cuán orgullosa me había sentido de poder ser fiel a las condiciones estipuladas; sin embargo, me pareció que tomaba nota de la advertencia que le dirigí:

—Mire, si pierde usted la cabeza hasta el punto de pedirle que venga…

La señora Grose estaba realmente asustada.

—¿Qué, señorita?

—Los abandonaré al instante, a él y a usted.

XIII

Me resultaba fácil unirme a ellos, pero hablarles me exigía un esfuerzo más allá de mis posibilidades y presentaba, sobre todo cuando estábamos dentro de la casa, dificultades casi insuperables. Esta situación se prolongó por espacio de un mes, con algunos agravantes y sucesos especiales, además de las cada vez más irónicas observaciones de mis discípulos. No se trataba únicamente —y de esto estoy ahora tan segura como lo estaba entonces— de mi infernal imaginación. Era evidente que se daban cuenta de mis dificultades, y aquella extraña relación constituyó en cierto modo, durante bastante tiempo, la atmósfera en que nos movíamos. No me refiero a que hicieran bromas vulgares, ya que ese peligro era imposible por parte de ellos, a lo que me refiero es que el elemento innombrable, lo intocable, se hizo entre nosotros mayor que ningún otro, y a que esa actitud de evasión no hubiera sido posible de no existir un acuerdo tácito.

Era como si continuamente estuviéramos a la vista de temas ante los cuales debíamos detenernos, cerrando rápidamente las puertas que por descuido habíamos abierto. Está visto que todos los caminos conducen a Roma, y había veces en que podríamos habernos sorprendido al comprobar que todas las ramas de estudio o temas de conversación conducían al terreno prohibido. Terreno prohibido, en general, era el tema del retorno de los muertos y, en especial, lo que podría sobrevivir en la memoria de los niños de sus amigos perdidos. Había días en que podía jurar que uno de ellos decía al otro, con un guiño invisible: «Ella cree que esta vez va a poder hacerlo… pero no se atreverá.» «Hacerlo» hubiera sido, por ejemplo, permitirme alguna referencia directa a la dama que los había preparado contra mí. Ellos, por su parte, mostraban un insaciable y delicioso interés por mi propia historia, que una y otra vez les había relatado. Estaban en posesión de todas y cada una de las cosas que me habían sucedido, sabían detalladamente la historia de mis más pequeñas aventuras y las de mis hermanos y hermanas, y las del perro y el gato de mi casa, así como muchas particularidades de la naturaleza excéntrica de mi padre, del mobiliario y la decoración de nuestra casa, de los temas de conversación de las viejas de mi pueblo…

Había suficientes cosas para charlar, si uno sabía hacerlo de prisa y detenerse instintivamente en los puntos delicados. Ellos tiraban con un arte ejemplar de las cuerdas de mi imaginación y mi memoria, y tal vez ninguna otra cosa, cuando después pensé en tales sesiones, me dio tanto la sensación de que estaba siendo observada. En cualquier caso, nuestras conversaciones solo giraban en torno a mi vida, mi pasado y mis amigos, creando un estado de cosas que a veces los conducía, sin que viniera al caso, a glosar anécdotas de mi pasada vida social. Fui invitada —aunque sin que existiera una relación visible— a repetir alguna frase célebre o confirmar detalles ya relatados sobre la inteligencia de la yegua del pastor.

Fue en parte debido a estos incidentes y en parte a otros de distinto orden, que mis apuros, como podría llamarlos, se hicieron mayores. El hecho de que los días transcurrieran para mí sin otra aparición, debía contribuir —por lo menos, eso hubiera sido natural— a tranquilizar mis nervios. Desde el sobresalto sufrido aquella segunda noche, provocado por la presencia de una mujer al pie de la escalera, no había vuelto a ver nada, ni en el interior ni fuera de la casa, que hubiese preferido no ver. Había muchos rincones en los que podía esperar encontrarme con Quint, y muchas situaciones que, aunque solo fueran por su carácter siniestro, podían haber favorecido la aparición de la señorita Jessel.

El verano había pasado, se había extinguido, y el otoño había caído sobre Bly y apagado la mitad de nuestras luces. El lugar, con su cielo gris y sus hojas amarillentas, semejaba un teatro después de una representación, con los programas arrugados y tirados por el suelo. Existían determinadas situaciones en la atmósfera, condiciones de sonido y de inmovilidad, impresiones indecibles, que me retrotraían a aquella noche de junio en que vi por primera vez, al aire libre, a Quint, y también a aquellos otros momentos en que, después de verlo a través de la ventana, lo busqué en vano en la terraza. Reconocía los signos, los portentos… reconocía el momento, el lugar. Pero eran señales solitarias y vacías, y yo continuaba sin verme importunada, si esta palabra puede usarse para referirse a una joven cuya sensibilidad se había visto anormalmente agudizada de la manera más extraordinaria. En la conversación con la señora Grose, al referirme a la horrible escena de Flora junto al lago que tanto había desconcertado a mi amiga, dije que me habría dolido más perder mi poder que conservarlo.

Había entonces expresado lo que de manera tan viva estaba en mi mente, la idea de que, fuera que los niños vieran o no —cosa que todavía no estaba entonces del todo comprobada—, yo prefería con mucho, para salvaguardarlos, correr el riesgo de ser la única que pudiera ver. Lo que entonces sentía era la maligna convicción de que, tan pronto como mis ojos se cerraran, se abrirían los de ellos. Bueno, pues mis ojos se habían cerrado, al parecer, por el momento…, una circunstancia por la que parecía sacrílego no dar gracias a Dios. Pero existía, por desgracia, una dificultad: yo le hubiera quedado agradecida con toda mi alma, de haber estado convencida de que también los ojos de mis alumnos permanecían cerrados.

¿Cómo puedo volver hoy a todos los pasos de mi obsesión? Había ocasiones en que, estando juntos, hubiera podido jurar que, literalmente, en mi presencia, pero con mis sentidos cerrados para su percepción, ellos recibían visitantes que eran conocidos y bien recibidos. De no haberme entonces detenido la posibilidad de que el daño que podía causar fuera mayor que el que trataba de evitar, mi exaltación me habría llevado a un estallido. "¡Están aquí, están aquí, oh pequeños demonios! —hubiera gritado—. ¡Están aquí! ¡Ahora no vais a poder negármelo". Los pequeños demonios lo negaban con una sociabilidad y un afecto cada vez mayores, y al mismo tiempo cada vez más cargados de una ironía semejante al reflejo de un pez en la corriente. Lo cierto es que la impresión recibida la noche en que, segura de que iba a ver a Quint o a la señorita Jessel bajo las estrellas, descubrí en vez de ellos al niño sobre cuya tranquilidad debía velar, y quien inmediatamente me dirigió una mirada tan encantadora como aquella con que había saludado la odiosa aparición de Quint por encima de mi cabeza, aquella impresión, digo, había calado en mí más profundamente de lo que me imaginaba. Se trataba de temor; la sorpresa de aquella ocasión me había atemorizado más que cualquier cosa conocida entonces, y con los nervios deshechos por este temor continuaba haciendo nuevos descubrimientos.

Me sentía tan acosada, que a veces, en los momentos más extraños, comenzaba a ensayar en voz alta —lo cual constituía un alivio fantástico y a la vez una renovada desesperación— el modo en que debía enfocar el tema. A veces me aproximaba a él desde un ángulo, a veces desde otro, encerrada en mi habitación, pero mi valor se derrumbaba siempre que llegaba a pronunciar sus monstruosos nombres. Cuando los sentía asfixiarse en mis labios, me decía que estaba ayudando a los niños a rechazar algo infame, ya que si los pronunciaba violaba una forma instintiva de delicadeza, tan extraña que seguramente ninguna otra aula escolar había conocido nada semejante. Cuando me decía: "Ellos han logrado permanecer en silencio y en cambio tú, a cuyo cargo están, cometes la bajeza de hablar", sentía que el rostro se me cubría de un color carmesí y me llevaba a él las manos para cubrírmelo. Después de aquellas escenas secretas, charlaba más que nunca, volublemente, hasta que tenía lugar uno de nuestros prodigiosos y palpables silencios, o no sé de qué otra manera llamarlos. Eran extraños deslizamientos o zambullidas —¿qué término debería emplear?— en una inmovilidad, en una absoluta supresión de vida que nada tenía que ver con las dosis de ruido que podíamos estar haciendo, y que yo podía oír a través de una carcajada nerviosa o de un recitado en voz alta, o de una más audible melodía extraída del piano.

Sabía entonces que los otros, los intrusos, estaban allí. Aunque no eran ángeles, ´pasaban´, como dicen los franceses, haciéndome temblar por el miedo de que dirigieran a sus jóvenes víctimas un mensaje infernal aún más infernal o una imagen más vívida que las que habían considerado necesario transmitirme a mí.

Lo que resultaba imposible de tolerar era la cruel idea de que, fuesen cuales fueran las cosas que yo había visto, Flora y Miles veían más... Veían cosas terribles e inenarrables, resultado de las atroces relaciones existentes en el pasado. Aquellas cosas producían, como es natural, mientras ocurrían, un escalofrío que, vociferando, negábamos sentir; y los tres, a base de repetir la escena, con un entrenamiento admirable, cerrábamos casi automáticamente el incidente con los mismos idénticos movimientos de siempre. Era impresionante que los niños, en todo caso, me besaran con un especie de loca incoherencia y nunca prescindieran —a veces uno, a veces el otro— de la preciosa pregunta que nos ayudaba a salir del peligro:

—¿Cuándo cree usted que vendrá? ¿No cree que deberíamos escribirle?

Descubrimos que no había nada como esas preguntas para romper nuestro embarazo. Por supuesto, se referían a su tío de Harley Street; y vivíamos en medio de tal irrealidad, que en esos momentos parecía que bien podría él llegar a formar parte de nuestro círculo. Era imposible desalentar el entusiasmo, en este sentido, más de lo que él había hecho, pero si no hubiéramos inventado aquel recurso nos habríamos privado de una de nuestras mejores fórmulas de convivencia. Él no les escribía nunca, y eso podrá parecer egoísta, pero era parte de su tributo a la confianza en mí depositada; porque la manera en que un hombre rinde su más alto homenaje a una mujer consiste a menudo en hacerla consagrarse de un modo casi religioso a las sagradas leyes de su comodidad; y yo pensaba que me ceñía al espíritu de nuestro pacto cuando hacía comprender a mis discípulos que las cartas que le escribían no eran sino meros agradables ejercicios de estilo. Eran demasiado hermosas para ser enviadas. Yo las retenía y aún hoy las conservo. Esto se añadía al efecto satírico con que aceptaba la suposición de que él estaría con nosotros de un momento a otro. Parecía que mis alumnos intuían que nada me hacía sentir en una posición tan desafortunada como aquello.

Una de las cosas que me resultaba más extraordinaria de todo el periodo, es el hecho de que nunca perdiera la paciencia con ellos. Tenían que ser verdaderamente adorables, me digo ahora, para que no llegara a detestarlos entonces. Me pregunto si no me hubiera dejado ganar por la exasperación en caso de que aquella situación se hubiera mantenido indefinidamente. No vale la pena especular sobre ello, ya que el alivio —aunque fue solo un alivio comparable al que un latigazo produce en medio de una gran tensión o un relámpago a mitad de un día sofocante— vino con el último cambio y se produjo con gran precipitación.

XIV

Cierto domingo por la mañana de camino hacia la iglesia, iba yo con el pequeño Miles al lado; su hermana y la señora Grose se había adelantado un poco, aunque se mantenían al alcance de la vista. Era un día soleado, el primero en un largo periodo; durante la noche había helado, y el aire otoñal, brillante y seco, hacía que las campanas de la iglesia tuvieran un aspecto casi alegre. Fue una extraña casualidad que en aquel momento me sintiera gratamente sorprendida por la obediencia de mis pequeños pupilos. ¿Era posible que no se resintieran de mi inexorable y perpetua compañía? Alguna cosa me recordó que parecía que llevara a Miles sujeto con ganchos a mi chal y que estuviera dispuesta a luchar contra cualquier rebelión posible, tanto de él como de la pareja que marchaba delante de nosotros. Era yo como un carcelero con el ojo avizor, atento a cualquier sorpresa o intento de evasión.

Pero todo esto pertenece —me refiero a su espléndida rendición— a una cadena de hechos que siempre me han resultado abismales. Vestido con un traje de domingo (confeccionado por el sastre de su tío, que tenía mano libre para vestirlo, así como una firme noción de lo que debía ser una chaqueta bien cortada y de aire principesco), el título de Miles a la independencia, los derechos de su sexo y su situación estaban tan estampados en él que si de pronto hubiese exigido la libertad, no habría sabido qué responderle. Estaba, por una extraña casualidad, pensando cómo reaccionaría yo en tal caso, cuando la revolución, inequívocamente, estalló. La llamo revolución porque ahora puedo ver que con las palabras que pronunció entonces se levantó la cortina del último acto de mi espantoso drama y se precipitó la catástrofe.

—Mire querida —me dijo afablemente—, me gustaría saber cuándo voy a volver a la escuela.

Transcrita aquí, la frase resulta bastante inofensiva, especialmente si se tiene en cuenta el tono amable y casual con que fue pronunciada; parecía que el niño, con aquella entonación, estuviera obsequiando con rosas a su eterna institutriz. Había siempre en las palabras de ellos algo que había que captar, y en las de Miles capté algo que me hizo detener bruscamente, como si uno de los árboles del bosque se hubiera caído sobre el camino. Algo nuevo había nacido en ese momento entre nosotros, y Miles se dio cuenta perfectamente de que yo era consciente de eso, aunque al hacerlo su aspecto continuó siendo tan cándido y encantador como de costumbre. Comprendí también que, debido a mi tardanza en responder, le había concedido ventajas. Encontré tan lentamente las palabras con que responderle, que él no pudo dejar de sonreír irónicamente.

—Sabe usted, querida, que para un muchacho, estar siempre con una dama…

Aquel "querida" estaba constantemente en sus labios, y nada podía expresar más exactamente el sentimiento que yo deseaba inspirar a mis alumnos, que su cordial familiaridad. Era tan respetuosamente fácil…

¡Oh, pero cómo me hubiera gustado recoger en aquel momento todas mis frases! Recuerdo que para ganar tiempo traté de reír, y me pareció ver en el hermoso rostro que me observaba toda la fealdad y la rareza de mi propio aspecto.

—¿Y siempre con la misma dama? —respondí.

Ni siquiera parpadeó. Todo había acabado virtualmente entre nosotros.

—Por supuesto, se trata de una dama encantadora, perfecta, pero, después de todo, yo soy un chico, entérese usteda, que está… bueno, que está creciendo.

—Sí, estás creciendo —musité, pero me sentía totalmente desvalida.

Tengo hasta ahora la desalentadora idea de que Miles se daba cuenta de cómo me sentía, y se divertía jugando con mis sentimientos.

—Y no podrá decir que no me he portado terriblemente bien, ¿no es cierto?

Puse una mano sobre su hombro, pues, aunque me daba cuenta de que era mucho mejor mantener esa conversación caminando, no me sentía del todo capaz de andar.

—No, no podría decirlo, Miles.

—Excepto que una noche… ya sabe usted…

—¿Aquella noche?

No podía mirar las cosas tan audazmente como él.

—Sí, cuando salí.., cuando salí de la casa.

—¡Oh, sí!, pero he olvidado por qué lo hiciste.

—¿Lo ha olvidado? —inquirió con la suave extravagancia de un reproche infantil—. ¡Cómo! ¡Si fue para mostrarle de qué era capaz!

—¡Ah, sí, de qué eras capaz!

—Y puedo hacerlo otra vez.

Pensé que lo mejor sería mantenerme reservada.

—Desde luego. Pero no lo harás.

—No, no haré eso de nuevo. Aunque eso no fue nada.

—No fue nada —dije—. Pero démonos prisa.

Él volvió a caminar a mi lado, pasando su mano bajo mi brazo.

—Entonces, ¿cuándo volveré a la escuela?

Al volverme a mirarlo, adopté mi aire de mayor responsabilidad.

—¿Era feliz allá?

Lo pensó durante unos segundos.

—Yo soy feliz en cualquier parte.

—Entonces —lo interrumpí—, si eres feliz aquí…

—¡Oh, eso no es todo! Desde luego, usted sabe mucho…

—Pero tú supones que sabes casi tanto como yo, ¿verdad? —me atreví a preguntarle cuando hizo una pausa.

—¡No sé ni la mitad de lo que quisiera! —admitió Miles honradamente—. Pero no es de eso de lo que se trata…

—¿De qué, entonces?

—Bueno… Quiero conocer un poco más de la vida.

—Ya veo, ya veo.

Habíamos llegado a un sitio desde el cual se podía ver la iglesia y a varias personas, entre ellas algunos miembros de la servidumbre de Bly, agrupados junto a la puerta para cedernos el paso a nuestra llegada. Apresuré la marcha. Quería llegar a la iglesia antes de que la conversación que sosteníamos alcanzara mayores honduras; pensaba, con avidez, que durante más de una hora él tendría que permanecer en silencio; y pensé también, con satisfacción, en la relativa penumbra del templo y la ayuda casi espiritual que me presentaría el cojín en que apoyaría las rodillas. Parecía que estuviera yo disputando una carrera con la confusión a la que él trataba de reducirme, y creo que llegó a vencerme cuando, antes de que entráramos en el atrio de la iglesia me dijo:

—¡Quiero estar con mis iguales!

Aquello me hizo literalmente dar un salto.

—No existen muchos que puedan igualarte, Miles —dije, y me eché a reír—. Salvo, tal vez, la pequeña y adorable Flora.

—¿Me está usted comparando con una niñita?

Aquella pregunta me tomó por sorpresa.

—¿Es que no quieres a nuestra dulce Flora?

—Si no la quisiera, y a usted tampoco… —repitió, como si retrocediera para dar un salto, dejando sin embargo su pensamiento tan incompleto que, traspuesta la puerta del atrio de la iglesia, otro alto, que él impuso con una presión de su brazo, se hizo inevitable. La señora Grose y Flora habían entrado en la iglesia, los otros feligreses las siguieron y nosotros nos quedamos solos durante un minuto, entre las viejas tumbas. Hicimos una pausa precisamente junto a una de ellas, una tumba baja y oblonga, semejante a una mesa, situada a un lado del camino.

—Dices que, si no la quisieras…

Miles miró a las tumbas mientras yo esperaba. Luego respondió:

—Bueno, ¡usted lo sabe muy bien!

Pero no se movió, y al cabo de unos instantes añadió algo que me obligó a apoyarme en la lápida de una tumba, como si repentinamente necesitara reposar:

—¿Opina mi tío lo mismo que usted?

Tardé un poco en responder.

—¿Cómo puedes saber lo que opino?

—¡Ah, bueno!, por supuesto que no lo sé; me sorprende que nunca me lo haya dicho. Lo que ahora quiero saber es si él lo sabe.

—¿Si sabe qué, Miles?

—Bueno, el modo como me educo.

Me di cuenta, con suficiente rapidez, de que no podía responder a esa pregunta de ninguna manera que no implicara un reproche a quien me había empleado. Sin embargo, pensé que era bastante lo que nos habíamos sacrificado en Bly para que ese hecho resultara perdonable.

—No creo que a tu tío le importe eso demasiado.

Miles se me quedó mirando fijamente.

—¿Y no cree usted que podría lograrse que le importara?

—¿De qué manera?

—Obligándolo a venir.

—Pero… ¿quién podría hacerlo venir?

—Yo lo haré —respondió el niño, con extraordinario brío.

Me lanzó otra mirada cargada de una extraña expresión y luego entró solo en la iglesia.

XV

La cuestión quedó prácticamente establecida desde el momento en que no lo seguí. Resultaba lamentable rendirse a la agitación, pero darme cuenta de ello no sirvió para hacerme recobrar las fuerzas. Me quedé sentada en la tumba y traté de penetrar en el significado de lo que mi joven amigo me había dicho. En cuanto creí entenderlo, me di el pretexto de que sería vergonzoso ofrecer a mis pupilos y al resto de la congregación, con mi entrada, semejante ejemplo de retraso. Pero sobre todo me dije que Miles había logrado obtener algo de mí y que le sacaría partido. No necesitaba más pruebas de su victoria que aquel absurdo colapso que me había acometido. Ahora sabía que había algo que me producía mucho miedo, y probablemente lo utilizaría para, siguiendo sus propósitos, obtener más libertad. Mi temor surgía de la necesidad de tratar la intolerable cuestión de la causa de su expulsión, puesto que en realidad de lo que se trataba era de los horrores que se ocultaban tras ella. El que su tío llegara a Bly para tratar conmigo aquel asunto, era una solución que, estrictamente hablando, tenía que haber deseado; pero la idea me horrorizaba tanto, me sentía ya para entonces tan incapaz de soportar la fealdad y lo penoso del asunto, que simplemente me limité a darle largas. El niño, para mi mayor amargura, estaba en la posición correcta, y en cualquier momento hubiera podido decirme… "O aclara con mi tutor el misterio de esa interrupción en mis estudios, o deja de esperar que siga llevando de buen grado esta vida tan anormal para un muchacho". Lo que me resultaba completamente anormal en aquel muchacho, era la repentina revelación de una conciencia del problema y de un plan.

Aquello fue lo que realmente me venció, lo que me impidió entrar. Caminé alrededor de la iglesia dudando, vacilando; me dije que en lo referente a Miles había chocado ya con él sin enmienda posible. Por lo tanto, podía ahorrarme el esfuerzo de permanecer a su lado en el templo: se sentiría más seguro que nunca cuando me cogiera del brazo y me tuviera sentada allí una hora en estrecho y mudo contacto con su comentario sobre nuestra conversación. Por primera vez desde su llegada, quise huir de él. Mientras me detenía bajo el alto ventanal que miraba hacia oriente y escuchaba el sonido de las oraciones, fui sintiendo nacer en mí un impulso que hubiera acabado por dominarme si lo hubiese estimulado un poco. Podía poner fácilmente un fin a mis tribulaciones marchándome de Bly. Ésa era mi oportunidad; nadie me detendría. Lo único que tenía que hacer era dar la vuelta y apresurarme; volver, para recoger algunas cosas, a la casa, que estaría prácticamente vacía, pues la mayoría de los sirvientes estaban en la iglesia. Nadie, a fin de cuentas, me podría reprochar mi desesperada huida.

Tenía una aguda previsión de lo que mis pequeños discípulos, fingiendo una inocente sorpresa, me dirían a la salida: "¿Pero qué ha estado usted haciendo? Es usted una persona verdaderamente terrible. ¿Cómo se le ocurre abandonarnos precisamente en la puerta del templo? Nos ha tenido preocupados, sin poder concentrarnos en el oficio religioso…". No hubiera podido responder a sus preguntas, ni tolerado sus miradas falsamente encantadoras; sin embargo, tendría que hacerles frente, y solo ese pensamiento hizo que el proyecto de huida tomara cuerpo.

Cuando me di cuenta, ya había cruzado el cementerio y tomado el camino que conducía a Bly. Al llegar a casa, estaba completamente decidida a huir. La calma dominical de los alrededores y del mismo edificio, en el que no encontré a nadie, me infundió la sensación de que aquélla era la oportunidad. De ese modo me podría marchar rápidamente, sin una escena, sin una palabra. Sin embargo, tendría que darme prisa, y el problema del transporte era la gran dificultad que debía resolver. Atormentada por las dificultades y los obstáculos, recuerdo que me detuve al pie de la escalera y me senté en uno de los escalones inferiores, desprovista de fuerzas para subirla. Pero de pronto recordé con repulsión que en aquel preciso lugar, hacía más de un mes, en la oscuridad de la noche, colmado de maldad, había visto el espectro de la más horrible de las mujeres. Ante eso, sentí renacer mis fuerzas; subí precipitadamente la escalera y me dirigí directamente a la sala de las clases, puesto que había allí objetos que me pertenecían y no deseaba abandonar. Pero abrí la puerta para encontrarme de nuevo, como en un relámpago, con que mis ojos no estaban sellados. En presencia de lo que vi,. flaquearon todas mis resoluciones.

Sentada ante mi propia mesa y a la clara luz del mediodía, vi a una persona a la que, sin mi experiencia previa, hubiera podido tomar por una sirvienta que había permanecido en la casa para cuidar de ella, y la cual, aprovechando que no había nadie, había decidido utilizar mis plumas, mi papel y mi tinta para escribir una carta a su enamorado. Se notaba que hacía un esfuerzo de concentración mientras, con los codos sobre la mesa, apoyaba la cara en ambas manos. Noté que, a pesar de mi entrada, persistía en su extraña actitud. Luego su identidad se encendió en mi cerebro como un fogonazo; la desconocida se puso de pie y con ese simple acto dejó de ser una extraña para mí. Se puso de pie, pero no como si me hubiera oído, sino con una indescriptible y profunda melancolía, mezcla de indiferencia y despego y, a una docena de pasos de donde yo estaba, se irguió mi vil predecesora. Estaba ante mí, deshonrada y trágica, pero mientras la miraba fijamente, tratando de retener sus rasgos para recordarlos, la espantosa imagen se desvaneció. Oscura como la medianoche, con su vestido negro, su macilenta belleza y su indescriptible aflicción, me había mirado el tiempo suficiente para decirme que su derecho a sentarse a mi mesa era tan bueno como el mío para sentarme a la suya. En realidad, durante aquel brevísimo instante tuve la extraordinaria sensación de que la intrusa era yo. Aquello despertó en mí una apasionada protesta; no pude sino gritarle:

—¡Mujer miserable y vil!

El sonido de mi voz recorrió el largo pasillo y la casa entera. Ella me miró como si me oyera, pero yo ya me había recobrado de la impresión. Un segundo después no había en la habitación más que el resplandor del sol y la sensación de que debía quedarme allí.

XVI

Estaba tan absolutamente convencida de que el regreso de mis discípulos sería tan estruendoso, que no pude sino sorprenderme al comprobar que nadie hacía la menor alusión a mi ausencia. En vez de denunciar y reprocharme alegremente mi abandono, como yo había supuesto, no hicieron la menor alusión a lo ocurrido; y al darme cuenta de que tampoco la señora Grose decía nada, comencé a estudiar con detenimiento su extraño rostro. De mi escrutinio deduje que ellos se las habían ingeniado de alguna manera para reducirla al silencio; un silencio que, sin embargo, yo estaba dispuesta a romper a la primera oportunidad. Tal oportunidad se presentó antes de la hora del té: logré estar cinco minutos a solas con ella en la portería, donde, a la luz del atardecer y entre el olor a pan recién horneado, con el lugar perfectamente limpio, la encontré plácidamente sentada frente a la chimenea. Me parece verla aún: mirando a la llama desde su estrecha silla en el oscuro y brillante cuarto, era una clara imagen de la marginación… una imagen de gavetas cerradas con llave y de paz sin sobresaltos.

—¡Oh, sí!, me pidieron que no dijera nada… y por complacerlos… sí, se los prometí. Pero dígame: ¿qué le ocurrió?

—Solo me había propuesto caminar con usted hasta la iglesia —le dije—. Tenía que volver para encontrar a una amiga.

No ocultó su sorpresa.

—Una amiga? ¿Usted?

—Sí, sí, tengo un par de amigos —y me eché a reír—. Pero ¿le dieron a usted alguna razón los niños?

—¿Para que no aludiera a su inesperado regreso? Sí, dijeron que usted lo prefería de esa manera. ¿Es cierto?

Mi expresión, en ese momento, pareció alarmarla.

—De ninguna manera —exclamé; y un instante después añadí—: ¿Le dijeron por qué lo prefería así?

—No, el señorito Miles solo me dijo que debíamos hacer lo que a usted le gustaba.

—Me gustaría que él lo hiciera. ¿Y Flora qué dijo?

—La señorita Flora fue también muy gentil. Lo único que dijo fue: "Desde luego, desde luego"; y yo dije lo mismo.

Me quedé un momento pensativa.

—Fue usted también muy amable… Todos lo fueron… Me parece oírlos. Sin embargo, entre Miles y yo todo ha terminado.

—¿Todo ha terminado? —mi compañera me miraba sorprendida—. ¿Pero qué, señorita?

—Todo. No importa. He tomado una decisión. Volví a casa, querida —continué—, para hablar con la señorita Jessel.

Ya para esa época había adquirido la costumbre de proporcionar a la señora Grose las sorpresas más desconcertantes; a pesar de todo, no pudo evitar en esa ocasión un significativo parpadeo.

—Hablar! ¿Quiere usted decir que ella habla?

—Para eso vine. A mi regreso la encontré sentada en el salón de las clases.

—¿Y qué le dijo?

Puedo aún oír a la buena mujer y recordar su candorosa estupefacción.

—¡Que sufre los tormentos…!

Esas palabras hicieron que sus ojos se desorbitaran como platos.

—¿Quiere usted decir —preguntó ansiosamente— de los perdidos, de los condenados?

—De los perdidos, de los condenados. Y ha decidido compartirlos…

Me interrumpí, horrorizada por aquella idea. Pero mi compañera, con menos imaginación, preguntó:

—¿Para compartirlos con quién?

—Con Flora.

La señora Grose hubiera salido corriendo de allí si yo no hubiese estado preparada para ello. Continué, antes de que tuviera tiempo de reaccionar:

—Sin embargo, como le he dicho, la cosa carece de importancia.

—¿Porque ha tomado una decisión? ¿Qué ha decidido?

—Todo.

—¿Y a qué llama usted «todo»?

—Mandar llamar a su tío.

—¡Oh señorita!, hágalo por favor —exclamó mi amiga.

—Claro que lo haré; lo haré. Estoy convencida de que es la única solución. Y si Miles cree que tengo miedo de hacerlo y piensa aprovecharse de eso, verá que se equivoca. Sí, sí; su tío se enterará por mi boca, en este mismo lugar (y delante del propio Miles, si es necesario), de los motivos que tengo para no haberme preocupado de mandarlo a la escuela…

—Sí, señorita… —dijo mi compañera.

—Bueno, está ese terrible motivo.

Había ya para entonces tantos motivos, que mi pobre colega —había que excusarla por esto— se perdía entre ellos.

—¿Cuál…?

—La carta de su antigua escuela.

—¿Se la mostrará al amo?

—Debí hacerlo en el preciso instante en que la recibí.

—¡Oh, no! —replicó la señora Grose con decisión.

—Le diré —continué inexorablemente— que no puedo cuidar a un chico que ha sido expulsado…

—¡Pero si nunca hemos llegado a saber por qué lo expulsaron! —protestó la señora Grose.

—Por malvado. ¿Por qué otra cosa iba a ser, siendo tan listo, tan apuesto, tan aplicado? ¿Es acaso estúpido? ¿Desaliñado? ¿Idiota? Por el contrario, es exquisito… Así que tiene que haber sido por eso; y eso permitirá airear todo el asunto. Después de todo —dije—, la culpa es del tío, por haberlo dejado en manos de semejantes personas…

—Él, en realidad, no las conocía. La culpa es mía —dijo ella, y estaba terriblemente pálida.

—Bueno, usted no va a salir perjudicada —le respondí.

—Pero los niños sí —replicó enfáticamente.

Permanecí en silencio durante un momento, y nos miramos una a otra.

—Entonces, ¿qué voy a decirle?

—No necesita usted decirle nada. Yo se lo diré.

Sopesé sus palabras.

—¿Quiere usted decir que va a escribirle…? —me acordé de que no sabía hacerlo y añadí:

—¿Cómo va usted a comunicarse con él?

—Se lo pediré al alguacil. Él sabe escribir.

—¿Y le pedirá usted que relate nuestra historia?

Mi pregunta tuvo una fuerza sarcástica que yo no había pretendido darle, pero que sirvió para desanimar a la señora Grose. Sus ojos volvieron a llenarse de lágrimas.

—¡Ay, señorita, escríbale usted!

—Bueno, lo haré esta noche —le respondí, y en ese momento nos separamos.

XVII

Esa misma noche llegué, en efecto, a escribir el párrafo inicial. El tiempo había vuelto a cambiar, soplaba un fuerte viento, y debajo de la lámpara de mi habitación, con Flora que dormía apaciblemente a mi lado, permanecí sentada durante largo rato ante una hoja de papel en blanco y escuchando el repiqueteo de la lluvia sobre los cristales de las ventanas. Finalmente, cogí una vela y salí del cuarto. Atravesé el pasillo y pegué el oído ante la puerta de Miles. Lo que, en mi constante obsesión, había esperado escuchar, era un sonido revelador de que el niño no estaba durmiendo. De pronto capté uno, pero no revestía la forma que había esperado. Su voz tintineó:

—¿Es usted? Entre, por favor.

Fue una nota de alegría en medio de las tinieblas.

Entré, pues, con mi vela y lo encontré ya acostado, pero completamente despierto.

—¿Qué hace, levantada a esta hora? —me preguntó con una cordialidad que me hizo pensar que, si la señora Grose hubiera estado presente, habría buscado en vano una prueba de que entre Miles y yo todo había terminado.

Me incliné sobre él con mi vela.

—¿Cómo supiste que estaba yo allí?

—Bueno, la oí, desde luego. ¿Imagina acaso que no hace ningún ruido? ¡Si parece un escuadrón de caballería! —y se echó a reír alegremente.

—Entonces, ¿no dormías?

—No. Me gusta tenderme en la cama y pensar.

Dejé la vela en la mesilla de noche y luego, como me tendía una mano amistosa, me senté en el borde de la cama.

—¿Y se puede saber en qué piensas? —le pregunté.

—¿Podría pensar en otra cosa, querida, que no fuera en usted?

—¡Ah, me enorgullece conocer esa preferencia! Pero yo preferiría que durmieras.

—Bueno, ¿sabe usted?, también pienso en ese extraño asunto nuestro.

Observé la frialdad de su firme manita.

—¿Qué asunto extraño, Miles?

—Bueno, el modo en que me está educando. ¡Y todo lo demás!

Por un instante se me cortó el aliento, y entonces, a la mortecina luz de la vela, vi cómo me sonreía desde la almohada.

—¿A qué te refieres con «todo lo demás»?

—¡Oh, usted lo sabe, lo sabe!

No pude decir nada durante un minuto, aunque sentí, mientras continuábamos asidos de las manos y mirándonos a los ojos, que mi silencio era una tácita admisión del cargo, y que nada en el mundo real era en esos instantes tan fabuloso como nuestra verdadera relación.

—Por supuesto, volverás a la escuela —le dije—, si es eso lo que te preocupa. Pero no a las de antes… Debemos buscar otra… una mejor. ¿Cómo iba a saber que este asunto te preocupaba, cuando nunca me lo habías dicho antes?

Su rostro, atento, enmarcado en la blancura de la almohada, resultaba tan patético como el de un paciente grave de un hospital infantil; y yo hubiera dado todo lo que poseía en el mundo por ser en verdad la enfermera o la hermana de la caridad que pudiera ayudarlo a sanar. Pero, aun como estaban las cosas, tal vez pudiera ser útil…

—Nunca te oí decir una sola palabra sobre tu escuela; nunca hiciste mención de ella para nada.

Pareció sorprenderse; seguía sonriendo encantadoramente, pero era evidente que lo que se proponía era ganar tiempo.

—¿Nunca lo hice? ¿De veras?

No, no me estaba reservado a mí ayudarle; quien lo haría sería el espectro que había yo visto.

Algo en su tono y en la expresión de su rostro impresionó dolorosamente mi corazón; sentí un latido de dolor como nunca antes había sufrido otro; me resultaba intolerablemente conmovedor presenciar el trabajo de su cerebro desconcertado, sus escasos recursos puestos en tensión, luchando entre su inocencia y la perversidad que le había sido inoculada.

—No… nunca, desde que llegaste a Bly. Nunca has mencionado a uno solo de tus maestros, ni a ningún camarada; nada, en fin, de lo que te sucedió en la escuela. Nunca, pequeño Miles, no, nunca has aludido ni siquiera de paso a lo que ha podido ocurrirte allí. Por consiguiente, te podrás imaginar cuán a oscuras me encuentro. Hasta que me lo dijiste esta mañana, no habías hecho, desde el primer momento en que te vi, ninguna referencia a tu vida anterior. Me pareció que aceptabas perfectamente el presente.

Era extraordinario ver cómo mi absoluta convicción de su secreta precocidad (o de cualquier manera como llamara yo al veneno de una influencia que apenas me atrevía a mencionar) le hacían parecer, a pesar de su confusión, tan accesible como cualquier adulto, obligándome a tratarlo como a una persona mayor e intelectualmente como a un igual.

—Pensé que deseabas continuar como hasta ahora.

Me sorprendió que, al oír estas últimas palabras, su rostro se coloreara ligeramente. De todos modos, sacudió levemente la cabeza como un convaleciente que empezara a fatigarse.

—No es ...., no es así… Quiero salir de aquí.

—¿Estás cansado de Bly?

—No, me gusta Bly.

—¿Entonces…?

—¡Oh, usted sabe bien lo que un chico necesita!

Tuve la impresión de que no lo sabía tan bien como Miles; busqué un subterfugio.

—¿Quieres ir con tu tío?

De nuevo, con su bello e irónico rostro, hizo un movimiento sobre la almohada.

—¡Ah, no puede usted librarse de eso!

Permanecí un momento en silencio. En ese momento fui yo quien cambió de color.

—Querido, no pretendo querer librarme de eso.

—Aunque quisiera, no podría. ¡No podría, no podría! —repitió alegremente—. Mi tío debe venir a Bly, y usted debe arreglar las cosas para que eso ocurra.

—Si lo hacemos —respondí con cierta vivacidad—, puedes estar seguro que será para sacarte de aquí.

—Muy bien. ¿No comprende que eso precisamente es lo que estoy deseando? Tendrá que decirle lo que hasta ahora ha callado. ¡Tendrá que decirle una enorme cantidad de cosas!

La pasión con que dijo aquello me ayudó en ese momento a hacerle frente con mayor firmeza.

—¿Y cuántas tendrás que contarle tú? Te preguntará ciertas cosas.

Meditó un minuto.

—Es muy probable. ¿Cuáles, por ejemplo?

—Las que nunca me has dicho. Tendrá que saberlas para que pueda decidir qué hacer contigo. No podrá enviarte de nuevo a la misma escuela…

—¡Tampoco yo quiero volver! —estalló—. Deseo que me mande a un nuevo lugar.

Hablaba con admirable serenidad, con positiva y abierta alegría; e, indudablemente, fue eso lo que más me hizo evocar la anormal tragedia infantil de su posible reaparición, al cabo de unos tres meses, con toda su bravuconería y aun con más deshonor encima. Me abrumó descubrir que era yo incapaz de soportarlo.

Me recosté en la almohada y, en la ternura de mi compasión, lo abracé.

—¡Mi querido, mi pequeño Miles!

Mi rostro estaba sobre el suyo, y permitió que lo besara, aceptando aquel arrebato con indulgente buen humor.

—¿Y eso, querida?

—¿No hay nada… nada en absoluto que desees decirme?

Se volvió un poco hacia el otro lado, clavando la mirada en la pared y levantando una mano y mirándola después, como hacen a veces los niños enfermos.

—Ya se lo he dicho… Se lo dije esta mañana.

Me inspiró un gran dolor.

—¿Que no quieres que te moleste más?

Volvió a mirar en derredor suyo, como en reconocimiento de que le había comprendido bien; luego añadió, con la misma cortesía de siempre:

—Que me deje solo.

Pronunció aquellas palabras con cierta dignidad, y yo me puse de pie lentamente, dispuesta a marcharme. Dios sabía que nunca había querido importunarlo con mi presencia, pero sentí que al darle la espalda lo estaba yo abandonando, que lo estaba, para decirlo con más exactitud, perdiendo.

—He empezado a escribir una carta a tu tío.

—¡Bueno, termínela entonces!

Esperé un minuto.

—¿Qué sucedió antes?

Me volvió a mirar fijamente.

—¿Antes de qué?

—¿Antes de que regresaras de la escuela? ¿Y antes, antes de que te marcharas a ella?

Permaneció un buen rato en silencio, sin dejar de mirarme. Finalmente murmuró…

—¿Qué sucedió?

El sonido de sus palabras, en que por primera vez me pareció descubrir cierto tono de inseguridad, me hizo caer de rodillas a su lado y tratar una vez más de apoderarme de él.

—¡Mi querido, mi pequeño Miles, si supieras cuánto deseo ayudarte! Es solo eso, solo eso; preferiría morir antes de hacerte daño o molestarte... Me moriría antes de tocarte un cabello. Mi pequeño Miles... —y estallé, aun pensando que había ido demasiado lejos—, ¡solo quiero que me ayudes a salvarte!

Sí, había ido demasiado lejos; lo supe un momento después. La respuesta a mi solicitud fue inmediata, pero llegó de lejos y en forma de una extraordinaria corriente helada y un temblor en el dormitorio, tan fuerte, que parecía que aquella corriente de viento lo sacudiera todo. El niño profirió un grito estridente y me resultó imposible saber si era de júbilo o de terror. Me puse en pie de un salto, consciente de la oscuridad. Durante un momento, permanecimos así, mientras yo miraba a mi alrededor y veía que la ventana continuaba cerrada y las cortinillas no se movían.

—Se ha apagado la vela —exclamé.

—¡Fui yo quien sopló, querida! —dijo Miles.

XVIII

Al día siguiente, después de la clase, la señora Grose encontró un momento para preguntarme en voz baja:

—¿Escribió usted, señorita?

—Sí, he escrito —pero no añadí que la carta, cerrada y franqueada, estaba aún en mi bolsillo.

Había tiempo suficiente para enviarla antes de que el mandadero fuera al pueblo. Entretanto, por el comportamiento de mis pupilos, se hubiera creído que ninguna mañana podía ser más brillante ni más ejemplar. Como si ambos se hubiesen puesto de acuerdo, sin necesidad de palabras, para eliminar cualquier reciente fricción. Se aplicaron maravillosamente en sus ejercicios de aritmética, superando casi mis conocimientos en la materia, y desempeñaron con más entusiasmo que nunca la representación de algunos personajes históricos y algunas características geográficas. Era evidente en Miles el deseo de demostrarme con qué facilidad podía seducirme. Aquel niño vive en mi recuerdo en un marco de belleza y dolor que ninguna palabra podría traducir; cada uno de sus impulsos revelaba una innata distinción. A simple vista, no existía ninguna criatura más franca, más inteligente, más ingeniosa y más extraordinariamente aristocrática. Tenía que ponerme perpetuamente en guardia contra el arrobo que su simple contemplación despertaba en mí; suprimir la mirada de asombro y el suspiro de abatimiento que se alternaban en mí cada vez que me enfrentaba con él y renunciaba a descifrar el enigma que constituía la conducta de aquel pequeño caballero y por qué había recibido un castigo tan severo. Sabía yo que, por un oscuro prodigio, la imaginación de toda maldad había sido abierta ante él, pero todo lo que de justo había en mí rechazaba la idea de que aquello hubiera podido florecer en un acto.

Nunca lo había visto tan caballeroso como cuando, después del almuerzo de aquel monstruoso día, se acercó a mí para preguntarme si deseaba que durante una media hora me interpretara algo. David, tocando ante Saúl, no hubiera mostrado un sentido más agudo de la oportunidad. Fue literalmente una encantadora exhibición de tacto, de magnanimidad, la que se permitió al decirme:

—Los verdaderos caballeros, cuyas historias tanto nos gusta leer, jamás se aprovechaban demasiado de una ventaja. Sé lo que está usted pensando; en este momento piensa: "Vete de aquí y déjame en paz… Ya no te seguiré a todas partes, ni te espiaré… Puedes ir y venir a donde se te antoje…". Bueno, he venido, pero no me iré. Hay tiempo más que suficiente para eso. Me siento muy a gusto en su compañía y quiero demostrarle que, si he luchado, ha sido solo por cuestión de principios.

Es fácil suponer que no resistí a ese llamamiento ni dejé de acompañarle de nuevo, cogido de la mano, a la sala de las clases. Miles se sentó ante el viejo piano y tocó como nunca antes lo había hecho; y si alguien opina que mejor hubiera sido que jugara futbol, solo puedo decir que estoy enteramente de acuerdo. Porque, al final del lapso que, bajo su influencia, había dejado de pensar, comencé a tener la extraña sensación de que me había dormido en mi sitio. Aquello ocurría después de la comida y frente al fuego y, sin embargo, en modo alguno me había dormido; lo que había hecho era mucho peor: me había olvidado. ¿Dónde estaba Flora?

Cuando formulé la pregunta a Miles, siguió tocando un minuto antes de responder; luego dijo:

—¿Cómo podría yo saberlo, querida?

Y a continuación estalló en una feliz carcajada, prolongándola inmediatamente después, como si fuera un acompañamiento vocal, en un canto incoherente y extravagante.

Me dirigí inmediatamente a mi dormitorio, pero la niña no estaba allí; luego, antes de bajar, busqué en las otras habitaciones. Al no encontrarla, pensé que podía estar con la señora Grose y fui inmediatamente a buscar a ésta para comprobarlo. La encontré donde la había hallado la noche anterior, pero ella respondió a mi pregunta con una ignorancia absoluta. Suponía que después de la comida había llevado a ambos hermanos a la planta superior; y tenía toda la razón en pensar de esa manera, ya que era la primera vez que permitía que la niña no estuviera ante mi vista sin haber tomado previamente las medidas convenientes. Por supuesto, podía hallarse con alguna sirvienta, así que procedí a buscarla de inmediato en aquella sección, sin dar muestras de alarma. Pero cuando, diez minutos después, mi compañera y yo volvimos a encontrarnos en el pasillo, fue solo para comunicarnos mutuamente nuestro fracaso. Durante un momento, cambiamos mutuas miradas de inquietud, y así pude ver, con el mayor interés, que mi amiga compartía mis desvelos.

—Debe de estar arriba —dijo la señora Grose—, en una de las habitaciones que no ha registrado.

—No, está más lejos —repliqué con absoluta convicción—. Ha salido.

La señora Grose se me quedó mirando.

—¿Sin sombrero?

—¿Acaso esa mujer no va siempre sin sombrero?

—¿Está con ella?

—¡Sí lo está! —aseguré—. Tenemos que encontrarlas. Puse mi mano sobre el brazo de mi amiga, pero ella no respondió a mi presión. Por el contrario, permaneció en el mismo sitio mirándome con ansiedad.

—¿Y dónde está el señorito Miles?

—¡Oh! Él está con Quint. En el salón de las clases.

—¡Dios mío, señorita!

Me daba cuenta de que mi aspecto y, supongo, mi tono no habían sido nunca tan serenos como cuando afirmé:

—El truco le ha dado buen resultado; han tramado un plan. Miles encontró un medio divino para retenerme mientras ella salía.

—¿Divino? —inquirió la señora Grose, asombrada.

—Digamos infernal, entonces… —respondí casi jubilosamente—. También él se ha beneficiado con esto. ¡Vamos, de prisa!

La señora Grose levantó los ojos, con expresión angustiada, hacia las regiones superiores.

—¿Va a dejarlo…?

—¿A solas con Quint? Sí, eso no importa ahora.

En otras ocasiones parecidas, la señora Grose terminaba por asirme con firmeza la mano; en ésa me retuvo unos instantes.

—¿Se debe esto a su carta? —me preguntó ansiosamente, sin reparar en mi impaciencia.

Rápidamente, a guisa de respuesta, saqué la carta del bolsillo y se la mostré; luego, desprendiéndome de su mano, la deposité encima de la gran mesa del vestíbulo.

—Luke la llevará —dije mientras regresaba a reunirme con mi amiga.

Me dirigí luego a la puerta de la casa y la abrí. Un momento después cruzaba el umbral.

Mi compañera me seguía. La tormenta de la noche y de las primeras horas de la mañana había amainado, pero la tarde era húmeda y gris. Bajé los peldaños de la entrada mientras la señora Grose se acercaba a la puerta como a regañadientes.

—¿No se cubre usted?

—¿Qué me puede eso importar ahora, cuando la niña no lleva nada encima? No puedo esperar a vestirme —le grité—, y si usted va a hacerlo, tendré que dejarla. Busque mientras tanto en las habitaciones de arriba.

—¿Con ellos allí?

Y, al decir aquello, la pobre mujer se reunió conmigo apresuradamente.

XIX

Nos dirigimos directamente hacia el lago, como lo llamaban en Bly, y me atrevo a decir que a justo título, aunque es posible que aquella superficie líquida fuera menos imponente de lo que mis inexpertos ojos suponían. Mis conocimientos, a este respecto, eran mínimos, y el estanque de Bly, en las pocas ocasiones en que, bajo la protección de mis alumnos, había recorrido su superficie, en el viejo bote de fondo plano atracado a la orilla para nuestro uso, me había impresionado por su extensión y agitación. El embarcadero se hallaba situado a una media milla de la casa, pero yo tenía la íntima convicción de que Flora no se encontraba cerca de ésta. No se había librado de mi vigilancia para correr una aventura y, después del día en que compartimos aquella terrible visión junto al estanque, yo me había dado cuenta, durante nuestros paseos, de cuál era el lugar que ejercía sobre ella mayor fascinación. Por eso aquella vez tomé una dirección determinada, con gran asombro de la señora Grose, que parecía oponer alguna resistencia.

—¿Va usted hacia el agua, señorita? ¿Piensa usted que se ha metido…?

—Es posible, aunque la profundidad aquí es muy grande. Pero estoy casi convencida de que ha ido al lugar desde el cual, el otro día, vimos juntas lo que le conté.

—¿La vez que pretendió no ver…?

—Sí, con aquel impresionante dominio de sí misma… Estaba segura de que deseaba volver sola. Y ahora su hermano le ha facilitado el medio.

La señora Grose permanecía de pie en el mismo lugar donde se había detenido.

—¿Cree usted que en verdad hablan de ellos?

Le respondí en un tono confidencial.

—Dicen cosas que, si las oyéramos, nos quedaríamos abrumadas…

—¿Y si la niña está allí?

—¿Qué?

—¿Supone que también estará la señorita Jessel?

—Desde luego. Ya lo verá.

—¡Oh, no, gracias! —exclamó mi amiga, plantando firmemente los pies en el suelo, de manera que yo seguí caminando sin ella.

Sin embargo, cuando llegué al estanque comprobé que me había seguido a cierta distancia y comprendí que, como fuera, mi presencia le parecía paliar en cierto modo el peligro. Cuando pudimos divisar la mayor parte de la superficie del lago sin que apareciera la niña, exhaló un suspiro de alivio. No había rastro de Flora en esa parte de la playa, ni tampoco en el lado opuesto, situado a unas veinte yardas. El estanque, de forma oblonga, tenía una anchura desproporcionada a su longitud; era imposible, desde un extremo, ver el otro, por lo que parecía ser un río tranquilo. Miramos la superficie vacía, y yo, al ver una sugerencia en los ojos de mi amiga, respondí con un movimiento negativo de cabeza.

—No, no, espere. Se ha llevado el bote.

Mi compañera contempló el embarcadero vacío y luego tendió la vista a través del lago.

—Entonces, ¿dónde está?

—El hecho de que no la veamos es la mejor prueba. Lo ha utilizado para cruzar el lago y luego ha logrado ocultarlo.

—¿Ella sola…? ¿La niña…?

—No está sola; y en tales momentos deja de ser una niña, es una vieja.

Escruté toda la playa visible mientras la señora Grose, quizás impresionada por los extraños hechos que le presentaba, volvió a someterse a mi voluntad; luego sugerí que el bote podía estar oculto en un pequeño refugio formado por los matorrales de la ribera.

—Pero, si el bote está allí, ¿dónde podrá estar ella? —preguntó ansiosamente mi colega.

—Eso es precisamente lo que debemos averiguar —y eché a andar de nuevo.

—¿Vamos a darle la vuelta…?

—Desde luego. No nos llevará más de diez minutos, pero es bastante lejos para que la niña haya preferido no caminar. Cruzó la línea recta.

—¡Cielos! —gritó mi amiga nuevamente; los engranajes de mi lógica eran demasiado abrumadores para ella.

Echó a andar tras de mí y, cuando habíamos recorrido la mitad del camino, un trayecto realmente fatigoso, debido a que el sendero estaba cubierto de maleza, hice una pausa para que la pobre pudiera tomar aliento. La cogí del brazo asegurándole que podía ayudarme mucho; y luego reanudamos la marcha, de modo que al cabo de unos minutos llegamos al lugar donde yo había supuesto que estaría el bote, y donde en efecto, lo encontramos. Intencionadamente, lo habían dejado fuera de la vista; estaba atado a una estaca plantada en la orilla, residuo de una vieja cerca, que le había servido sin duda de ayuda para desembarcar. Reconocí, al examinar el par de nudos, perfectamente hechos, la prodigiosa hazaña de la niña; pero ya, para esas alturas de mi permanencia en Bly, había vivido entre tantas maravillas y gemido bajo el peso de tantas cosas asombrosas… Había una puerta en la cerca, pasamos por ella y nos condujo a un espacio más despejado.

—¡Allí está! —gritamos de pronto, al unísono.

Flora, a poca distancia del bote, se erguía ante nosotras sonriendo como si su hazaña fuera ahora completa. La siguiente cosa que hizo fue detenerse y recoger, como si aquello fuera el objetivo de su excursión, un manojo feo y marchito de helechos blancos. Inmediatamente adiviné que salía del matorral. Nos esperó sin dar un paso más y no dejó de ver la extraña solemnidad con que nosotras nos acercamos a ella. Flora no hacía más que reír en medio de un silencio cada vez más ominoso. La señora Grose fue la primera en romper el hechizo; corrió hacia donde estaba la niña, se dejó caer de rodillas y la mantuvo aprisionada en un largo abrazo. No sé cuánto duró aquella efusión; yo me limité a mirar la escena, aumentando la intensidad de mi observación al ver que Flora me miraba a su vez por encima de nuestra compañera. Envidié en ese momento, dolorosamente, la sencillez de la relación que la señora Grose podía establecer. Sin embargo, en todo aquel tiempo no ocurrió entre nosotras nada que no fuera ese intercambio de miradas. Lo que tanto la niña como yo nos dijimos fue que ya los pretextos eran virtualmente inútiles. Cuando, al fin, la señora Grose se puso de pie y tomó a la niña de la mano, la reticencia de nuestra comunión fue todavía más clara en la mirada que en ese instante la niña me dirigía: "¡Que me cuelguen si hablo!", parecía decir.

Fue Flora quien, recorriéndome con la vista con un cándido asombro, habló primero. Parecía sorprendida de vernos con la cabeza descubierta.

—¿Dónde están sus sombreros?

—¿Dónde está el tuyo, querida? —le respondí inmediatamente.

Había recobrado su alegría habitual, y pareció aceptar aquello como una respuesta suficiente.

—¿Y Miles? —prosiguió.

Había algo en su aplomo que me sacó de quicio; aquellas dos palabras fueron como dos gotas de agua en la copa que durante semanas y semanas mi mano había mantenido en alto, llena hasta el borde, y que en ese momento, antes de hablar, sentí que se derramaba como un diluvio.

—Te lo diré si tú me dices… —me oí decir a mí misma.

—¿Qué quiere que le diga?

La expresión de angustia de la señora Grose me impresionó, pero era ya demasiado tarde para echarme atrás, así que pregunté, en el tono más amable que me fue posible adoptar:

—¿Dónde está la señorita Jessel, cariño?

XX

Lo mismo que en el cementerio con Miles, todo el asunto pendía sobre nuestras cabezas. En gran parte se debía al hecho de que ese nombre nunca había sido pronunciado entre nosotras, y la expresión del rostro de la niña al oírlo constituyó para mí una nueva revelación. En aquel momento, la señora Grose profirió un grito que fue como una barrera que quisiera oponer a mi violencia… el grito de una criatura herida, que en unos segundos fue coreado por un gemido de mi parte. Cogí el brazo de mi colega.

—¡Está allí! ¡Está allí! —exclamé.

La señorita Jessel se erguía ante nosotras en la orilla opuesta del estanque, exactamente igual que como se había presentado la vez anterior. Me acuerdo, extrañamente, de la primera sensación que esa segunda vez produjo en mí: fue un estremecimiento de alegría por tener al fin una prueba. Allí estaba, y eso me hacía sentir justificada; allí estaba, de modo que yo no era una institutriz cruel ni trastornada. Estaba allí, delante de la asustada señora Grose, pero principalmente para que la viera Flora; y ningún momento de aquella época monstruosa fue quizás tan extraordinario como ése en que conscientemente envié hacia ella, sí, hacia aquel pálido y rapaz demonio, un inarticulado mensaje lleno de agradecimiento.

Se mantenía erguida en el sitio donde mi compañera y yo acabábamos de estar, y en aquella aparición no había una sola pulgada en que no refulgiera la maldad. Aquella primera y vívida impresión duró unos segundos durante los cuales la señora Grose miró fija y vacuamente hacia el lugar que yo le señalaba, como una confirmación de que, por fin, también ella veía, mientras yo volvía los ojos precipitadamente hacia la niña. La actitud de Flora, al revelarme cómo la aparición le afectaba, me impresionó mucho más que si simplemente la hubiera visto agitada, ya que no esperaba, desde luego, que se traicionara a sí misma, pero tampoco esperaba ver que su delicado y sonrosado rostro no demostrara ninguna agitación; y ni siquiera fingía mirar en dirección al prodigio que yo acababa de anunciar, sino que, en cambio, me miraba a mí con una expresión de dureza y de gravedad, una expresión absolutamente nueva, sin precedentes, que parecía leer en mí, acusarme y juzgarme… La impresión que recibí convirtió a la pequeña niña en algo que podía acobardarme. Y me acobardé a pesar de que mi certidumbre de que veía lo mismo que yo, no había sido nunca mayor que en ese instante; y, en la inmediata necesidad de defenderme, traté, desesperadamente, de hacerla confesar.

—¡Ella está allí, desdichada! ¡Está allí, allí, allí; y tú la ves igual que me ves a mí!

Poco antes había dicho a la señora Grose que, en aquellas circunstancias, Flora no era una niña, sino una mujer adulta, una vieja, y aquella definición no podía quedar mejor confirmada que por la propia actitud de la niña, quien en ese momento me lanzó, sin ningún recato, una mirada de profunda, de cada vez más profunda reprobación. Yo estaba en ese instante terriblemente abrumada por su actitud, y simultáneamente me daba cuenta de que la señora Grose iba a darme otro formidable motivo de disgusto. En efecto, mi compañera, con la cara encendida y un tono de irritada protesta, me gritó:

—¡Todo esto es espantoso, señorita! ¿Dónde ha podido usted ver algo?

Solo pude agarrarle de nuevo del brazo, ya que, mientras hablaba, la espantosa presencia continuó mostrándose impasible. La aparición había durado ya algo así como un minuto, y permaneció mientras yo seguía sujetando a mi colega e insistiendo al tiempo que se la señalaba con mi mano libre.

—¿No la ve usted como la vemos nosotras? ¿Quiere decir que no la ve ahora, ahora, ahora? ¡Es tan grande como una llamarada! ¡Mire ahora, buena mujer, mire…!

Ella miraba como yo, y al final profirió un profundo gruñido de negación, repulsa y compasión… una mezcla de piedad y alivio por haber sido eximida de aquella contemplación… el sentimiento —lo supe en aquel mismo momento— de que me hubiera respaldado de haber podido hacerlo. Debió de ser grande mi necesidad de tal apoyo, porque con la cruel comprobación de que los ojos de la señora Grose se mantenían desesperanzadamente incrédulos, sentí que mi situación se derrumbaba horriblemente. Sentí, vi a mi lívida predecesora confirmar, desde su posición, mi derrota, y fui consciente, sobre todas las cosas, de lo que a partir de ese momento debía esperar de la pequeña contienda con mi alumna. Contienda en la que la señora Grose intervino inmediata y violentamente, haciendo añicos, aunque ya solo se sustentaba en mi propio sentimiento de desastre, un prodigioso triunfo personal.

—¡No está allí, tesoro; no hay nadie allí! ¡Y tú no has visto nunca nada, corazón…! ¿Cómo iba a poder estar allí la pobre señorita Jessel, cuando todos sabemos muy bien que está muerta y enterrada? Nosotras lo sabemos, ¿no es cierto, querida? Se trata de un error, de una broma… Y, ahora, ¡a regresar a casa lo más de prisa posible!

La pequeña respondió a esto consintiendo inmediatamente, y yo las vi de pronto unirse en muda oposición contra mí. Flora continuaba observándome con su pequeña máscara de reprobación, e incluso en aquel minuto rogué a Dios que me perdonara, por parecerme que, mientras se agarraba con fuerza del vestido de la señora Grose, su incomparable belleza infantil se desvanecía súbitamente. Ya lo he dicho antes: Flora se mostraba monstruosamente dura; se había vuelto una criatura vulgar, casi fea.

—No sé a qué se refiere. Yo no he visto a nadie. No he visto nada. ¡Nunca! Creo que es usted una mujer cruel. ¡No me gusta usted!

Tras aquel estallido, se apretó con más fuerza a la señora Grose y sepultó en su falda la horrible carita. En esta posición, exclamó furiosamente:

—¡Sáqueme de aquí! Por favor, ¡sáqueme de aquí! ¡Lléveme lejos de ella!

—¿De mí? —exclamé con un gemido.

—¡De usted… de usted! —gritó.

Hasta la propia señora Grose me miró con consternación; y yo volví de nuevo la cabeza hacia la figura que, en la orilla opuesta, sin un movimiento, tan rígidamente inmóvil como si captara nuestras voces, permanecía vívida allí para presenciar mi desastre. La desgraciada criatura se había expresado como si sus hirientes palabras procedieran de una fuente exterior, y, en consecuencia, no me quedaba otro recurso que aceptar la situación, por dolorosa que pudiera resultarme hacerlo. Sacudí tristemente la cabeza y me encaré con la niña.

—Si alguna duda hubiese experimentado, en este momento se habría desvanecido del todo. He estado viviendo con la dolorosa realidad, y ahora me doy cuenta de que ésta me ha derrotado. Ya sé que te he perdido; he tratado de impedirlo, mas tú, bajo su influencia, has elegido el fácil y cómodo medio de evitarme.

Y luego de decir esto me enfrenté de nuevo, por encima del estanque, con nuestra infernal testigo.

—He hecho todo lo que estaba a mi alcance; sin embargo, me has vencido. ¡Adiós!

A la pobre señora Grose le dije, de una manera imperativa, casi frenética:

—¡Váyase, váyase!

Ante lo cual, con evidente pena, pero mudamente dominada por la niña y claramente convencida, no obstante su ceguera, de que algo espantoso había ocurrido y un desastre nos amenazaba, se retiró, por el mismo camino por el cual habíamos llegado, con toda la rapidez que sus piernas le permitían.

De lo que ocurrió inmediatamente después de que me dejaran sola, no me queda ningún recuerdo. Solo sé que al cabo de, supongo, un cuarto de hora, el olor a humedad y la aspereza del suelo me hicieron comprender que había caído boca abajo sobre la hierba para dar rienda suelta a mi aflicción. Debí de haber seguido allí durante mucho tiempo, llorando y lamentándome, puesto que cuando levanté la cabeza empezaba ya a anochecer. Me levanté y miré un momento, a través de la luz crepuscular, el estanque gris y su difuminada y hechizada orilla, y luego emprendí el penoso y difícil regreso a la casa. Flora pasó esa noche, por un acuerdo tácito —y, debería añadir, feliz, si la palabra no tuviera aquí un sonido grotesco— con la señora Grose. A mi regreso, no vi a ninguna de las dos; en cambio, como por una rara compensación, tuve que ver bastante a Miles. Lo vi tanto —no puedo decirlo de otra manera—, que me pareció que antes no lo había visto nunca. Ninguna de las noches que había pasado en Bly había tenido el carácter portentoso de aquélla, a pesar de lo cual —y a pesar también de las profundidades de consternación que se habían abierto bajo mis pies— fue una noche invadida por una tristeza extraordinariamente dulce. Al llegar a la casa, no me preocupé siquiera de buscar al niño; me dirigí directamente a mi habitación para cambiarme de ropa y enterarme, a simple vista, del alcance de mi ruptura con Flora.

Todas sus pertenencias habían sido sacadas de mi habitación. Cuando más tarde, ante la chimenea del salón de las clases, la doncella me servía el té, me atuve estrictamente a mi propósito de no hacer ninguna pregunta sobre el niño. Éste tenía ahora la libertad que pedía, y podría disfrutarla hasta el final. La tenía, sí; y la aprovechó, al menos parcialmente, para presentarse a eso de las ocho y sentarse a mi lado en silencio. Cuando la doncella retiró el servicio de té, apagué las velas y me acerqué un poco más al fuego. Tenía la sensación de un frío mortal y presentía que nunca más volvería a tener calor. De modo que, cuando Miles apareció, yo estaba sentada en la penumbra y a solas con mis pensamientos. Se detuvo un momento en la puerta, observándome; luego se acercó lentamente y se dejó caer en una butaca. Permanecimos sentados allí en un silencio absoluto; sin embargo, comprendía que él deseaba estar conmigo.

XXI

Antes del alba, mis ojos se abrieron en mi dormitorio frente a la señora Grose, que se presentaba con las peores noticias. Flora estaba con tanta fiebre, que era casi seguro que había enfermado; había pasado una noche sumamente intranquila, agitada sobre todo por unos temores que no tenían como causa a su anterior institutriz, sino a la actual. No protestaba contra la posible reaparición de la señorita Jessel, sino, apasionadamente, contra mi presencia. Me puse en seguida de pie, dispuesta a formular un caudal de preguntas, pero no tardé en darme cuenta de que el sentimiento que predominaba en mi amiga era el desconcierto; lo comprendí desde el momento en que le pregunté si creía más en la sinceridad de la niña que en la mía.

—¿Continúa ella negando que vio o ha visto algo?

La turbación de mi visitante fue realmente inmensa.

—¡Ay, señorita, no puedo insistir con la niña sobre ese tema! La pobre ha envejecido una barbaridad a partir de anoche.

—Me doy cuenta de todo. Se siente herida en su dignidad… como si fuera un alto personaje cuya veracidad hubiera sido puesta a prueba. En cambio, a la señorita Jessel… a ella, a ella sí la considera. La impresión que ayer me produjo, se lo aseguro, fue verdaderamente penosa; supera todas las anteriores. Pero he puesto el dedo en la llaga. Sé que la niña no volverá a dirigirme la palabra.

Aquellas frases mías, amargas y oscuras, mantuvieron a la señora Grose en silencio durante un momento; luego dijo, con una sinceridad que a mi parecer ocultaba algo:

—También yo lo creo así, señorita. La niña se ofendió terriblemente.

—Esa actitud de ofendida —sinteticé— es lo que ahora constituye un problema, ¿no es cierto?

—Me pregunta cada tres minutos si creo que va a ir usted a verla.

—Ya veo, ya veo —también yo, por mi parte, mantenía ocultas más cosas de las que manifestaba—. ¿Le ha dicho a usted, excepto para repudiar su familiaridad con algo tan horrible, una sola palabra sobre la señorita Jessel?

—Nada más, señorita —contestó mi amiga— acepté lo que dijo cuando estábamos en el lago; que allí, allí al menos, no había nadie.

—¡Claro! ¡Y, por supuesto, lo sigue usted aceptando!

—No he querido contradecirla. ¿Qué más podía hacer?

—Nada, nada en absoluto. Está usted tratando con las personas más hábiles que pueda imaginarse. Sus dos amigos los han hecho aún más astutos de lo que los había hecho ya la naturaleza; ellos, en sí, constituyen un material maravilloso para modelar. Flora ha decidido darse por ofendida y mantendrá hasta el final esa actitud.

—Sí, señorita, pero… ¿hasta qué final?

—El de enfrentarme con su tío. Me presentará ante él como el ser más vil…

Sonreí al contemplar la escena a través de la mirada de la señora Grose, y por un minuto me pareció que los veía juntos. Luego dijo:

—¡Con la buena opinión que tiene de usted!

—Pues tiene un modo extraño… me parece, de demostrarlo —me reí—. Pero eso no viene ahora a cuenta. Lo que Flora desea es, por supuesto, librarse de mí.

Mi compañera estuvo de acuerdo.

—No quiere siquiera volver a verla.

—¿De modo que usted ha venido ahora —le pregunté— a apresurar mi marcha? —no obstante, antes de que tuviera tiempo de responderme, añadí—: Tengo una idea mejor, resultado de mis reflexiones. Mi marcha podría resultar el mejor remedio, y el domingo estuve a punto de irme de aquí, pero no lo haré. Es usted quien debe irse. Debe usted llevarse a Flora.

Ante esta salida inesperada, mi colega meditó unos minutos. Al fin dijo:

—Pero ¿dónde podría…?

—Lejos de aquí. Lejos de ellos. Lejos, sobre todo, de mí. Llévela directamente a casa de su tío.

—¿Solo para decirle que usted…?

—¡No, no solo esto!, sino, además, para dejarme aquí con mi remedio.

La mujer estaba confundida.

—¿Y cuál es su remedio?

—En primer lugar, su lealtad; y luego, la de Miles.

Me miró con dureza.

—¿Cree usted que él…?

—¿Que él recurrirá a mí si se le presenta la ocasión? Sí, me atrevo aún a creerlo. En todo caso, deseo intentarlo. Llévese a su hermana lo más pronto que le sea posible y déjeme con él.

Yo misma estaba sorprendida ante las reservas de valor con que contaba, y tal vez por eso me desconcertaba más aún que ella no se decidiera.

—La única condición es que los niños no se vean a solas bajo ningún concepto antes de que Flora se marche.

Luego se me ocurrió que, a pesar del presumible aislamiento de la niña después de su vuelta del estanque, mi advertencia podía llegar demasiado tarde.

—¡No me diga usted que ya se han visto!

La señora Grose se ruborizó.

—¡Ay, señorita, no soy tan tonta para eso! Las tres o cuatro veces que me he visto obligada a abandonarla la he dejado siempre con alguna doncella. Ahora está sola, pero al salir he cerrado la puerta con mucho cuidado. Sin embargo…

¡Oh, había demasiadas cosas a prever!

—Sin embargo, ¿qué?

—Bueno… ¿Está usted segura de que el pequeño caballero…?

—No estoy segura de nadie más que de usted. Pero a partir de anoche tengo cierta esperanza. Creo que desea sincerarse conmigo. Creo que esa pobre, pequeña y exquisita víctima quiere hablarme. Anoche permaneció dos horas a mi lado, junto a la chimenea, en silencio, y tuve la impresión de que de un momento a otro podía comenzar a hablar.

La señora Grose miró a través de la ventana hacia el gris amanecer. Su mirada era dura.

—¿Y habló?

—No; aunque esperé y esperé, debo confesar que no lo hizo. Ni siquiera aludió a su hermana cuando, tras el largo silencio, nos besamos, para desearnos las buenas noches. De cualquier manera —continué—, no puedo permitir, si su tío ve a Flora, que vea también a Miles sin que yo haya concedido al niño, sobre todo ahora que las cosas se han puesto tan mal, un poco más de tiempo.

Mi amiga mostraba en ese terreno una resistencia que yo no acababa de comprender.

—¿Qué quiere decir con eso de un poco más de tiempo? —me preguntó.

—Bueno, un día o dos más… para hacerlo hablar. Para entonces podría estar ya de mi parte, y usted sabe lo importante que es eso. Si no ocurre nada, habré fracasado, sencillamente; y usted, en el peor de los casos, me habrá ayudado a hacer, cuando llegue a la ciudad, todo lo que sea posible —pero la señora Grose no parecía estar muy convencida, de modo que decidí acosarla—. A menos que usted no quiera marcharse.

Pude ver en su cara que, al fin, había tomado una determinación.

—Me iré, me iré… —se apresuró a decir. Me iré esta misma mañana —y me tendió la mano como para sellar un juramento.

Quise ser equitativa.

—Si usted desea quedarse y esperar, puedo ingeniármelas para que la niña no tenga que verme.

—No, no; hay algo malo en este lugar. La niña debe marcharse —me observó un momento con los ojos fatigados y luego se decidió a continuar—: Ha pensado usted acertadamente, señorita. Yo misma…

—¿Qué?

—No puedo continuar aquí.

La mirada que me dirigía me sugirió nuevas posibilidades.

—¿Quiere usted decir que desde ayer ha visto…?

Sacudió la cabeza con dignidad.

—¡He oído!

—¿Oído?

—¡Horrores! De labios de esa niña. ¡Ay! —suspiró con trágico alivio. Le doy mi palabra de honor, señorita; dice cada cosa…

Pero ante aquella evocación se derrumbó; se dejó caer sobre el sofá y, tal como lo había visto hacer en otras ocasiones, dio rienda suelta a su angustia.

—¡Oh, gracias a Dios! —exclamé.

Se puso de pie de un salto y secóse los ojos con el dorso de la mano.

—¿Gracias a Dios? —gruñó.

—¡Esto me justifica!

—¡Desde luego, señorita!

No hubiera deseado un énfasis mayor.

—¿Tan horrible es?

Me di cuenta de que mi colega no encontraba las palabras con que expresarse.

—Algo realmente inconcebible.

—¿Sobre mí?

—Sí, señorita, sobre usted.., puesto que debe saberlo. Dice cosas que rebasan todo límite, algo inconcebible en una niña. No sé dónde pudo haberlo aprendido.

—¿El espantoso lenguaje que usa al hablar de mí? ¡Yo sí puedo decírselo! —exclamé, estallando en una risa lo bastante significativa.

Pero mi amiga se puso todavía más seria, si era posible.

—Bueno, tal vez también yo debería saberlo… ya que muchas de esas cosas las había oído antes. Sin embargo, no puedo soportarlo —repitió al tiempo que echaba una ojeada a mi reloj, colocado sobre la mesa de noche. Debo irme.

Logré retenerla tomándola por un brazo.

—Pero si usted no puede soportarlo…

—¿Cómo puedo seguir con ella, quiere usted decir? Pues precisamente para eso, para sacarla de aquí. Para alejarla de ellos.

—¿Para que sea diferente? ¿Para que se libere? —pregunté, casi con alegría—. Entonces, no obstante lo ocurrido ayer, ¿usted cree…?

—¿En tales cosas?

La simple indicación «de ellos» no requirió, a la luz de su expresión, mayores detalles; tuve el convencimiento de que estaba más que nunca de mi parte.

—¡Sí, sí, creo!

Tuve una gran alegría. ¡Seguíamos aún hombro con hombro; y mientras continuara teniendo esa seguridad, no me importaba nada de lo que pudiera ocurrir! Sería mi apoyo en presencia del desastre, de la misma manera que lo había sido durante mi necesidad inicial de contar con una confidente. Si mi amiga respondía por mi integridad, yo respondería por todo lo demás.

No obstante, sentí una nueva preocupación en el momento en que nos separábamos.

—Acabo de recordar una cosa: la carta en la que daba la voz de alarma habrá llegado a la ciudad antes que usted.

Volví a percibir una vez más lo mucho que había sido maltratada en el bosque y cuán amedrentada había quedado.

—Su carta, señorita, no llegará nunca. No fue enviada.

—¿Qué fue de ella entonces?

—¡Solo Dios lo sabe! El señorito Miles…

—¿Quiere usted decir que él la cogió?

La señora Grose titubeó, pero al fin terminó por vencer su aversión.

—Quiero decir que ayer, cuando regresé con Flora, me di cuenta de que no estaba donde usted la había puesto. Más tarde tuve ocasión de interrogar a Luke, quien me dijo que ni siquiera la había visto —volvimos a intercambiar en ese momento una más de nuestras profundas miradas, y fue la señora Grose la primera en reaccionar—. ¿Comprende?

—Comprendo que si Miles la tomó, lo más probable es que la leyera y la destruyera.

—¿Y no ve usted nada más?

La miré unos instantes con una triste sonrisa.

—Debo admitir que, a estas alturas, sus ojos están más abiertos que los míos.

Así era, pero ella no pudo evitar el ruborizarse al ver su superioridad.

—Eso me revela lo que pudo haber hecho en la escuela —hizo una mueca casi cómica para demostrar su desilusión ante mi falta de agudeza—. ¡Robar!

Di vuelta a aquella idea en mi mente, tratando de ser más prudente en mis juicios.

—Bueno, tal vez.

Me miró con un reproche, como si me encontrara inesperadamente tranquila.

—¡Robó cartas!

No podía comprender mis razones para mantener la calma, después de todo, bastante superficial; de manera que se las expuse como pude.

—En ese caso, espero que haya sido para obtener algo más provechoso que ahora. La nota que dejé ayer sobre la mesa —expliqué— le habrá reportado un beneficio ínfimo, ya que no contenía sino la escueta petición de una entrevista. Supongo que ahora se sentirá muy avergonzado de haber ido tan lejos para obtener tan poco, y creo que lo que anoche deseaba era confesarme su falta.

Me pareció que, por el momento, se me había aclarado todo el asunto.

—Déjenos, déjenos —continué, acompañando a mi amiga hasta la puerta—. Miles acudirá a mí. Confesará. Si confiesa, está salvado. Y si él está salvado…

—¿También lo estará usted? —mi amiga me besó y yo correspondí a su afecto—. ¡Yo la salvaré a usted sin él! —exclamó mientras se alejaba.

XXII

Sin embargo, cuando ella se hubo marchado —y la eché de menos en el mismo instante de la partida— fue cuando en realidad se produjo la gran explosión. Si hubiera podido prever lo que significaba encontrarse a solas con Miles, eso me habría servido de aviso. Ninguna hora de mi estancia en Bly estuvo tan llena de aprensiones como ésa en que supe que el carruaje que transportaba a la señora Grose y a mi joven pupila cruzaba las verjas del parque. Quedaba, me dije a mí misma, cara a cara con los elementos, y durante la mayor parte del día, mientras combatía mi debilidad, tuve ocasión de meditar en lo temeraria que había sido. Sobre todo, porque por primera vez pude ver en el rostro de otras personas un confuso reflejo de la crisis.

Lo que había sucedido, naturalmente, no pudo pasar inadvertido para la servidumbre; nadie lograba explicarse la repentina marcha de la señora Grose. Criados y doncellas mostraban un aire receloso que, indudablemente, tenía que repercutir en mi sistema nervioso. Solo tomando deliberadamente el timón logré impedir el naufragio total; y me atrevería a decir que, a pesar de todo, esa mañana tenía yo un aspecto magnífico y severo. Recibí con beneplácito la idea de que tenía mucho que hacer sobre mis hombros, y al ser consciente de ello me sentí notablemente fortalecida. Durante un par de horas vagué por la casa en aquel estado de ánimo, y con toda seguridad tenía el aspecto de estar preparada para cualquier combate. Sin embargo, aquí debo confesar que deambulaba con un corazón desfalleciente.

La persona al parecer menos preocupada, por lo menos hasta la hora del almuerzo, fue el propio Miles. Durante mis paseos por la casa no logré vislumbrarlo por ninguna parte, pero aquel hecho solo contribuyó a hacer más público el cambio ocurrido en nuestras relaciones como consecuencia del engaño de que me había hecho víctima, al retenerme a su lado junto al piano, para que Flora pudiera escapar. La publicidad de que algo marchaba mal había comenzado con el confinamiento y la marcha posterior de Flora, y en la inobservancia de las horas de clases que regularmente teníamos. Miles ya no estaba en su cuarto cuando entré en él a primeras horas de la mañana; luego me enteré de que había desayunado, en presencia de un par de doncellas, con la señora Grose y su hermana. Después había salido, según dejó dicho, a dar un paseo; eso, más que nada, mostró su franca opinión sobre el brusco cambio habido en mis funciones. Faltaba solo aclarar hasta qué punto iba a permitirme el ejercicio de aquellas funciones. De todos modos era un alivio, al menos para mí, renunciar a cualquier fingimiento. Entre las muchas cosas que habían emergido a la superficie se encontraba el absurdo, debo confesarlo abiertamente, de que continuáramos prolongando la ficción de que yo pudiera enseñar algo más al niño. Era más que evidente que, gracias a pequeños trucos tácitamente aceptados, él más que yo, se preocupaba por no herir mi dignidad, pues yo no era capaz de ejercer de profesora de ese niño. De cualquier manera, ahora gozaba de la libertad que había reclamado; y yo no iba a coartársela. Se lo había demostrado la noche anterior, al permitirle que permaneciera en la sala de las clases sin formularle ninguna pregunta, sin hacerle ninguna sugerencia. Estaba decidida a aplicar estrictamente mi nuevo sistema. Sin embargo, cuando al fin lo tuve ante mí, la dificultad de aplicarlo se presentó en toda su intensidad. Mis ojos no pudieron descubrir en su hermosa figura ninguna mancha, ninguna sombra de lo que había ocurrido.

Para indicar a la servidumbre el tono de elegancia que había decidido implantar, pedí que nuestras comidas fueran servidas en el comedor de la planta baja. Así que, mientras lo esperaba en medio del pesado lujo de aquel salón, al lado de la ventana por la cual había recibido, gracias a la señora Grose, aquel primer espantoso domingo, el primer rayo de algo que difícilmente podría ser llamado luz, volví a sentir una y otra vez que mis posibilidades de éxito dependían sobre todo de mi voluntad, la voluntad de cerrar los ojos todo lo posible a la verdad, la verdad de que tenía que tratar con algo que era repugnantemente contrario a la naturaleza. Lo único que podía hacer era tomar a la naturaleza a mi servicio y considerar mi monstruosa hazaña como una incursión en una dirección desacostumbrada y, por supuesto, desagradable, pero que me exigía, después de todo, si quería hacerle frente con éxito, dar solo otra vuelta de tuerca a una virtud humana ordinaria. Ninguna de mis tentativas requería un tacto tan extraordinario como ese intento de extraer de mí misma toda la naturaleza.

¿Cómo podía poner un poco de dicho tacto en una supresión de alusiones a todo lo ocurrido? ¿Cómo, por otra parte, podía hacer alguna alusión sin sumergirme aún más en aquella detestable oscuridad? Después de un rato encontré una especie de respuesta, que fue confirmada por la repentina visión de todo lo que de raro había en mi pequeño pupilo. Era como si aun entonces hubiera encontrado —lo que tan a menudo había ocurrido durante las lecciones— otra delicada manera de facilitarme las cosas. ¿No era ya luminoso el hecho, que mientras compartíamos nuestra soledad revistió un brillo extraordinario, el hecho, digo, de que —y esto lo supe gracias a la oportunidad, a la preciosa oportunidad que se había presentado— sería descabellado, en el caso de un niño tan dotado, renunciar a la ayuda que se pudiera extraer de su inteligencia? ¿Para qué le había sido concedida aquella inteligencia si no era para salvarse? ¿No era aún posible alcanzar su alma, correr el riesgo de tender el brazo hacia su espíritu? Y cuando estuvimos frente a frente en el comedor me pareció que literalmente me mostraba el camino. El cordero asado estaba ya sobre la mesa cuando Miles entró en el comedor. Antes de sentarse, permaneció un momento de pie, con las manos en los bolsillos, y miró la carne como si se dispusiera a hacer un comentario humorístico sobre ella. Sin embargo, lo que dijo fue:

—Quiero saber, querida, si está realmente tan enferma.

—¿La pequeña Flora? No, no está muy mal, y pronto se repondrá. Londres le sentará bien. Bly, en cambio, había dejado de convenirle. Siéntate y come tu camero.

Me obedeció al instante, se sirvió carne y luego volvió al tema.

—¿Tan mal le ha sentado Bly de repente?

—No tan de repente como te imaginas. La cosa se veía venir.

—Entonces, ¿por qué no la hicieron salir antes de aquí?

—¿Antes de qué?

—Antes de que estuviera demasiado enferma para viajar.

—No está demasiado enferma para viajar —le respondí sin pérdida de tiempo— lo hubiera estado de haberse quedado aquí. Este era el momento preciso para que emprendiera el viaje. El cambio de aires disipará las malas influencias…

Realmente, podía enorgullecerme de mí misma por mi dominio.

—Comprendo, comprendo —dijo Miles.

Su aplomo era comparable al mío. Empezó a comer con aquella distinción de modales que yo había admirado desde el día de su llegada y que me ahorraba la pesada carga de tener que estar reprendiéndolo en la mesa. Por todo podrían haberlo expulsado de la escuela, menos por malos modales en la mesa. Ese día se mostraba tan irreprochable como siempre, pero había algo indudablemente deliberado en su actitud. Era evidente que estaba tratando de dar por sentadas más cosas de las que sabía sin ayuda de nadie, con entera facilidad; y se sumió en un apacible silencio mientras estudiaba la situación. Nuestro almuerzo fue de lo más breve que pueda imaginarse. Apenas pude probar bocado, e hice que rápidamente la doncella levantara la mesa. Mientras tanto Miles permanecía de pie con las manos nuevamente en los bolsillos y de espaldas a mí, mirando a través de la ventana del comedor que en otra ocasión tanto me había sobresaltado. Continuamos en silencio hasta que la doncella se hubo marchado; tan en silencio, se me ocurrió humorísticamente, como una joven pareja que, en su viaje de bodas, en la posada, se sienten cohibidos por la presencia del camarero. Cuando la doncella cerró la puerta, Miles se volvió en redondo.

—Bueno… al fin estamos solos —dijo.

XXIII

—Sí, más o menos —me imagino que mi sonrisa debió ser bastante desmayada—. No del todo. ¡No creo que nos guste estar completamente solos! —añadí.

—No, supongo que no. Desde luego, están los demás.

—Están los demás… están los demás —repetí.

—Sin embargo —me dijo, aún con las manos en los bolsillos y parado frente a mí—, los demás no cuentan demasiado, ¿no le parece?

Traté que no advirtiera el temblor de mi voz.

—Depende de lo que consideres "demasiado".

—Sí —dijo fríamente—, todas las cosas dependen de algo.

Y a continuación volvió a asomarse a la ventana, apoyó su frente en el cristal y permaneció durante largo rato contemplando los estúpidos arbustos, que tan bien conocía yo, y el severo paisaje de noviembre. Yo tenía siempre el refugio de mis labores de punto, con las cuales en ese momento me dirigí al sofá. Atrincherándome allí, lo mismo que hice repetidamente en los momentos de tormento que ya he descrito, aquellos en que sabía que los niños se entregaban a algo que me estaba vedado, me preparé, como ya me era habitual, para lo peor. Pero una impresión extraordinaria creció en mí mientras hallaba un significado en la encogida espalda del niño: nada menos que la impresión de que en ese momento no me excluía. Ese pensamiento cobró en unos minutos toda su intensidad y me llevó a la inmediata deducción de que quien positivamente estaba excluido era él. Los marcos y los vanos del gran ventanal formaban para él una especie de imagen de fracaso. Su actitud era admirable, pero no cómoda, y una nueva esperanza renació en mí. ¿No buscaba acaso, más allá de los cristales encantados, algo que no podía ver? ¿Y no era la primera vez en toda la temporada que aquello le ocurría? La primera, sí, la primera vez y aquello me pareció prodigioso. Parecía estar ansioso, aunque vigilaba y controlaba sus reacciones; lo cierto es que había estado ansioso todo el día, incluso cuando se sentó a la mesa y echó mano de todo su talento para disimularlo. Cuando, finalmente, se volvió hacia mí, tuve la impresión de que todo aquel talento había sucumbido.

—Bueno, creo que me alegro de que a mí sí me sienta bien Bly.

—Supongo que en estas últimas veinticuatro horas habrás podido ver más que en todo el tiempo anterior. Espero —continué valientemente— que hayas disfrutado de tus paseos.

—¡Oh, sí! Nunca había caminado tanto… recorrí millas y millas. Nunca me había sentido tan libre.

Tenía una manera de expresarse muy personal, y lo único que yo podía hacer era tratar de situarme a su nivel.

—Y bien, ¿te ha gustado?

Permaneció sonriendo frente a mí y luego puso en cuatro palabras un caudal de significación mayor que el que yo me hubiera podido imaginar en una frase tan breve.

—¿Le gusta a usted? —y, antes de que hubiese tenido tiempo de responder, añadió como si considerara su pregunta como una impertinencia—: Me parece que lo ha tomado de un modo magnífico, pues, por supuesto, si ahora estamos solos, es usted quien está más sola. Espero —concluyó— que no le importe demasiado.

—¿Cómo no iba a importarme algo que tiene relación contigo? —respondí—. Mi querido niño, ¿cómo podía no importarme? Aunque haya renunciado a toda pretensión a tu compañía, puesto que tú estás muy por encima de mí, yo al menos la disfruto enormemente. ¿Por qué, si no, me hubiera quedado aquí?

Miles me miró directamente, y la expresión de su rostro, más grave entonces, me asombró por ser la más bella que nunca había visto en él.

—¿Se quedó aquí solo por eso?

—Por supuesto. Me he quedado solo porque soy tu amiga y por el tremendo interés que tengo por hacer todo lo que de mí dependa para ayudarte. Esto no debe sorprenderte —mis esfuerzos por ocultar el temblor de mi voz resultaron inútiles—. ¿No recuerdas lo que dije aquella noche de tormenta, cuando fui a tu dormitorio y me senté en tu cama? Te dije que no había nada en el mundo que no pudiera hacer por ti.

—¡Sí, sí! —Miles, por su parte, cada vez más nervioso, trataba también de dominarse; lo hizo con mucho más éxito que yo y riendo a pesar de la gravedad de su semblante, fingió tomar a broma nuestra conversación—. Solo que, en mi opinión, lo decía para obtener algo de mí.

—Fue, en parte, para conseguir que hicieras algo —admití— pero sabes bien que no hiciste lo que yo quería.

—¡Oh, sí! —dijo con una impaciencia brillante y superficial—, quería que le dijera algo.

—Exactamente; sin rodeos, quería que me dijeras lo que tienes en la mente; tú lo sabes.

—¡Ah! Entonces, ¿se quedó aquí por eso?

A pesar de que su tono seguía siendo alegre, pude captar una nota de apasionado resentimiento en sus palabras; pero no puedo expresar el efecto que me causó aquel débil inicio de rendición. Me pareció que lo que tanto había anhelado se presentaba solo para dejarme atónita.

—Bueno, sí… es mejor que te lo diga sin ambages: ha sido precisamente por eso.

Esperé su respuesta un rato tan largo que supuse buscaba el mejor modo de refutar el motivo alegado acerca de mi estancia; pero al fin solo dijo:

—¿Ahora? ¿Aquí?

—No podría haber mejor lugar ni mejor ocasión.

Miles miró a su alrededor con aire intranquilo y yo tuve la rara impresión de que aquél era el primer síntoma que observaba con el cual tuviera relación el miedo, un miedo inmediato. Fue como si repentinamente me temiera… lo que me pareció que era lo mejor que pudiera ocurrir. Sin embargo, con un esfuerzo inaudito, traté en vano de mostrarme severa. No me fue posible; me oí a mí misma decir, en un tono tan amable que era casi grotesco:

—¿Deseas salir a pasear otra vez?

—¡Oh, sí! ¡Mucho!

Me sonrió heroicamente y su conmovedora bravata dejó de serlo debido al intenso rubor que coloreó sus mejillas. Tomó su sombrero, con el que se había presentado en el comedor, y le daba vueltas entre las manos con evidente nerviosismo. En aquel momento, a pesar de tener la viva sensación de estar a punto de llegar a puerto, experimenté un horror perverso ante lo que estaba haciendo. Hacer aquello era, evidentemente, un acto de violencia, ya que consistía en la introducción de la idea de pecado y de culpa en aquella criatura indefensa que había constituido para mí una revelación sobre las posibilidades de una bella amistad. ¿No era algo vil crearle a aquel ser exquisito una desazón que no conocía? Supongo que ahora puedo leer en nuestra situación con una claridad que entonces me estaba vedada, ya que me parece ver nuestros pobres ojos iluminados con una chispa de previsión de la angustia que nos amenazaba. Por eso dábamos vueltas, con nuestros terrores y escrúpulos, como luchadores que no se atreven a atacar. Cada uno de nosotros temía por el otro. Aquello nos mantuvo en silencio, y sin resultar lastimados, un rato más.

—Se lo diré todo —concedió Miles—. Quiero decir que diré todo lo que usted quiera. Quédese conmigo; lo pasaremos muy bien y se lo diré todo… Lo haré. Pero no ahora.

—¿Por qué no ahora?

Mi insistencia lo hizo volver una vez más a la ventana. Se hizo entre nosotros un silencio durante el cual hubiera podido oírse la caída de un alfiler. Luego se volvió otra vez hacia mí con el aire de una persona que sabe que lo esperan en otra parte.

—Tengo que ver a Luke —dijo.

Hasta entonces no lo había reducido nunca a tener que decir una mentira tan vulgar, y me sentí proporcionalmente avergonzada. Pero, por malo que ello fuera, aquella mentira confirmaba mi verdad. Terminé pensativamente unas cuantas vueltas de mi labor de punto.

—Muy bien, ve a ver a Luke; te espero aquí; confío en tu promesa. Solo que para satisfacerme tienes que responder, antes de salir, una pregunta insignificante.

Me dio la impresión de que creía haber salido ganando con nuestro convenio.

—¿Realmente insignificante…?

—Sí, una mínima parte del conjunto. Dime si ayer por la tarde cogiste una carta mía que estaba sobre la mesa del vestíbulo.

XXIV

No pude saber cómo recibió aquellas palabras, porque mi atención sufrió durante un minuto algo que solo puedo describir como un brutal mazazo, y que me hizo saltar ciegamente para abrazarlo, mientras buscaba a la vez apoyo en el mueble más próximo, tratando instintivamente de mantenerlo de espaldas a la ventana: Peter Quint había aparecido y se erguía como un centinela delante de una cárcel. La siguiente cosa que vi fue que se había acercado a la ventana, pegaba su rostro a los cristales y miraba hacia el interior, ofreciendo a nuestra contemplación su lívido rostro de condenado. Decir que un segundo después había formado ya un propósito, sería expresar de una manera muy burda lo que ocurrió en mi interior a la vista de aquella figura. No creo que ninguna mujer sobrecogida de aquella manera pudiera recobrar en tan poco tiempo el sentido de la acción. Tuve la intuición, en medio del horror de aquella presencia inmediata, de que mi objetivo debía consistir —viendo y enfrentándome a lo que tenía que ver y enfrentar— en evitar que el niño se diera cuenta de su presencia. La inspiración — no puedo emplear otro término— estribó en que comprendiera que eso era precisamente lo que debía hacer. Era como combatir contra un demonio por el rescate de un alma humana. El rostro que estaba junto al mío aparecía tan pálido como aquel otro pegado a la ventana, y súbitamente surgió de él un sonido, ni bajo ni débil, sino como llegado de muy lejos, que yo sorbí ávidamente.

—Sí… la cogí.

Proferí entonces una exclamación de alegría y lo estreché con más fuerza contra mi cuerpo, donde pude sentir, en la fiebre repentina que hizo presa de su cuerpo, los acelerados latidos de un pequeño corazón. No aparté los ojos de la ventana y vi que el monstruoso ser se movía y cambiaba de posición. Lo había comparado con un centinela, pero lo furtivo de sus movimientos me recordó en ese instante a una fiera al acecho. Mi valor era tal, que lo sentí surgir de mí como una llama. Entretanto, el brillo de aquel rostro aparecía nuevamente en la ventana; aquel ser vil estaba decidido a permanecer y esperar. Estaba tan segura de que podía desafiarlo, así como de la falta de reservas del niño para esos momentos, que proseguí.

—¿Por qué la agarraste?

—Para ver que decía de mí.

—¿Abriste la carta?

—Sí, la abrí.

Mi mirada estaba elevada de nuevo a la cara de Miles, cuya expresión burlona había desaparecido para ser sustituida por otra de gran inquietud. Me parecía que lo asombroso era que, finalmente, gracias a mi éxito, sus sentidos estaban cerrados y la extraña comunicación había cesado. Miles sabía que estaba en presencia de algo, pero ignoraba qué era; y aún más ignoraba que yo también estaba en presencia de algo y sí sabía qué era. ¿Qué decir de la emoción que me invadió cuando dirigí de nuevo los ojos a la ventana y comprendí que el abominable ser había desaparecido, que el aire era nítido de nuevo y que aquello se debía a mi triunfo personal? No había nadie allí. Sentí que había ganado y que seguramente me enteraría de todo.

—¡Y no encontraste nada! —exclamé en tono jubiloso. Miles sacudió tristemente la cabeza.

—Nada.

—¡Nada, nada! —casi grité, llena de alegría.

—Nada, nada —volvió a decir entristecido.

Besé su frente. Estaba empapada.

—¿Qué hiciste entonces con ella?

—La quemé.

—¿La quemaste? —pensé que debía decirlo entonces o nunca—. ¿Era eso lo que hacías en la escuela?

¡Oh, que expresión la suya!

—¿En la escuela?

—¿Cogías cartas… u otras cosas?

—¿Otras cosas? —parecía estar pensando en algo muy remoto que solo alcanzaba a través del peso de su ansiedad. De cualquier manera, lo alcanzaba—. ¿Quiere decir si robaba?

Sentí que se me enrojecían hasta las raíces del cabello, mientras me preguntaba si sería más raro formular aquella pregunta a un caballero o verlo aceptarla con una naturalidad tal que sugería la profundidad en que había caído.

—¿Fue por eso que te prohibieron volver a la escuela?

Ante aquella pregunta, manifestó una leve sorpresa.

—¿Sabía que no podía volver?

—Lo sé todo.

Me dirigió entonces la más larga y más extraña de todas sus miradas.

—¿Todo?

—Todo. Por lo tanto, quiero que me digas si…

No pude repetir la pregunta.

—No, no robé nada.

Mi rostro debió de revelarle que le creía de un modo incondicional; sin embargo, mis manos —aunque era solo por ternura— lo sacudieron como para preguntarle por qué, si no había hecho nada, me había condenado a todos aquellos meses de tormento.

—¿Qué hiciste entonces?

Miró la parte superior del salón con una vaga expresión de pena y retuvo el aliento dos o tres veces como si no pudiera respirar. Parecía que estuviera en el fondo del océano y elevara la mirada a algún delicado y verdusco rayo de luz.

—Bueno… dije cosas.

—¿Y solo por eso…?

—Ellos opinaron que era más que suficiente.

—¿Para expulsarte?

Nunca, en verdad, había explicado una persona expulsada tan poco del hecho como aquella personita. Pareció sopesar mi pregunta, pero de un modo casi desinteresado.

—Bueno, supongo que no debí decirlas.

—Pero ¿a quién dijiste esas cosas?

Trataba de recordar, evidentemente, pero sin lograrlo.

—No lo sé.

Casi me sonrió en medio de la desolación de su derrota; en aquel momento tan completa, que debí detenerme allí. Pero yo estaba aturdida por mi victoria, y pregunté:

—¿Se las dijiste a todo el mundo?

—No, únicamente a… —pero volvió a sacudir tristemente la cabeza—. No puedo recordar sus nombres.

—¿Fueron muchos?

—No… solo unos cuantos. Los que me gustaban.

¿Los que le gustaban? La cosa, en vez de aclararse, se volvía más oscura, y al cabo de unos instantes mi propia piedad me llevó a pensar con alarma que tal vez el niño era inocente. Aquella idea me confundió y turbó un instante, ya que si él era inocente, ¿qué era yo? Paralizada por el simple aleteo de esa pregunta, lo dejé en libertad, de manera que, con un profundo suspiro, volvió a alejarse de mí. Lo vi observar la ventana amargamente, sintiendo que ya no tenía nada que ocultar allí de él.

—Y ellos, ¿repitieron lo que tú dijiste? —continué al cabo de unos instantes.

Se hallaba entonces a cierta distancia de mí y volvía a respirar con dificultad, mostrando su contrariedad, aunque ahora sin enojo, por haber sido aprisionado contra su voluntad. Una vez más, como antes, miró hacia afuera como si, de todo lo que hasta el momento lo había sostenido, no quedara sino una ansiedad inenarrable.

—¡Oh, sí! —respondió, no obstante—. Debieron haberlo repetido. A quienes les gustaban —añadió.

De cualquier manera, allí había mucho menos de lo que yo había esperado, por lo que insistí.

—Y, esas cosas, ¿llegaron a oídos de…?

—¿De los maestros? Sí, así fue —respondió sencillamente—. Pero yo no sabía que ellos las hubieran dicho.

—¿Los maestros? No, no lo hicieron… Nunca dijeron nada al respecto. Por eso te estoy preguntando a ti.

Volvió nuevamente hacia mí su hermosa carita enfebrecida.

—Sí, eran cosas demasiado malas.

—¿Demasiado malas?

—Las que decía yo a veces. No era posible escribirlas a la familia.

No puedo describir el exquisito pathos de contradicción que presentaban aquel discurso y aquel orador; solo sé que un instante después me oí decir vigorosamente:

—¡Qué soberana tontería! —para, un instante después, preguntar con voz más humilde—: ¿Qué eran esas cosas?

Mi tono, vigoroso y duro, se dirigía a su juez, a su ejecutor; sin embargo, hizo que la odiosa presencia volviera a mostrarse en la ventana; la lívida cara de una condenación. Convencida neciamente de lo absoluto de mi victoria, decidí volver a la batalla, pero lo desmedido de mis movimientos solo lograría acelerar el desastre final. Advertí, en medio de mi acción, que el niño había dejado de ver, y que, aunque la ventana estaba frente a sus ojos, él ya solo podía adivinar. Dejé entonces que la llama de mi impulso se elevara para convertir la crisis de su derrota en la auténtica prueba de su liberación:

—¡Basta! ¡Basta! ¡Basta! Todo lo que intentes será inútil —grité al visitante.

—¿Está ella aquí? —jadeó Miles, mientras seguía con ojos ciegos la dirección de mis palabras.

Luego, como su extraño ella me llamó la atención, comencé a mofarme.

—¿La señorita Jessel? ¿La señorita Jessel?

Y él, con repentina furia, me dio la espalda.

Yo había quedado estupefacta ante su suposición; pensé que aludía a lo que había ocurrido con Flora, y eso solo me llevó a desear demostrarle que se trataba de algo mejor.

—¡No es la señorita Jessel! Mira: está en la ventana… exactamente frente a nosotros. ¡Mira allí.., a ese desalmado, por última vez!

Ante eso, después de un segundo en que su cabeza hizo los movimientos de un sabueso que olfateara una pista y dando luego un frenético salto como en busca de aire y luz, se situó ante mí, lívido de rabia, atónito, mirando vanamente en torno a la habitación, sin poder ver la aparición, que yo sentía llenar el cuarto como el aroma de un veneno.

—¿Es él?

Estaba tan decidida a reunir todas las pruebas, que me volví de hielo para desafiarlo.

—¿A quién te refieres?

—¡A Peter Quint… malvada! —miró a su alrededor con su hermoso rostro contraído en una muda súplica—. ¿Dónde?

Me parece oír todavía aquellas palabras, con las que se había rendido; eran el supremo tributo a mi devoción.

—¿Qué importa ahora, querido? Ya no tendrá ninguna importancia. Estás conmigo —me volví hacia la bestia y dije—: En cambio, él te ha perdido para siempre —luego, como una demostración suprema de mi obra, añadí—: ¡Allí, allí!

Pero él había vuelto ya a la ventana, y miró una y otra vez sin ver absolutamente nada. La impresión de aquella pérdida de la que yo me sentía tan orgullosa, le hizo proferir un grito igual al de una criatura que se lanzara al abismo, y el ademán con que lo acogí fue el necesario para salvarlo de la caída. Lo cogí, sí, y es fácil imaginar con qué pasión; pero al cabo de un minuto comencé a darme cuenta de lo que en realidad tenía entre mis brazos. Estábamos solos, el día era apacible, y su pequeño corazón, desposeído, había dejado de latir.

LA RISA DE LA MUERTE *por Froylán Turcios*

I

Yo me encontré aquella tarde con el hombre que nunca había sonreído.

Lo examiné un momento a la luz del amarillo crepúsculo. Era la suya, en verdad, una figura singular. Alto y seco, de profusa melena y largas manos nerviosas. Su rostro imberbe, áspero, de duras facciones, dejaba, en quien lo veía una vez, un recuerdo imborrable. En aquel semblante todo era acerbo, desde la frente estrecha y deprimida hasta el mentón agudo e irregular. Bajo el arco gris de las cejas brillaban sus ojos de acero; ojos irónicos, de mirada equívoca, que parecían burlarse de todo. Sobre la boca, formada de dos finas láminas de carne, la nariz, de forma judaica, daba a aquella fisonomía pétrea una expresión cómica y lamentable.

II

Después, ya en su cuarto, el hombre extraño asombró mi espíritu.

La habitación tenía una siniestra lobreguez. Simple y desnuda como la celda de un monje, mostraba en un ángulo una estrecha cama de hierro, y en el centro una mesa llena de objetos extravagantes, coronados una calavera.

III

Por la angosta puerta penetraban las últimas lumbres de la tarde. El hombre encendió una vieja lámpara.

—Después de todo —exclamó con su voz metálica—, no encuentro motivo para tu asombro. ¿Qué de extraño tiene que yo no ría nunca...? Por el contrario, veo eso muy natural. Cuarenta años he vivido, y te aseguro que nada encontré en el mundo digno de una sonrisa. De niño causaba espanto a mi madre la eterna inmovilidad de mi semblante. Y ya hombre, nadie puede verme sin sentirse poco menos que horrorizado. Lo que me da sobre todos mis semejantes una superioridad de la cual estoy satisfecho. En estos míseros tiempos de decadencia la risa se ha vuelto una enfermedad contagiosa. La risa antigua tenía en su abono que era más pura y discreta. ¿No te parece? De todos modos, yo no la disculpo. Para mí todas las risas son iguales. Los que ríen mucho son unos imbéciles. La risa no es reveladora de salud moral, ni de benevolencia del corazón, ni siquiera de maldad instintiva. Es simplemente un ruido morboso, o, si quieres, la demostración precisa de todo lo superfluo, miserable y banal que no se revuelve en el organismo humano. No hay risas buenas o malas, finas o vulgares: todas revelan igual grado de estupidez. Te juro que nada me exaspera tanto como oír una carcajada. El hombre que ríe a carcajadas —créelo— es un ser inferior. Yo no he conocido el amor, ni tuve un amigo, a causa de esto. Jamás encontré una mujer que supiera guardar silencio. Ni un hombre en el que en seguida no haya descubierto un necio. La frase es amarga; pero no por eso deja de ser cierta. ¿Quieres conocer el único episodio de mi vida que reviste algún interés? Pero júrame, previamente, que sabrás guardar el secreto. ¿Lo juras? ¡Bueno! Pues oye:

IV

Hace ya mucho tiempo que sucedió lo que te voy a contar. Tenía yo veinte años. Cierta noche conocí a un joven que me impresionó favorablemente. Esto en mí es una cosa estupenda, pues por lo general todos los hombres me son antipáticos y me inspiran profundo desprecio. Yo le causé igual impresión, según me lo confesó después, y nos hicimos íntimos amigos. El motivo primordial y quizá único de nuestro afecto fue, sin duda, la semejanza de nuestros caracteres. Él era grave y taciturno; apenas sabía sonreír. Se llamaba Hipólito. Odiaba, como yo, las ruidosas manifestaciones exteriores, aunque gozara intensamente con todo aquello que afectaba su espíritu de una manera agradable. Era un buen muchacho, que amaba la meditación y el análisis, y que, exento de toda vulgaridad, gustaba de ver la vida por su lado serio. Se consideraba feliz porque podía satisfacer a su antojo la única pasión que le dominaba: la de viajar. Cada dos o tres años visitaba remotos países, de cuyos recuerdos estaba llena su memoria. Gozaba oyéndole hablar de las regiones hiperbóreas, en donde el oso blanco tiene sus cavernas; o de las tierras calcinadas por el sol africano; o de las noches serenas a las márgenes del Nilo; y, más que todo, de la lejana Oceanía, con su cielo de zafiro y sus islas pobladas de perfumes salvajes.

Un año duraba nuestra amistad, sin que en ese tiempo el más leve desagrado hubiera ocurrido entre los dos. Un cariño sincero y un respeto mutuos llegaron a unirnos con tal fuerza, que nos considerábamos ligados para toda la vida. Jamás una broma se cruzó entre nosotros.

Pero he aquí que de improviso el carácter de Hipólito varió de un modo radical. Olvidando por completo las confidencias que le hiciera acerca de mi idiosincrasia y de la rareza de mis gustos, empezó a contrariarme abiertamente. Cambió en poco tiempo sus modales para conmigo. Su voz se hizo irónica y su gesto burlesco. Buscaba frases agudas para ridiculizarme. Reía continuamente a carcajadas. Era su risa hiriente y venenosa la que me ponía fuera de mí.

Cuando le interrogué acerca del cambio de su conducta, llegó a lanzarme en pleno rostro una injuria cáustica, que guardé en el fondo del alma. Desde entonces procuré evitar su compañía. Pero me fue imposible lograrlo, porque él dio en perseguirme diariamente, a todas horas, para hacerme objeto de sus crueles sátiras. Apenas me veía, soltaba una carcajada, y yéndose hacia mí.

—¿Por qué tan serio? —me decía—. ¿Vas a algún entierro? ¿Ha muerto tu padre ?

Y reía como un loco, mientras yo le miraba fríamente, sin que se alterara un solo músculo de mi rostro; pero devorado por una terrible cólera interior.

Un odio lacerante y mortal empezó a germinar en mi corazón. El sueño huyó de mis ojos y pasaba los largos insomnios fraguando un sombrío plan de venganza. Hipólito tendría que expiar de una manera tremenda sus burlas acres y sus continuos insultos. La noche anterior había llegado a comunicarme su próximo viaje.

—No te entristezcas por mi ausencia —me dijo con su acento agresivo—. Pronto he de volver para que continuemos nuestra comedia: tú, huyendo de mí; yo, persiguiéndote. Si he de serte franco, te diré que lo que más falta va a hacerme es no ver las expresiones de tus cóleras mudas cuando te dirijo la palabra. La bilis te ahoga. La ira hace que tu cara de muerto cambie de color siempre que yo río. Quisieras devorarme... con los ojos. Y esto me hace gozar inmensamente. Eres un redomado mentecato. Pero debes saber que, a pesar de la lástima que me inspiras, he de hacerte sufrir hasta que revientes.

Ten cuidado —exclamé, dominándome—. No expongas a tantas pruebas mi paciencia, porque si llego a perderla puedo obligarte a hacer un viaje más largo que el que tienes en proyecto... Te aconsejo que dejes de venir a fastidiarme, si aprecias en algo la vida.

—¡Bah!— murmuró él—. Te conozco y desprecio tus amenazas. Eres un cobarde, incapaz de vengar una injuria.

Y salió de mi cuarto lanzando una carcajada, que acabó de despertar la fiera salvaje que dormía en mi naturaleza.

Aquella misma noche, provisto de los instrumentos necesarios, comencé a abrir una fosa en un ángulo de esta habitación. Para trabajar sin temor de ser oído aprovechaba las altas horas, cuando todo duerme a nuestro alrededor. En cuatro grandes esfuerzos logré terminar una sepultura de dos metros de profundidad por uno medio de largo, cuya tierra fui colocando en grandes sacos en la pieza contigua, que ves a la derecha. Concluido mi trabajo, cubrí la abertura con dos grandes tablones y coloqué sobre ellos algunos objetos de mi uso diario.

Después compré un rollo de cuerdas y una botella de ajenjo. En una botica, de cuyo dependiente era viejo conocido, obtuve cierto polvillo que coloqué con sumo cuidado en uno de los vasos que brillaban sobre mi mesa. Hechos estos preparativos, esperé.

Ya empezaba a creer que Hipólito había partido sin despedirse de mí. Hacía una semana que no se presentaba en mi cuarto. Pero una noche, como a las once, mientras yo leía un volumen de Tomás de Quincey, oí que llamaban a la puerta. Mi corazón empezó a saltar. Abrí. Era él.

Desde el primer instante llamó mi atención su aire grave, su severo aspecto de otro tiempo. Empezó a hablar con voz profunda y triste.

—Te debo una explicación, y hoy, en la víspera de un largo viaje, vengo a dártela. Te ha extrañado mucho el cambio de mi conducta, o, más bien, de mi carácter, desde hace algún tiempo. Y, sin embargo, la razón es tan sencilla que no sé cómo ha pasado inadvertida para ti. Tú sabes el horror que siempre me ha inspirado la embriaguez. Pues bien, sin apenas darme cuenta de ello, dejándome llevar por un camino peligroso, me he embriagado casi diariamente. Sólo que he cuidado mucho de no perder por completo la razón, y de que, fuera de mis palabras, nadie notara en mí, de ese horrible vicio, la más ligera señal. He aquí, pues, la causa única de mis antiguas groserías para contigo. Perdóname. Y cree que en el fondo de mi ser te considero como el mejor de mis amigos.

Yo le miraba de hito en hito. La fría expresión de mis pupilas le asustó. Para calmarlo, le abracé.

—No dudaba de que algo anormal te ocurría para que así procedieras conmigo —exclamé al fin—. Pero confiaba en la nobleza de tu espíritu y en el recuerdo de nuestra amistad para esperar que los desagradables incidentes que entre los dos han pasado tendrían una satisfactoria explicación. Por mi parte —añadí— los olvido. Reanudemos, desde ahora, el afecto fraternal que nos unió al poco tiempo de conocernos.

Y para celebrar nuestra reconciliación, traje la botella de ajenjo y las copas. Yo mismo arreglé la suya, poniendo en ella el agua necesaria. Después de apurarla, él hizo un gesto de repulsión.

—Este absintio tiene un sabor acre —murmuró.

Y se quedó mirándome profundamente.

Yo no hice caso de sus palabras, y mirándole a mi vez, apuré mi copa en silencio.

Media hora más tarde mi amigo dormía con la frente apoyada sobre la mesa.

Entonces, levantándolo con cuidado, lo tendí sobre la cama. En seguida ligué fuertemente sus brazos por detrás, envolviendo, por último, todo el cuerpo con las cuerdas, de tal modo, que le fuera imposible hacer el más leve movimiento.

Luego separé los tablones que cubrían la fosa y reanudé mi lectura.

Transcurrieron dos horas. Hipólito abrió los ojos, y, al verme, se puso a reír con una risa estridente y hueca que exasperó mis nervios.

—¿Qué me pasa? —gritó—. No puedo moverme. Estoy embriagado. Y cuando me hallo así, quisiera reír siempre... Ya reiré a mi gusto en el largo viaje que voy a emprender...

—Sí —repetí yo—. Ya reirás a tu gusto en el largo viaje que vas a emprender.

Pero no quise seguir oyéndole, porque su voz me hacía daño.

Amordacé su boca con un pañuelo; y sin fijarme en sus ojos que bailaban horriblemente dentro de sus órbitas —al comprender, por instinto, de lo que se trataba— lo tomé en los brazos y lo puse a un lado de la fosa.

Y ya listo para la tarea final, lo miré cara a cara durante un segundo, que me pareció un siglo. Una trágica mueca de supremo terror había contraído sus facciones, y sus ojos me miraban con una expresión sobrehumana de humildad y de súplica. Mi corazón permaneció tranquilo. Con un ligero impulso hice rodar el cuerpo en la negra oquedad. Al caer produjo un ruido sordo que se extinguió al momento.

—¡Buen viaje! —grité, inclinándome sobre la fosa—. Y vacié en su fondo el primer saco de tierra. Escuché un débil gemido. Nada más.

Al amanecer terminé el lúgubre trabajo. De él no quedaba ni un pequeño vestigio; y para evitar la más remota sospecha coloqué la cama en el ángulo fúnebre. Allí se encuentra desde hace veinte años.

Ahora oye el final.

Pasado el décimo aniversario de aquella noche, me puse de nuevo a la obra. Volví a abrir la sepultura de mi amigo y extraje su calavera. La limpié cuidadosamente y luego adapté a sus mandíbulas un ingenioso resorte de mi exclusiva invención.

En las negras horas en que el tedio me acosa, me divierto, a mi manera, oyendo reír a mi pobre Hipólito. Antes me incomodaba su risa; ahora me distrae. Ya verás.

Y, tomando entre ambas manos la calavera que coronaba la mesa, la movió de tal modo, que la hizo producir un ruido seco y agudo, una especie de gemido continuado, que de pronto se hizo áspero y doloroso hasta la angustia, para luego atenuarse y crecer de nuevo en intensidad. Era un insólito rumor macabro, que no tenía de humano; un crujido monótono que hacía vibrar los nervios; algo inexorable y terrible, simple y estupendo, que llenaba de espanto el espíritu y el cuerpo de escalofríos.

Cansado de mover su horrible instrumento, el hombre extraño guardó silencio.

Yo le miré con asombro. Pero no tembló bajo su máscara impasible.

—Es la risa de la Muerte —dijo sencillamente.

EL ENTIERRO *por Edgar Allan Poe*

Hay ciertos temas de interés absorbente, pero demasiado horribles para ser objeto de una obra de mera ficción. Los simples novelistas deben evitarlos si no quieren ofender o desagradar. Sólo se tratan con propiedad cuando lo grave y majestuoso de la verdad los santifican y sostienen. Nos estremecemos, por ejemplo, con el más intenso "dolor agradable" ante los relatos del paso del Beresina, del terremoto de Lisboa, de la peste de Londres y de la matanza de San Bartolomé o de la muerte por asfixia de los ciento veintitrés prisioneros en el Agujero Negro de Calcuta. Pero en estos relatos lo excitante es el hecho, la realidad, la historia. Como ficciones, nos parecerían sencillamente abominables. He mencionado algunas de las más destacadas y augustas calamidades que registra la historia, pero en ellas el alcance, no menos que el carácter de la calamidad, es lo que impresiona tan vivamente la imaginación. No necesito recordar al lector que, del largo y horrible catálogo de miserias humanas, podría haber escogido muchos ejemplos individuales más llenos de sufrimiento esencial que cualquiera de esos inmensos desastres generales. La verdadera desdicha, la aflicción última, en realidad es particular, no difusa. ¡Demos gracias a Dios misericordioso que los horrorosos extremos de agonía los sufra el hombre individualmente y nunca en masa!

Ser enterrado vivo es, sin ningún género de duda, el más terrorífico extremo que jamás haya caído en suerte a un simple mortal. Que le ha caído en suerte con frecuencia, con mucha frecuencia, nadie con capacidad de juicio lo negará. Los límites que separan la vida de la muerte son, en el mejor de los casos, borrosos e indefinidos… ¿Quién podría decir dónde termina uno y dónde empieza el otro? Sabemos que hay enfermedades en las que se produce un cese total de las funciones aparentes de la vida, y, sin embargo, ese cese no es más que una suspensión, para llamarle por su nombre. Hay sólo pausas temporales en el incomprensible mecanismo. Transcurrido cierto período, algún misterioso principio oculto pone de nuevo en movimiento los mágicos piñones y las ruedas fantásticas. La cuerda de plata no quedó suelta para siempre, ni irreparablemente roto el vaso de oro. Pero, entretanto, ¿dónde estaba el alma? Sin embargo, aparte de la inevitable conclusión a priori de que tales causas deben producir tales efectos, de que los bien conocidos casos de vida en suspenso, una y otra vez, provocan inevitablemente entierros prematuros, aparte de esta consideración, tenemos el testimonio directo de la experiencia médica y del vulgo que prueba que en realidad tienen lugar un gran número de estos entierros. Yo podría referir ahora mismo, si fuera necesario, cien ejemplos bien probados. Uno de características muy asombrosas, y cuyas circunstancias igual quedan aún vivas en la memoria de algunos de mis lectores, ocurrió no hace mucho en la vecina ciudad de Baltimore, donde causó una conmoción penosa, intensa y muy extendida. La esposa de uno de los más respetables ciudadanos —abogado eminente y miembro del Congreso— fue atacada por una repentina e inexplicable enfermedad, que burló el ingenio de los médicos. Después de padecer mucho murió, o se supone que murió. Nadie sospechó, y en realidad no había motivos para hacerlo, de que no estaba verdaderamente muerta. Presentaba todas las apariencias comunes de la muerte. El rostro tenía el habitual contorno contraído y sumido. Los labios mostraban la habitual palidez marmórea. Los ojos no tenían brillo. Faltaba el calor. Cesaron las pulsaciones. Durante tres días el cuerpo estuvo sin enterrar, y en ese tiempo adquirió una rigidez pétrea. Resumiendo, se adelantó el funeral por el rápido avance de lo que se supuso era descomposición.

La dama fue depositada en la cripta familiar, que permaneció cerrada durante los tres años siguientes. Al expirar ese plazo se abrió para recibir un sarcófago, pero, ¡ay, qué terrible choque esperaba al marido cuando abrió personalmente la puerta! Al empujar los portones, un objeto vestido de blanco cayó rechinando en sus brazos. Era el esqueleto de su mujer con la mortaja puesta.

Una cuidadosa investigación mostró la evidencia de que había revivido a los dos días de ser sepultada, que sus luchas dentro del ataúd habían provocado la caída de éste desde una repisa o nicho al suelo, y al romperse el féretro pudo salir de él. Apareció vacía una lámpara que accidentalmente se había dejado llena de aceite, dentro de la tumba; puede, no obstante, haberse consumido por evaporación. En los peldaños superiores de la escalera que descendía a la espantosa cripta había un trozo del ataúd, con el cual, al parecer, la mujer había intentado llamar la atención golpeando la puerta de hierro. Mientras hacía esto, probablemente se desmayó o quizás murió de puro terror, y al caer, la mortaja se enredó en alguna pieza de hierro que sobresalía hacia dentro. Allí quedó y así se pudrió, erguida.

En el año 1810 tuvo lugar en Francia un caso de inhumación prematura, en circunstancias que contribuyen mucho a justificar la afirmación de que la verdad es más extraña que la ficción. La heroína de la historia era mademoiselle [señorita] Victorine Lafourcade, una joven de ilustre familia, rica y muy guapa. Entre sus numerosos pretendientes se contaba Julien Bossuet, un pobre littérateur [literato] o periodista de París. Su talento y su amabilidad habían despertado la atención de la heredera, que, al parecer, se había enamorado realmente de él, pero el orgullo de casta la llevó por fin a rechazarlo y a casarse con un tal Monsieur [señor] Rénelle, banquero y diplomático de cierto renombre. Después del matrimonio, sin embargo, este caballero descuidó a su mujer y quizá llegó a pegarle. Después de pasar unos años desdichados ella murió; al menos su estado se parecía tanto al de la muerte que engañó a todos quienes la vieron. Fue enterrada, no en una cripta, sino en una tumba común, en su aldea natal. Desesperado y aún inflamado por el recuerdo de su cariño profundo, el enamorado viajó de la capital a la lejana provincia donde se encontraba la aldea, con el romántico propósito de desenterrar el cadáver y apoderarse de sus preciosos cabellos. Llegó a la tumba. A medianoche desenterró el ataúd, lo abrió y, cuando iba a cortar los cabellos, se detuvo ante los ojos de la amada, que se abrieron. La dama había sido enterrada viva. Las pulsaciones vitales no habían desaparecido del todo, y las caricias de su amado la despertaron de aquel letargo que equivocadamente había sido confundido con la muerte.

Desesperado, el joven la llevó a su alojamiento en la aldea. Empleó unos poderosos reconstituyentes aconsejados por sus no pocos conocimientos médicos. En resumen, ella revivió. Reconoció a su salvador. Permaneció con él hasta que lenta y gradualmente recobró la salud. Su corazón no era tan duro, y esta última lección de amor bastó para ablandarlo. Lo entregó a Bossuet. No volvió junto a su marido, sino que, ocultando su resurrección, huyó con su amante a América. Veinte años después, los dos regresaron a Francia, convencidos de que el paso del tiempo había cambiado tanto la apariencia de la dama, que sus amigos no podrían reconocerla. Pero se equivocaron, pues al primer encuentro monsieur Rénelle reconoció a su mujer y la reclamó. Ella rechazó la reclamación y el tribunal la apoyó, resolviendo que las extrañas circunstancias y el largo período transcurrido habían abolido, no sólo desde un punto de vista equitativo, sino legalmente la autoridad del marido.

La Revista de Cirugía de Leipzig, publicación de gran autoridad y mérito, que algún editor americano haría bien en traducir y publicar, relata en uno de los últimos números un acontecimiento muy penoso que presenta las mismas características.

Un oficial de artillería, hombre de gigantesca estatura y salud excelente, fue derribado por un caballo indomable y sufrió una contusión muy grave en la cabeza, que le dejó inconsciente. Tenía una ligera fractura de cráneo pero no se percibió un peligro inmediato. La trepanación se hizo con éxito. Se le aplicó una sangría y se adoptaron otros muchos remedios comunes. Pero cayó lentamente en un sopor cada vez más grave y por fin se le dio por muerto.

Hacía calor y lo enterraron con prisa indecorosa en uno de los cementerios públicos. Sus funerales tuvieron lugar un jueves. Al domingo siguiente, el parque del cementerio, como de costumbre, se llenó de visitantes, y alrededor del mediodía se produjo un gran revuelo, provocado por las palabras de un campesino que, habiéndose sentado en la tumba del oficial, había sentido removerse la tierra, como si alguien estuviera luchando abajo. Al principio nadie prestó demasiada atención a las palabras de este hombre, pero su evidente terror y la terca insistencia con que repetía su historia produjeron, al fin, su natural efecto en la muchedumbre. Algunos con rapidez consiguieron unas palas, y la tumba, vergonzosamente superficial, estuvo en pocos minutos tan abierta que dejó al descubierto la cabeza de su ocupante. Daba la impresión de que estaba muerto, pero aparecía casi sentado dentro del ataúd, cuya tapa, en furiosa lucha, había levantado parcialmente. Inmediatamente lo llevaron al hospital más cercano, donde se le declaró vivo, aunque en estado de asfixia. Después de unas horas volvió en sí, reconoció a algunas personas conocidas, y con frases inconexas relató sus agonías en la tumba.

Por lo que dijo, estaba claro que la víctima mantuvo la conciencia de vida durante más de una hora después de la inhumación, antes de perder los sentidos. Habían rellenado la tumba, sin percatarse, con una tierra muy porosa, sin aplastar, y por eso le llegó un poco de aire. Oyó los pasos de la multitud sobre su cabeza y a su vez trató de hacerse oír. El tumulto en el parque del cementerio, dijo, fue lo que seguramente lo despertó de un profundo sueño, pero al despertarse se dio cuenta del espantoso horror de su situación. Este paciente, según cuenta la historia, iba mejorando y parecía encaminado hacia un restablecimiento definitivo, cuando cayó víctima de la charlatanería de los experimentos médicos. Se le aplicó la batería galvánica y expiró de pronto en uno de esos paroxismos estáticos que en ocasiones produce.

La mención de la batería galvánica, sin embargo, me trae a la memoria un caso bien conocido y muy extraordinario, en que su acción resultó ser la manera de devolver la vida a un joven abogado de Londres que estuvo enterrado dos días. Esto ocurrió en 1831, y entonces causó profunda impresión en todas partes, donde era tema de conversación.

El paciente, el señor Edward Stapleton, había muerto, aparentemente, de fiebre tifoidea acompañada de unos síntomas anómalos que despertaron la curiosidad de sus médicos. Después de su aparente fallecimiento, se pidió a sus amigos la autorización para un examen postmórtem (autopsia), pero éstos se negaron. Como sucede a menudo ante estas negativas, los médicos decidieron desenterrar el cuerpo y examinarlo a conciencia, en privado. Fácilmente llegaron a un arreglo con uno de los numerosos grupos de ladrones de cadáveres que abundan en Londres, y la tercera noche después del entierro el supuesto cadáver fue desenterrado de una tumba de ocho pies de profundidad y depositado en el quirófano de un hospital privado.

Al practicársele una incisión de cierta longitud en el abdomen, el aspecto fresco e incorrupto del sujeto sugirió la idea de aplicar la batería. Hicieron sucesivos experimentos con los efectos acostumbrados, sin nada de particular en ningún sentido, salvo, en una o dos ocasiones, una apariencia de vida mayor de la norma en cierta acción convulsiva.

Era ya tarde. Iba a amanecer y se creyó oportuno, al fin, proceder inmediatamente a la disección. Pero uno de los estudiosos tenía un deseo especial de experimentar una teoría propia e insistió en aplicar la batería a uno de los músculos pectorales. Tras realizar una tosca incisión, se estableció apresuradamente un contacto; entonces el paciente, con un movimiento rápido pero nada convulsivo, se levantó de la mesa, caminó hacia el centro de la habitación, miró intranquilo a su alrededor unos instantes y entonces habló. Lo que dijo fue ininteligible, pero pronunció algunas palabras, y silabeaba claramente. Después de hablar, se cayó pesadamente al suelo.

Durante unos momentos todos se quedaron paralizados de espanto, pero la urgencia del caso pronto les devolvió la presencia de ánimo. Se vio que el señor Stapleton estaba vivo, aunque sin sentido. Después de administrarle éter volvió en sí y rápidamente recobró la salud, retornando a la sociedad de sus amigos, a quienes, sin embargo, se les ocultó toda noticia sobre la resurrección hasta que ya no se temía una recaída. Es de imaginar la maravilla de aquellos y su extasiado asombro.

El dato más espeluznante de este incidente, sin embargo, se encuentra en lo que afirmó el mismo señor Stapleton. Declaró que en ningún momento perdió todo el sentido, que de un modo borroso y confuso percibía todo lo que le estaba ocurriendo desde el instante en que fuera declarado muerto por los médicos hasta cuando cayó desmayado en el piso del hospital. "Estoy vivo", fueron las incomprendidas palabras que, al reconocer la sala de disección, había intentado pronunciar en aquel grave instante de peligro.

Sería fácil multiplicar historias como éstas, pero me abstengo, porque en realidad no nos hacen falta para establecer el hecho de que suceden entierros prematuros. Cuando reflexionamos, en las raras veces en que, por la naturaleza del caso, tenemos la posibilidad de descubrirlos, debemos admitir que tal vez ocurren más frecuentemente de lo que pensamos. En realidad, casi nunca se han removido muchas tumbas de un cementerio, por alguna razón, sin que aparecieran esqueletos en posturas que sugieren la más espantosa de las sospechas. La sospecha es espantosa, pero es más espantoso el destino. Puede afirmarse, sin vacilar, que ningún suceso se presta tanto a llevar al colmo de la angustia física y mental como el enterramiento antes de la muerte. La insoportable opresión de los pulmones, las emanaciones sofocantes de la tierra húmeda, la mortaja que se adhiere, el rígido abrazo de la estrecha morada, la oscuridad de la noche absoluta, el silencio como un mar que abruma, la invisible pero palpable presencia del gusano vencedor; estas cosas, junto con los deseos del aire y de la hierba que crecen arriba, con el recuerdo de los queridos amigos que volarían a salvarnos si se enteraran de nuestro destino, y la conciencia de que nunca podrán saberlo, de que nuestra suerte irremediable es la de los muertos de verdad, estas consideraciones, digo, llevan el corazón aún palpitante a un grado de espantoso e insoportable horror ante el cual la imaginación más audaz retrocede. No conocemos nada tan angustioso en la Tierra, no podemos imaginar nada tan horrible en los dominios del más profundo Infierno. Y por eso todos los relatos sobre este tema despiertan un interés profundo, interés que, sin embargo, gracias a la temerosa reverencia hacia este tema, depende justa y específicamente de nuestra creencia en la verdad del asunto narrado. Lo que voy a contar ahora es mi conocimiento real, mi experiencia efectiva y personal..

Durante varios años sufrí ataques de ese extraño trastorno que los médicos han decidido llamar catalepsia, a falta de un nombre que mejor lo defina. Aunque tanto las causas inmediatas como las predisposiciones e incluso el diagnóstico de esta enfermedad siguen siendo misteriosas, su carácter evidente y manifiesto es bien conocido. Las variaciones parecen serlo, principalmente, de grado. A veces el paciente se queda un solo día o incluso un período más breve en una especie de exagerado letargo. Está inconsciente y externamente inmóvil, pero las pulsaciones del corazón aún se perciben débilmente; quedan unos indicios de calor, una leve coloración persiste en el centro de las mejillas y, al aplicar un espejo a los labios, podemos detectar una torpe, desigual y vacilante actividad de los pulmones. Otras veces el trance dura semanas e incluso meses, mientras el examen más minucioso y las pruebas médicas más rigurosas no logran establecer ninguna diferencia material entre el estado de la víctima y lo que concebimos como muerte absoluta. Por regla general, lo salvan del entierro prematuro sus amigos, que saben que sufría anteriormente de catalepsia, y la consiguiente sospecha, pero sobre todo le salva la ausencia de corrupción. La enfermedad, por fortuna, avanza gradualmente. Las primeras manifestaciones, aunque marcadas, son inequívocas. Los ataques son cada vez más característicos y cada uno dura más que el anterior. En esto reside la mayor seguridad, de cara a evitar la inhumación. El desdichado cuyo primer ataque tuviera la gravedad con que en ocasiones se presenta, sería casi inevitablemente llevado vivo a la tumba.

Mi propio caso no difería en ningún detalle importante de los mencionados en los textos médicos. A veces, sin ninguna causa aparente, me hundía poco a poco en un estado de semi síncope, o casi desmayo, y ese estado, sin dolor, sin capacidad de moverme, o realmente de pensar, pero con una borrosa y letárgica conciencia de la vida y de la presencia de los que rodeaban mi cama, duraba hasta que la crisis de la enfermedad me devolvía, de repente, el perfecto conocimiento. Otras veces el ataque era rápido, fulminante. Me sentía enfermo, aterido, helado, con escalofríos y mareos, y, de repente, me caía postrado. Entonces, durante semanas, todo estaba vacío, negro, silencioso y la nada se convertía en el universo. La total aniquilación no podía ser mayor. Despertaba, sin embargo, de estos últimos ataques lenta y gradualmente, en contra de lo repentino del acceso. Así como amanece el día para el mendigo que vaga por las calles en la larga y desolada noche de invierno, sin amigos ni casa, así lenta, cansada, alegre volvía a mí la luz del alma. Pero, aparte de esta tendencia al síncope, mi salud general parecía buena, y no hubiera podido percibir que sufría esta enfermedad, a no ser que una peculiaridad de mi sueño pudiera considerarse provocada por ella. Al despertarme, nunca podía recobrar en seguida el uso completo de mis facultades, y permanecía siempre durante largo rato en un estado de azoramiento y perplejidad, ya que las facultades mentales en general y la memoria en particular se encontraban en absoluta suspensión.

En todos mis padecimientos no había sufrimiento físico, sino una infinita angustia moral. Mi imaginación se volvió macabra. Hablaba de "gusanos, de tumbas, de epitafios". Me perdía en meditaciones sobre la muerte, y la idea del entierro prematuro se apoderaba de mi mente. El espeluznante peligro al cual estaba expuesto me obsesionaba día y noche. Durante el primero, la tortura de la meditación era excesiva; durante la segunda, era suprema, Cuando las tétricas tinieblas se extendían sobre la tierra, entonces, presa de los más horribles pensamientos, temblaba, temblaba como las trémulas plumas de un coche fúnebre. Cuando mi naturaleza ya no aguantaba la vigilia, me sumía en una lucha que al fin me llevaba al sueño, pues me estremecía pensando que, al despertar, podía encontrarme metido en una tumba. Y cuando, por fin, me hundía en el sueño, lo hacía sólo para caer de inmediato en un mundo de fantasmas, sobre el cual flotaba con inmensas y tenebrosas alas negras la única, predominante y sepulcral idea. De las innumerables imágenes melancólicas que me oprimían en sueños elijo para mi relato una visión solitaria. Soñé que había caído en un trance cataléptico de más duración y profundidad que lo normal. De repente una mano helada se posó en mi frente y una voz impaciente, farfullante, susurró en mi oído: "¡Levántate!"

Me incorporé. La oscuridad era total. No podía ver la figura del que me había despertado. No podía recordar ni la hora en que había caído en trance, ni el lugar en que me encontraba. Mientras seguía inmóvil, intentando ordenar mis pensamientos, la fría mano me agarró con fuerza por la muñeca, sacudiéndola con petulancia, mientras la voz farfullante decía de nuevo:

—¡Levántate! ¿No te he dicho que te levantes?

—¿Y tú – pregunté— quién eres?

—No tengo nombre en las regiones donde habito —replicó la voz tristemente—. Fui un hombre y soy un espectro. Era despiadado, pero soy digno de lástima. Ya ves que tiemblo. Me rechinan los dientes cuando hablo, pero no es por el frío de la noche, de la noche eterna. Pero este horror es insoportable. ¿Cómo puedes dormir tú tranquilo? No me dejan descansar los gritos de estas largas agonías. Estos espectáculos son más de lo que puedo soportar. ¡Levántate! Ven conmigo a la noche exterior, y deja que te muestre las tumbas. ¿No es este un espectáculo de dolor?... ¡Mira!

Miré, y la figura invisible que aún seguía apretándome la muñeca consiguió abrir las tumbas de toda la humanidad, y de cada una salían las irradiaciones fosfóricas de la descomposición, de forma que pude ver sus más escondidos rincones y los cuerpos amortajados en su triste y solemne sueño con el gusano. Pero, ¡ay!, los que realmente dormían, aunque fueran muchos millones, eran menos que los que no dormían en absoluto, y había una débil lucha, y había un triste y general desasosiego, y de las profundidades de los innumerables pozos salía el melancólico frotar de las vestiduras de los enterrados. Y, entre aquellos que parecían descansar tranquilos, vi que muchos habían cambiado, en mayor o menor grado, la rígida e incómoda postura en que fueron sepultados. Y la voz me habló de nuevo, mientras contemplaba:

—¿No es esto, ¡ah!, acaso un espectáculo lastimoso?

Pero, antes de que encontrara palabras para contestar, la figura había soltado mi muñeca, las luces fosfóricas se extinguieron y las tumbas se cerraron con repentina violencia, mientras de ellas salía un tumulto de gritos desesperados, repitiendo: "¿No es esto, ¡Dios mío!, acaso un espectáculo lastimoso?"

Fantasías como ésta se presentaban por la noche y extendían su terrorífica influencia incluso en mis horas de vigilia. Mis nervios quedaron destrozados, y fui presa de un horror continuo. Ya no me atrevía a montar a caballo, a pasear, ni a practicar ningún ejercicio que me alejara de casa. En realidad, ya no me atrevía a fiarme de mí lejos de la presencia de los que conocían mi propensión a la catalepsia, por miedo de que, en uno de esos ataques, me enterraran antes de conocer mi estado realmente. Dudaba del cuidado y de la lealtad de mis amigos más queridos. Temía que, en un trance más largo de lo acostumbrado, se convencieran de que ya no había remedio. Incluso llegaba a temer que, como les causaba muchas molestias, quizá se alegraran de considerar que un ataque prolongado era la excusa suficiente para librarse definitivamente de mí. En vano trataban de tranquilizarme con las más solemnes promesas. Les exigía, con los juramentos más sagrados, que en ninguna circunstancia me enterraran hasta que la descomposición estuviera tan avanzada, que impidiese la conservación. Y aun así mis terrores mortales no hacían caso de razón alguna, no aceptaban ningún consuelo. Empecé con una serie de complejas precauciones. Entre otras, mandé remodelar la cripta familiar de forma que se pudiera abrir fácilmente desde dentro. A la más débil presión sobre una larga palanca que se extendía hasta muy dentro de la cripta, se abrirían rápidamente los portones de hierro. También estaba prevista la entrada libre de aire y de luz, y adecuados recipientes con alimentos y agua, al alcance del ataúd preparado para recibirme. Este ataúd estaba acolchado con un material suave y cálido y dotado de una tapa elaborada según el principio de la puerta de la cripta, incluyendo resortes ideados de forma que el más débil movimiento del cuerpo sería suficiente para que se soltara. Aparte de esto, del techo de la tumba colgaba una gran campana, cuya soga pasaría (estaba previsto) por un agujero en el ataúd y estaría atada a una mano del cadáver. Pero, ¡ay!, ¿de qué sirve la precaución contra el destino del hombre? ¡Ni siquiera estas bien urdidas seguridades bastaban para librar de las angustias más extremas de la inhumación en vida a un infeliz destinado a ellas!

Llegó una época —como me había ocurrido antes a menudo— en que me encontré emergiendo de un estado de total inconsciencia a la primera sensación débil e indefinida de la existencia. Lentamente, con paso de tortuga, se acercaba el pálido amanecer gris del día psíquico. Un desasosiego aletargado. Una sensación apática de sordo dolor. Ninguna preocupación, ninguna esperanza, ningún esfuerzo. Entonces, después de un largo intervalo, un zumbido en los oídos. Luego, tras un lapso de tiempo más largo, una sensación de hormigueo o comezón en las extremidades; después, un período aparentemente eterno de placentera quietud, durante el cual las sensaciones que se despiertan luchan por transformarse en pensamientos; más tarde, otra corta zambullida en la nada; luego, un súbito restablecimiento. Al fin, el ligero estremecerse de un párpado; e inmediatamente después, un choque eléctrico de terror, mortal e indefinido, que envía la sangre a torrentes desde las sienes al corazón. Y entonces, el primer esfuerzo por pensar. Y entonces, el primer intento de recordar. Y entonces, un éxito parcial y evanescente. Y entonces, la memoria ha recobrado tanto su dominio, que, en cierta medida, tengo conciencia de mi estado. Siento que no me estoy despertando de un sueño corriente. Recuerdo que he sufrido de catalepsia. Y entonces, por fin, como si fuera la embestida de un océano, el único peligro horrendo, la única idea espectral y siempre presente abruma mi espíritu estremecido.

Unos minutos después de que esta fantasía se apoderase de mí, me quedé inmóvil. ¿Y por qué? No podía reunir valor para moverme. No me atrevía a hacer el esfuerzo que desvelara mi destino, sin embargo algo en mi corazón me susurraba que era seguro. La desesperación —tal como ninguna otra clase de desdicha produce—, sólo la desesperación me empujó, después de una profunda duda, a abrir mis pesados párpados. Los levanté. Estaba oscuro, todo oscuro. Sabía que el ataque había terminado. Sabía que la situación crítica de mi trastorno había pasado. Sabía que había recuperado el uso de mis facultades visuales, y, sin embargo, todo estaba oscuro, oscuro, con la intensa y absoluta falta de luz de la noche que dura para siempre.

Intenté gritar, y mis labios y mi lengua reseca se movieron convulsivamente, pero ninguna voz salió de los cavernosos pulmones, que, oprimidos como por el peso de una montaña, jadeaban y palpitaban con el corazón en cada inspiración laboriosa y difícil. El movimiento de las mandíbulas, en el esfuerzo por gritar, me mostró que estaban atadas, como se hace con los muertos. Sentí también que yacía sobre una materia dura, y algo parecido me apretaba los costados. Hasta entonces no me había atrevido a mover ningún miembro, pero al fin levanté con violencia mis brazos, que estaban estirados, con las muñecas cruzadas. Chocaron con una materia sólida, que se extendía sobre mi cuerpo a no más de seis pulgadas de mi cara. Ya no dudaba de que reposaba al fin dentro de un ataúd.

Y entonces, en medio de toda mi infinita desdicha, vino dulcemente la esperanza, como un querubín, pues pensé en mis precauciones. Me retorcí e hice espasmódicos esfuerzos para abrir la tapa: no se movía. Me toqué las muñecas buscando la soga: no la encontré. Y entonces mi consuelo huyó para siempre, y una desesperación aún más inflexible reinó triunfante pues no pude evitar percatarme de la ausencia de las almohadillas que había preparado con tanto cuidado, y entonces llegó de repente a mis narices el fuerte y peculiar olor de la tierra húmeda. La conclusión era irresistible. No estaba en la cripta. Había caído en trance lejos de casa, entre desconocidos, no podía recordar cuándo y cómo, y ellos me habían enterrado como a un perro, metido en algún ataúd común, cerrado con clavos, y arrojado bajo tierra, bajo tierra y para siempre, en alguna tumba común y anónima.

Cuando este horrible convencimiento se abrió paso con fuerza hasta lo más íntimo de mi alma, luché una vez más por gritar. Y este segundo intento tuvo éxito. Un largo, salvaje y continuo grito o alarido de agonía resonó en los recintos de la noche subterránea.

—Oye, oye, ¿qué es eso? —dijo una áspera voz, como respuesta.

—¿Qué diablos pasa ahora? —dijo un segundo..

—¡Fuera de ahí! —dijo un tercero.

—¿Por qué aúlla de esa manera, como un gato montés? —dijo un cuarto.

Y entonces unos individuos de aspecto rudo me sujetaron y me sacudieron sin ninguna consideración. No me despertaron del sueño, pues estaba completamente despierto cuando grité, pero me devolvieron la plena posesión de mi memoria.

Esta aventura ocurrió cerca de Richmond, en Virginia. Acompañado de un amigo, había bajado, en una expedición de caza, unas millas por las orillas del río James. Se acercaba la noche cuando nos sorprendió una tormenta. La cabina de una pequeña chalupa anclada en la corriente y cargada de tierra vegetal nos ofreció el único refugio asequible. Le sacamos el mayor provecho posible y pasamos la noche a bordo. Me dormí en una de las dos literas; no hace falta describir las literas de una chalupa de sesenta o setenta toneladas. La que yo ocupaba no tenía ropa de cama. Tenía una anchura de dieciocho pulgadas. La distancia entre el fondo y la cubierta era exactamente la misma. Me resultó muy difícil meterme en ella. Sin embargo, dormí profundamente, y toda mi visión —pues no era ni un sueño ni una pesadilla— surgió naturalmente de las circunstancias de mi postura, de la tendencia habitual de mis pensamientos, y de la dificultad, que ya he mencionado, de concentrar mis sentidos y sobre todo de recobrar la memoria durante largo rato después de despertarme. Los hombres que me sacudieron eran los tripulantes de la chalupa y algunos jornaleros contratados para descargarla. De la misma carga procedía el olor a tierra. La venda en torno a las mandíbulas era un pañuelo de seda con el que me había atado la cabeza, a falta de gorro de dormir.

Las torturas que soporté, sin embargo, fueron indudablemente iguales en aquel momento a las de la verdadera sepultura. Eran de un horror inconcebible, increíblemente espantosas; pero del mal procede el bien, pues su mismo exceso provocó en mi espíritu una reacción inevitable. Mi alma adquirió temple, vigor. Salí fuera. Hice ejercicios duros. Respiré aire puro. Pensé en más cosas que en la muerte. Abandoné mis textos médicos. Quemé el libro de Buchan. No leí más pensamientos nocturnos, ni grandilocuencias sobre cementerios, ni cuentos de miedo como éste. En muy poco tiempo me convertí en un hombre nuevo y viví una vida de hombre. Desde aquella noche memorable descarté para siempre mis aprensiones sepulcrales y con ellas se desvanecieron los achaques catalépticos, de los cuales quizá fueran menos consecuencia que causa. Hay momentos en que, incluso para el sereno ojo de la razón, el mundo de nuestra triste humanidad puede parecer el infierno, pero la imaginación del hombre no es Caratis para explorar con impunidad todas sus cavernas. ¡Ay!, la torva legión de los terrores sepulcrales no se puede considerar como completamente imaginaria, pero los demonios, en cuya compañía Afrasiab hizo su viaje por el Oxus, tienen que dormir o nos devorarán…, hay que permitirles que duerman, o pereceremos.

EL CORAZÓN DELATOR *por Edgar Allan Poe*

¡Es cierto! Siempre he sido nervioso, muy nervioso, terriblemente nervioso. ¿Pero por qué afirman ustedes que estoy loco? La enfermedad había agudizado mis sentidos, en vez de destruirlos o embotarlos. Y mi oído era el más agudo de todos. Oía todo lo que puede oírse en la tierra y en el cielo. Muchas cosas oí en el infierno. ¿Cómo puedo estar loco, entonces? Escuchen… y observen con cuánta cordura, con cuánta tranquilidad les cuento mi historia.

Me es imposible decir cómo aquella idea me entró en la cabeza por primera vez; pero, una vez concebida, me acosó noche y día. Yo no perseguía ningún propósito. Ni tampoco estaba colérico. Quería mucho al viejo. Jamás me había hecho nada malo. Jamás me insultó. Su dinero no me interesaba. Me parece que fue su ojo. ¡Sí, eso fue! Tenía un ojo semejante al de un buitre… Un ojo celeste, y velado por una tela. Cada vez que lo clavaba en mí se me helaba la sangre. Y así, poco a poco, muy gradualmente, me fui decidiendo a matar al viejo y librarme de aquel ojo para siempre.

Presten atención ahora. Ustedes me toman por loco. Pero los locos no saben nada. En cambio… ¡Si hubieran podido verme! ¡Si hubieran podido ver con qué habilidad procedí! ¡Con qué cuidado… con qué previsión… con qué disimulo me puse a la obra! Jamás fui más amable con el viejo que la semana antes de matarlo. Todas las noches, hacia las doce, hacía yo girar el picaporte de su puerta y la abría… ¡oh, tan suavemente! Y entonces, cuando la abertura era lo bastante grande para pasar la cabeza, levantaba una linterna sorda, cerrada, completamente cerrada, de manera que no se viera ninguna luz, y tras ella pasaba la cabeza. ¡Oh, ustedes se hubieran reído al ver cuán astutamente pasaba la cabeza! La movía lentamente… muy, muy lentamente, a fin de no perturbar el sueño del viejo. Me llevaba una hora entera introducir completamente la cabeza por la abertura de la puerta, hasta verlo tendido en su cama. ¿Eh? ¿Es que un loco hubiera sido tan prudente como yo? Y entonces, cuando tenía la cabeza completamente dentro del cuarto, abría la linterna cautelosamente… ¡oh, tan cautelosamente! Sí, cautelosamente iba abriendo la linterna (pues crujían las bisagras), la iba abriendo lo suficiente para que un solo rayo de luz cayera sobre el ojo de buitre.

Y esto lo hice durante siete largas noches… cada noche, a las doce… pero siempre encontré el ojo cerrado, y por eso me era imposible cumplir mi obra, porque no era el viejo quien me irritaba, sino el mal de ojo. Y por la mañana, apenas iniciado el día, entraba sin miedo en su habitación y le hablaba resueltamente, llamándolo por su nombre con voz cordial y preguntándole cómo había pasado la noche. Ya ven ustedes que tendría que haber sido un viejo muy astuto para sospechar que todas las noches, justamente a las doce, iba yo a mirarlo mientras dormía.

Al llegar la octava noche, procedí con mayor cautela que de costumbre al abrir la puerta. El minutero de un reloj se mueve con más rapidez de lo que se movía mi mano. Jamás, antes de aquella noche, había sentido el alcance de mis facultades, de mi sagacidad. Apenas lograba contener mi impresión de triunfo. ¡Pensar que estaba ahí, abriendo poco a poco la puerta, y que él ni siquiera soñaba con mis secretas intenciones o pensamientos! Me reí entre dientes ante esta idea, y quizá me oyó, porque lo sentí moverse repentinamente en la cama, como si se sobresaltara. Ustedes pensarán que me eché hacia atrás… pero no. Su cuarto estaba tan negro como la pez, ya que el viejo cerraba completamente las persianas por miedo a los ladrones; yo sabía que le era imposible distinguir la abertura de la puerta, y seguí empujando suavemente, suavemente.

Había ya pasado la cabeza y me disponía a abrir la linterna, cuando mi pulgar resbaló en el cierre metálico y el viejo se enderezó en el lecho, gritando:

—¿Quién está ahí?

Permanecí inmóvil, sin decir palabra. Durante una hora entera no moví un solo músculo, y en todo ese tiempo no oí que volviera a tenderse en la cama. Seguía sentado, escuchando… tal como yo lo había hecho, noche tras noche, mientras escuchaba en la pared los taladros cuyo sonido anuncia la muerte.

Oí de pronto un leve quejido, y supe que era el quejido que nace del terror. No expresaba dolor o pena… ¡oh, no! Era el ahogado sonido que brota del fondo del alma cuando el espanto la sobrecoge. Bien conocía yo ese sonido. Muchas noches, justamente a las doce, cuando el mundo entero dormía, surgió de mi pecho, ahondando con su espantoso eco los terrores que me enloquecían. Repito que lo conocía bien. Comprendí lo que estaba sintiendo el viejo y le tuve lástima, aunque me reía en el fondo de mi corazón. Comprendí que había estado despierto desde el primer leve ruido, cuando se movió en la cama. Había tratado de decirse que aquel ruido no era nada, pero sin conseguirlo. Pensaba: "No es más que el viento en la chimenea… o un grillo que chirrió una sola vez". Sí, había tratado de darse ánimo con esas suposiciones, pero todo era en vano. Todo era en vano, porque la Muerte se había aproximado a él, deslizándose furtiva, y envolvía a su víctima. Y la fúnebre influencia de aquella sombra imperceptible era la que lo movía a sentir —aunque no podía verla ni oírla—, a sentir la presencia de mi cabeza dentro de la habitación.

Después de haber esperado largo tiempo, con toda paciencia, sin oír que volviera a acostarse, resolví abrir una pequeña, una pequeñísima ranura en la linterna.

Así lo hice —no pueden imaginarse ustedes con qué cuidado, con qué inmenso cuidado—, hasta que un fino rayo de luz, semejante al hilo de la araña, brotó de la ranura y cayó de lleno sobre el ojo de buitre.

Estaba abierto, abierto de par en par… y yo empecé a enfurecerme mientras lo miraba. Lo vi con toda claridad, de un azul apagado y con aquella horrible tela que me helaba hasta el tuétano. Pero no podía ver nada de la cara o del cuerpo del viejo, pues, como movido por un instinto, había orientado el haz de luz exactamente hacia el punto maldito.

¿No les he dicho ya que lo que toman erradamente por locura es sólo una excesiva agudeza de los sentidos? En aquel momento llegó a mis oídos un resonar apagado y presuroso, como el que podría hacer un reloj envuelto en algodón. Aquel sonido también me era familiar. Era el latir del corazón del viejo. Aumentó aún más mi furia, tal como el redoblar de un tambor estimula el coraje de un soldado.

Pero, incluso entonces, me contuve y seguí callado. Apenas si respiraba. Sostenía la linterna de modo que no se moviera, tratando de mantener con toda la firmeza posible el haz de luz sobre el ojo. Entretanto, el infernal latir del corazón iba en aumento. Se hacía cada vez más rápido, cada vez más fuerte, momento a momento. El espanto del viejo tenía que ser terrible. ¡Cada vez más fuerte, más fuerte! ¿Me siguen ustedes con atención? Les he dicho que soy nervioso. Sí, lo soy. Y ahora, a medianoche, en el terrible silencio de aquella antigua casa, un resonar tan extraño como aquél me llenó de un horror incontrolable. Sin embargo, me contuve todavía algunos minutos y permanecí inmóvil. ¡Pero el latido crecía cada vez más fuerte, más fuerte! Me pareció que aquel corazón iba a estallar. Y una nueva ansiedad se apoderó de mí… ¡Algún vecino podía escuchar aquel sonido! ¡La hora del viejo había sonado! Lanzando un alarido, abrí del todo la linterna y me precipité en la habitación. El viejo clamó una vez… nada más que una vez. Me bastó un segundo para arrojarlo al suelo y echarle encima el pesado colchón. Sonreí alegremente al ver lo fácil que me había resultado todo. Pero, durante varios minutos, el corazón siguió latiendo con un sonido ahogado. Claro que no me preocupaba, pues nadie podría escucharlo a través de las paredes. Cesó, por fin, de latir. El viejo había muerto. Levanté el colchón y examiné el cadáver.

Sí, estaba muerto, completamente muerto. Apoyé la mano sobre el corazón y la mantuve así largo tiempo. No se sentía el menor latido. El viejo estaba bien muerto. Su ojo no volvería a molestarme.

Si ustedes continúan tomándome por loco dejarán de hacerlo cuando les describa las astutas precauciones que adopté para esconder el cadáver. La noche avanzaba, mientras yo cumplía mi trabajo con rapidez, pero en silencio. Ante todo descuarticé el cadáver. Le corté la cabeza, brazos y piernas.

Levanté luego tres planchas del piso de la habitación y escondí los restos en el hueco. Volví a colocar los tablones con tanta habilidad que ningún ojo humano —ni siquiera el suyo— hubiera podido advertir la menor diferencia. No había nada que lavar… ninguna mancha… ningún rastro de sangre. Yo era demasiado precavido para eso. Una cuba había recogido todo… ¡ja, ja!

Cuando hube terminado mi tarea eran las cuatro de la madrugada, pero seguía tan oscuro como a medianoche. En momentos en que se oían las campanadas de la hora, golpearon a la puerta de la calle. Acudí a abrir con toda tranquilidad, pues ¿qué podía temer ahora?

Hallé a tres caballeros, que se presentaron muy civilmente como oficiales de policía. Durante la noche, un vecino había escuchado un alarido, por lo cual se sospechaba la posibilidad de algún atentado. Al recibir este informe en el puesto de policía, habían comisionado a los tres agentes para que registraran el lugar.

Sonreí, pues… ¿qué tenía que temer? Di la bienvenida a los oficiales y les expliqué que yo había lanzado aquel grito durante una pesadilla. Les hice saber que el viejo se había ausentado a la campaña. Llevé a los visitantes a recorrer la casa y los invité a que revisaran, a que revisaran bien. Finalmente, acabé conduciéndolos a la habitación del muerto. Les mostré sus caudales intactos y cómo cada cosa se hallaba en su lugar. En el entusiasmo de mis confidencias traje sillas a la habitación y pedí a los tres caballeros que descansaran allí de su fatiga, mientras yo mismo, con la audacia de mi perfecto triunfo, colocaba mi silla en el exacto punto bajo el cual reposaba el cadáver de mi víctima.

Los oficiales se sentían satisfechos. Mis modales los habían convencido. Por mi parte, me hallaba perfectamente cómodo. Sentáronse y hablaron de cosas comunes, mientras yo les contestaba con animación. Mas, al cabo de un rato, empecé a notar que me ponía pálido y deseé que se marcharan. Me dolía la cabeza y creía percibir un zumbido en los

oídos; pero los policías continuaban sentados y charlando. El zumbido
se hizo más intenso; seguía resonando y era cada vez más intenso. Hablé
en voz muy alta para librarme de esa sensación, pero continuaba lo
mismo y se iba haciendo cada vez más clara… hasta que, al fin, me di
cuenta de que aquel sonido no se producía dentro de mis oídos.

Sin duda, debí de ponerme muy pálido, pero seguí hablando con
creciente soltura y levantando mucho la voz. Empero, el sonido
aumentaba… ¿y que podía hacer yo? Era un resonar apagado y
presuroso…, un sonido como el que podría hacer un reloj envuelto en
algodón. Yo jadeaba, tratando de recobrar el aliento, y, sin embargo, los
policías no habían oído nada. Hablé con mayor rapidez, con vehemencia,
pero el sonido crecía continuamente. Me puse en pie y discutí sobre
insignificancias en voz muy alta y con violentas gesticulaciones; pero el
sonido crecía continuamente. ¿Por qué no se iban? Anduve de un lado a
otro, a grandes pasos, como si las observaciones de aquellos hombres me
enfurecieran; pero el sonido crecía continuamente. ¡Oh, Dios! ¿Qué
podía hacer yo? Lancé espumarajos de rabia… maldije… juré…
Balanceando la silla sobre la cual me había sentado, raspé con ella las
tablas del piso, pero el sonido sobrepujaba todos los otros y crecía sin
cesar. ¡Más alto… más alto… más alto! Y entretanto los hombres seguían
charlando plácidamente y sonriendo. ¿Era posible que no oyeran? ¡Santo
Dios! ¡No, no! ¡Claro que oían y que sospechaban! ¡Sabían… y se
estaban burlando de mi horror! ¡Sí, así lo pensé y así lo pienso hoy! ¡Pero
cualquier cosa era preferible a aquella agonía! ¡Cualquier cosa sería más
tolerable que aquel escarnio! ¡No podía soportar más tiempo sus sonrisas
hipócritas! ¡Sentí que tenía que gritar o morir, y entonces… otra vez…
escuchen… más fuerte… más fuerte… más fuerte… más fuerte!
    —¡Basta ya de fingir, malvados! —aullé—. ¡Confieso que lo maté!
¡Levanten esos tablones! ¡Ahí… ahí!¡Donde está latiendo su horrible
corazón!

EL REVÓLVER *por Emilia Pardo Bazán*

En un acceso de confianza, de esos que provoca la familiaridad y convivencia de los balnearios, la enferma del corazón me refirió su mal, con todos los detalles de sofocaciones, violentas palpitaciones, vértigos, síncopes, colapsos, en que se ve llegar la última hora… Mientras hablaba, la miraba yo atentamente. Era una mujer como de treinta y cinco a treinta y seis años, estropeada por el padecimiento; al menos tal creí, aunque, prolongado el examen, empecé a suponer que hubiese algo más allá de lo físico en su ruina. Hablaba y se expresaba, en efecto, como quien ha sufrido mucho, y yo sé que los males del cuerpo, generalmente, cuando no son de inminente gravedad, no bastan para producir ese marasmo, ese radical abatimiento. Y notando cómo las anchas hojas de los plátanos, tocadas de carmín por la mano artística del otoño, caían a tierra majestuosamente y quedaban extendidas cual manos cortadas, le hice observar, para arrancar confidencias, lo pasajero de todo, la melancolía del tránsito de las cosas…

—Nada es nada —me contestó, comprendiendo instantáneamente que, no una curiosidad, sino una compasión, llamaba a las puertas de su espíritu—. Nada es nada…, a no ser que nosotros mismos convirtamos ese nada en algo. Ojalá lo viésemos todo, siempre, con el sentimiento ligero, aunque triste, que nos produce la caída de ese follaje sobre la arena.

El encendimiento enfermo de sus mejillas se avivó, y entonces me di cuenta de que habría sido muy hermosa, aunque estuviese su hermosura borrada y barrida, lo mismo que las tintas de un cuadro fino, al cual se le pasa el algodón impregnado de alcohol. Su pelo rubio y sedeño mostraba rastros de ceniza, canas precoces… Sus facciones se habían marchitado; la tez, sobre todo, revelaba esas alteraciones de la sangre que son envenenamientos lentos, descomposiciones del organismo. Los ojos, de un azul amante, con vetas negras, debieron de atraer en otro tiempo; pero ahora, los afeaba algo peor que los años: una especie de extravío, que por momentos les prestaba relucir de locura.

Callábamos; pero mi modo de contemplarla decía tan expresivamente mi piedad, que ella, suspirando por ensanchar un poco el siempre oprimido pecho, se decidió, y no sin detenerse de vez en cuando a respirar y rehacerse, me contó la extraña historia.

—Me casé muy enamorada… Mi marido era entrado en edad respecto a mí; frisaba en los cuarenta, y yo solo contaba diecinueve. Mi genio era alegre, animadísimo; conservaba carácter de chiquilla, y los momentos en que él no estaba en casa, los dedicaba a cantar, a tocar el piano, a charlar y reír con las amigas que venían a verme y que me envidiaban la felicidad, la boda lucida, el esposo apasionado y la brillante situación social.

Duró esto un año —el año delicioso de la luna de miel—. Al volver la primavera, el aniversario de nuestro casamiento, empecé a notar que el carácter de Reinaldo cambiaba. Su humor era sombrío muchas veces, y sin que yo adivinase el porqué, me hablaba duramente, tenía accesos de enojo. No tardé, sin embargo, en comprender el origen de su transformación: en Reinaldo se habían desarrollado los celos, unos celos violentos, irrazonados, sin objeto ni causa, y, por lo mismo, doblemente crueles y difíciles de curar.

Si salíamos juntos, se celaba de que la gente me mirase o me dijese, al paso, cualquier tontería de estas que se les dicen a las mujeres jóvenes; si salía él solo, se celaba de lo que yo quedase haciendo en casa, de las personas que venían a verme; si salía sola yo, los recelos, las suposiciones eran todavía más infamantes…

Si le proponía, suplicando, que nos quedásemos en casa juntos, se celaba de mi semblante entristecido, de mi supuesto aburrimiento, de mi labor, de un instante en que, pasando frente a la ventana, me ocurría esparcir la vista hacia fuera… Se celaba, sobre todo, al percibir que mi genio de pájaro, mi buen humor de chiquilla, habían desaparecido, y que muchas tardes, al encender luz, se veía brillar sobre mi tez el rastro húmedo y ardiente del llanto. Privada de mis inocentes distracciones; separada ya de mis amigas, de mi parentela, de mi propia familia, porque Reinaldo interpretaba como ardides de traición el deseo de comunicarme y mirar otras caras que la suya, yo lloraba a menudo, y no correspondía a los transportes de pasión de Reinaldo con el dulce abandono de los primeros tiempos.

Cierto día, después de una de las amargas escenas de costumbre, mi marido me advirtió:

—Flora, yo podré ser un loco, pero no soy un necio. Me ha enajenado tu cariño, y aunque tal vez tú no hubieses pensado en engañarme, en lo sucesivo, sin poderlo remediar, pensarías. Ya nunca más seré para ti el amor. Las golondrinas que se fueron no vuelven. Pero como yo te quiero, por desgracia, más cada día, y te quiero sin tranquilidad, con ansia y fiebre, te advierto que he pensado el modo de que no haya entre nosotros ni cuestiones, ni quimeras, ni lágrimas, y una vez por todas sepas cuál va a ser nuestro porvenir.

Hablando así, me cogió del brazo y me llevó hacia la alcoba.

Yo iba temblando; presentimientos crueles me helaban. Reinaldo abrió el cajón del mueblecito incrustado donde guardaba el tabaco, el reloj, pañuelos, y me enseñó un revólver grande, un arma siniestra.

—Aquí tienes —me dijo— la garantía de que tu vida va a ser en lo sucesivo tranquila y dulce. No volveré a exigirte cuentas ni de cómo empleas tu tiempo, ni de tus amistades, ni de tus distracciones. Libre eres, como el aire libre. Pero el día que yo note algo que me hiera en el alma…, ese día, ¡por mi madre te lo juro!, sin quejas, sin escenas, sin la menor señal de que estoy disgustado, ¡ah, eso no!, me levanto de noche calladamente, cojo el arma, te la aplico a la sien y te despiertas en la eternidad. Ya estás avisada…

Lo que yo estaba era desmayada, sin conocimiento. Fue preciso llamar al médico, por lo que duraba el síncope. Cuando recobré el sentido y recordé, sobrevino la convulsión. Hay que advertir que les tengo un miedo cerval a las armas de fuego; de un casual disparo murió un hermanito mío. Mis ojos, con fijeza alocada, no se apartaban del cajón del mueble que encerraba el revólver.

No podía yo dudar, por el tono y el gesto de Reinaldo, que estaba dispuesto a ejecutar su amenaza, y como, además, sabía la facilidad con que se ofuscaba su imaginación, empecé a darme por muerta. En efecto, Reinaldo, cumpliendo su promesa, me dejaba completamente dueña de mí, sin dirigirme la menor censura, sin mostrar ni en el gesto que se opusiese a ninguno de mis deseos o desaprobase mis actos; pero esto mismo me espantaba, porque indicaba la fuerza y la tirantez de una voluntad que descansa en una resolución…, y víctima de un terror cada día más hondo, permanecía inmóvil, no atreviéndome a dar un paso. Siempre veía el reflejo de acero del cañón del revólver.

De noche, el insomnio me tenía con los ojos abiertos, creyendo percibir sobre la sien el metálico frío de un círculo de hierro; o, si conciliaba el sueño, despertaba sobresaltada, con palpitaciones en que parecía que el corazón iba a salírseme del pecho, porque soñaba que un estampido atroz me deshacía los huesos del cráneo y me volaba el cerebro, estrellándolo contra la pared… Y esto duró cuatro años, cuatro años en que no tuve minuto tranquilo, en que no di un paso sin recelar que ese paso provocase la tragedia.

—Y ¿cómo terminó esa situación tan horrible? —pregunté, para abreviar, porque la veía asfixiarse.

—Terminó… con Reinaldo, que fue despedido por un caballo y se rompió algo dentro, quedando allí mismo difunto. Entonces, solo entonces, comprendí que le quería aún, y le lloré muy de veras, ¡aunque fue mi verdugo, y verdugo sistemático!

—¿Y recogió usted el revólver para tirarlo por la ventana?

—Verá usted —murmuró ella—. Sucedió una cosa… bastante singular. Mandé al criado de Reinaldo que quitase de mi habitación el revólver, porque yo continuaba viendo en sueños el disparo y sintiendo el frío sobre la sien… Y después de cumplir la orden, el criado vino a decirme:

—Señorita, no había por qué tener miedo… Ese revólver no estaba cargado.

—¿Que no estaba cargado?

—No señora; ni me parece que lo ha estado nunca… Como que el pobre señorito ni llegó a comprar las cápsulas. Si hasta le pregunté, a veces, si quería que me pasase por casa del armero y las trajese, y no me respondió, y luego no se volvió a hablar más del asunto…

—De modo —añadió la cardíaca— que un revólver sin carga me pegó el tiro, no en la cabeza, sino en mitad del corazón, y crea usted que, a pesar del digital y baños y todos los remedios, la bala no perdona…

LA RESUCITADA *Por Emilia Pardo Bazán*

Ardían los cuatro blandones soltando gotazas de cera. Un murciélago, descolgándose de la bóveda, empezaba a describir torpes curvas en el aire. Una forma negruzca, breve, se deslizó al ras de las losas y trepó con sombría cautela por un pliegue del paño mortuorio. En el mismo instante abrió los ojos Dorotea de Guevara, yacente en el túmulo.

Bien sabía que no estaba muerta; pero un velo de plomo, un candado de bronce le impedían ver y hablar. Oía, eso sí, y percibía —como se percibe entre sueños— lo que con ella hicieron al lavarla y amortajarla. Escuchó los gemidos de su esposo, y sintió lágrimas de sus hijos en sus mejillas blancas y yertas. Y ahora, en la soledad de la iglesia cerrada, recobraba el sentido, y le sobrecogía mayor espanto. No era pesadilla, sino realidad. Allí el féretro, allí los cirios…, y ella misma envuelta en el blanco sudario, al pecho el escapulario de la Merced.

Incorporada ya, la alegría de existir se sobrepuso a todo. Vivía. ¡Qué bueno es vivir, revivir, no caer en el pozo oscuro! En vez de ser bajada al amanecer, en hombros de criados a la cripta, volvería a su dulce hogar, y oiría el clamoreo regocijado de los que la amaban y ahora la lloraban sin consuelo. La idea deliciosa de la dicha que iba a llevar a la casa hizo latir su corazón, todavía debilitado por el síncope. Sacó las piernas del ataúd, brincó al suelo, y con la rapidez suprema de los momentos críticos combinó su plan. Llamar, pedir auxilio a tales horas sería inútil. Y de esperar el amanecer en la iglesia solitaria, no era capaz; en la penumbra de la nave creía que asomaban caras fisgonas de espectros y sonaban dolientes quejumbres de ánimas en pena… Tenía otro recurso: salir por la capilla del Cristo.

Era suya: pertenecía a su familia en patronato. Dorotea alumbraba perpetuamente, con rica lámpara de plata, a la santa imagen de Nuestro Señor de la Penitencia. Bajo la capilla se cobijaba la cripta, enterramiento de los Guevara Benavides. La alta reja se columbraba a la izquierda, afiligranada, tocada a trechos de oro rojizo, rancio. Dorotea elevó desde su alma una deprecación fervorosa al Cristo. ¡Señor! ¡Que encontrase puestas las llaves! Y las palpó: allí colgaban las tres, el manojo; la de la propia verja, la de la cripta, a la cual se descendía por un caracol dentro del muro, y la tercera llave, que abría la portezuela oculta entre las tallas del retablo y daba a estrecha calleja, donde erguía su fachada infanzona el caserón de Guevara, flanqueado de torreones. Por la puerta excusada entraban los Guevara a oír misa en su capilla, sin cruzar la nave. Dorotea abrió, empujó… Estaba fuera de la iglesia, estaba libre.

Diez pasos hasta su morada… El palacio se alzaba silencioso, grave, como un enigma. Dorotea cogió el aldabón trémula, cual si fuese una mendiga que pide hospitalidad en una hora de desamparo. «¿Esta casa es mi casa, en efecto?», pensó, al secundar al aldabonazo firme… Al tercero, se oyó ruido dentro de la vivienda muda y solemne, envuelta en su recogimiento como en larga faldamenta de luto. Y resonó la voz de Pedralvar, el escudero, que refunfuñaba:

—¿Quién? ¿Quién llama a estas horas, que comido le vea yo de perros?

—Abre, Pedralvar, por tu vida… ¡Soy tu señora, soy doña Dorotea de Guevara!… ¡Abre presto!…

—Váyase enhoramala el borracho… ¡Si salgo, a fe que lo ensarto!…

—Soy doña Dorotea… Abre… ¿No me conoces en el habla?

Un reniego, enronquecido por el miedo, contestó nuevamente. En vez de abrir, Pedralvar subía la escalera otra vez. La resucitada pegó dos aldabonazos más. La austera casa pareció reanimarse; el terror del escudero corrió al través de ella como un escalofrío por un espinazo. Insistía el aldabón, y en el portal se escucharon taconazos, corridas y cuchicheos. Rechinó, al fin, el claveteado portón entreabriendo sus dos hojas, y un chillido agudo salió de la boca sonrosada de la doncella Lucigüela, que elevaba un candelabro de plata con vela encendida, y lo dejó caer de golpe; se había encarado con su señora, la difunta, arrastrando la mortaja y mirándola de hito en hito…

Pasado algún tiempo, recordaba Dorotea —ya vestida de acuchillado terciopelo genovés, trenzada la crencha con perlas y sentada en un sillón de almohadones, al pie del ventanal—, que también Enrique de Guevara, su esposo, chilló al reconocerla; chilló y retrocedió. No era de gozo el chillido, sino de espanto… De espanto, sí; la resucitada no lo podía dudar. Pues acaso sus hijos, doña Clara, de once años; don Félix de nueve, ¿no habían llorado de puro susto cuando vieron a su madre que retornaba de la sepultura? Y con llanto más afligido, más congojoso que el derramado al punto en que se la llevaban… ¡Ella que creía ser recibida entre exclamaciones de intensa felicidad! Cierto que días después se celebró una función solemnísima en acción de gracias; cierto que se dio un fastuoso convite a los parientes y allegados; cierto, en suma, que los Guevaras hicieron cuanto cabe hacer para demostrar satisfacción por el singular e impensado suceso que les devolvía a la esposa y a la madre…

Pero doña Dorotea, apoyado el codo en la repisa del ventanal y la mejilla en la mano, pensaba en otras cosas.

Desde su vuelta al palacio, disimuladamente, todos le huían. Dijérase que el soplo frío de la huesa, el hálito glacial de la cripta, flotaba alrededor de su cuerpo. Mientras comía, notaba que la mirada de los servidores, la de sus hijos, se desviaba oblicuamente de sus manos pálidas, y que cuando acercaba a sus labios secos la copa del vino, los muchachos se estremecían. ¿Acaso no les parecía natural que comiese y bebiese la gente del otro mundo? Y doña Dorotea venía de ese país misterioso que los niños sospechan aunque no lo conozcan… Si las pálidas manos maternales intentaban jugar con los bucles rubios de don Félix, el chiquillo se desviaba, descolorido él a su vez, con el gesto del que evita un contacto que le cuaja la sangre. Y a la hora medrosa del anochecer, cuando parecen oscilar las largas figuras de las tapicerías, si Dorotea se cruzaba con doña Clara en el comedor del patio, la criatura, despavorida, huía al modo con que se huye de una maldita aparición…

Por su parte, el esposo —guardando a Dorotea tanto respeto y reverencia que ponía maravilla—, no había vuelto a rodearle el fuerte brazo a la cintura… En vano la resucitada tocaba de arrebol sus mejillas, mezclaba a sus trenzas cintas y aljófares y vertía sobre su corpiño pomitos de esencias de Oriente. Al trasluz del colorete se transparentaba la amarillez cérea; alrededor del rostro persistía la forma de la toca funeral, y entre los perfumes sobresalía el vaho húmedo de los panteones. Hubo un momento en que la resucitada hizo a su esposo lícita caricia; quería saber si sería rechazada. Don Enrique se dejó abrazar pasivamente; pero en sus ojos, negros y dilatados por el horror que a pesar suyo se asomaba a las ventanas del espíritu; en aquellos ojos un tiempo galanes atrevidos y lujuriosos, leyó Dorotea una frase que zumbaba dentro de su cerebro, ya invadido por rachas de demencia.

—De donde tú has vuelto no se vuelve…

Y tomó bien sus precauciones. El propósito debía realizarse por tal manera, que nunca se supiese nada; secreto eterno. Se procuró el manojo de llaves de la capilla y mandó fabricar otras iguales a un mozo herrero que partía con el tercio a Flandes al día siguiente. Ya en poder de Dorotea las llaves de su sepulcro, salió una tarde sin ser vista, cubierta con un manto; se entró en la iglesia por la portezuela, se escondió en la capilla de Cristo, y al retirarse el sacristán cerrando el templo, Dorotea bajó lentamente a la cripta, alumbrándose con un cirio prendido en la lámpara; abrió la mohosa puerta, cerró por dentro, y se tendió, apagando antes el cirio con el pie…

LA PATA DE MONO *por W.W. Jacobos*

I

La noche era fría y húmeda, pero en la pequeña sala de Laburnum Villa los postigos estaban cerrados y el fuego ardía vivamente. Padre e hijo jugaban al ajedrez. El primero tenía ideas personales sobre el juego y ponía al rey en tan desesperados e inútiles peligros que provocaba el comentario de la vieja señora que tejía plácidamente junto a la chimenea.

—Oigan el viento —dijo el señor White; había cometido un error fatal y trataba de que su hijo no lo advirtiera.

—Lo oigo —dijo este moviendo implacablemente la reina—. Jaque.

—No creo que venga esta noche —dijo el padre con la mano sobre el tablero.

—Mate —contestó el hijo.

—Esto es lo malo de vivir tan lejos —vociferó el señor White con imprevista y repentina violencia—. De todos los suburbios, este es el peor. El camino es un pantano. No sé qué piensa la gente. Como hay solo dos casas alquiladas, no les importa.

—No te aflijas, querido —dijo suavemente su mujer—, ganarás la próxima vez.

El señor White alzó la vista y sorprendió una mirada de complicidad entre madre e hijo. Las palabras murieron en sus labios y disimuló un gesto de fastidio.

—Ahí viene —dijo Herbert White al oír el golpe del portón y unos pasos que se acercaban. Su padre se levantó con apresurada hospitalidad y abrió la puerta; lo escucharon condolerse con el recién venido.

Luego, entraron. El forastero era un hombre fornido, con los ojos salientes y la cara rojiza.

—El sargento mayor Morris —dijo el señor White, presentándolo. El sargento les dio la mano, aceptó la silla que le ofrecieron y observó con satisfacción que el dueño de la casa traía whisky y unos vasos y ponía una pequeña pava de cobre sobre el fuego.

Al tercer vaso, le brillaron los ojos y empezó a hablar. La familia miraba con interés a ese forastero que hablaba de guerras, epidemias y pueblos extraños.

—Hace veintiún años —dijo el señor White sonriendo a su mujer y a su hijo—. Cuando se fue era apenas un muchacho. Mírenlo ahora.

—No parece haberle sentado tan mal —dijo la señora White amablemente.

—Me gustaría ir a la India —dijo el señor White—. Solo para dar un vistazo.

—Mejor quedarse aquí —replicó el sargento negando con la cabeza. Dejó el vaso y, suspirando levemente, volvió a mover la cabeza.

—Me gustaría ver los viejos templos y faquires y malabaristas —dijo el señor White—. ¿Qué fue, Morris, lo que usted empezó a contarme los otros días, de una pata de mono o algo por el estilo?

—Nada —contestó el soldado apresuradamente—. Nada que valga la pena oír.

—¿Una pata de mono? —preguntó la señora White.

—Bueno, es lo que se llama magia, tal vez —dijo con desgana el militar.

Sus tres interlocutores lo miraron con avidez. Distraídamente, el forastero llevó la copa vacía a los labios: volvió a dejarla. El dueño de casa la llenó.

—A primera vista, es una patita momificada que no tiene nada de particular —dijo el sargento mostrando algo que sacó del bolsillo.

La señora retrocedió, con una mueca. El hijo tomó la pata de mono y la examinó atentamente.

—¿Y qué tiene de extraordinario? —preguntó el señor White quitándosela a su hijo, para mirarla.

—Un viejo faquir le dio poderes mágicos —señaló el sargento mayor—. Un hombre muy santo… Quería demostrar que el destino gobierna la vida de los hombres y que nadie puede oponérsele impunemente. Le dio este poder: Tres hombres pueden pedirle tres deseos.

Habló tan seriamente que los otros sintieron que sus risas desentonaban.

—Y usted, ¿por qué no pide las tres cosas? —preguntó Herbert White.

El sargento lo miró con tolerancia.

—Las he pedido —dijo, y su rostro curtido palideció.

—¿Realmente se cumplieron los tres deseos? —preguntó la señora White.

—Se cumplieron —dijo el sargento.

—¿Y nadie más pidió? —insistió la señora.

—Sí, un hombre. No sé cuáles fueron las dos primeras cosas que pidió; la tercera fue la muerte. Por eso entré en posesión de la pata de mono.

Habló con tanta gravedad que produjo silencio.

—Morris, si obtuvo sus tres deseos, ya no le sirve el talismán —dijo, finalmente, el señor White—. ¿Para qué lo guarda?

El sargento sacudió la cabeza:

—Probablemente he tenido, alguna vez, la idea de venderlo; pero creo que no lo haré. Ya ha causado bastantes desgracias. Además, la gente no quiere comprarlo. Algunos sospechan que es un cuento de hadas; otros quieren probarlo primero y pagarme después.

—Y si a usted le concedieran tres deseos más —dijo el señor White—, ¿los pediría?

—No sé —contestó el otro—. No sé.

Tomó la pata de mono, la agitó entre el pulgar y el índice y la tiró al fuego. White la recogió.

—Mejor que se queme —dijo con solemnidad el sargento.

—Si usted no la quiere, Morris, démela.

—No quiero —respondió terminantemente—. La tiré al fuego; si la guarda, no me eche la culpa de lo que pueda suceder. Sea razonable, tírela.

El otro negó con la cabeza y examinó su nueva adquisición. Preguntó:

—¿Cómo se hace?

—Hay que tenerla en la mano derecha y pedir los deseos en voz alta. Pero le prevengo que debe temer las consecuencias.

—Parece de Las mil y una noches —dijo la señora White. Se levantó a preparar la mesa—. ¿No le parece que podrían pedir para mí otro par de manos?

El señor White sacó del bolsillo el talismán; los tres se rieron al ver la expresión de alarma del sargento.

—Si está resuelto a pedir algo —dijo agarrando el brazo de White— pida algo razonable.

El señor White guardó en el bolsillo la pata de mono. Invitó a Morris a sentarse a la mesa. Durante la comida el talismán fue, en cierto modo, olvidado. Atraídos, escucharon nuevos relatos de la vida del sargento en la India.

—Si en el cuento de la pata de mono hay tanta verdad como en los otros —dijo Herbert cuando el forastero cerró la puerta y se alejó con prisa, para alcanzar el último tren—, no conseguiremos gran cosa.

—¿Le diste algo? —preguntó la señora mirando atentamente a su marido.

—Una bagatela —contestó el señor White, ruborizándose levemente—. No quería aceptarlo, pero lo obligué. Insistió en que tirara el talismán.

—Sin duda —dijo Herbert, con fingido horror—, seremos felices, ricos y famosos. Para empezar tienes que pedir un imperio, así no estarás dominado por tu mujer.

El señor White sacó del bolsillo el talismán y lo examinó con perplejidad.

—No se me ocurre nada para pedirle —dijo con lentitud—. Me parece que tengo todo lo que deseo.

—Si pagaras la hipoteca de la casa serías feliz, ¿no es cierto? —dijo Herbert poniéndole la mano sobre el hombro—. Bastará con que pidas doscientas libras.

El padre sonrió avergonzado de su propia credulidad y levantó el talismán; Herbert puso una cara solemne, hizo un guiño a su madre y tocó en el piano unos acordes graves.

—Quiero doscientas libras —pronunció el señor White.

Un gran estrépito del piano contestó a sus palabras. El señor White dio un grito. Su mujer y su hijo corrieron hacia él.

—Se movió —dijo, mirando con desagrado el objeto, y lo dejó caer—. Se retorció en mi mano como una víbora.

—Pero yo no veo el dinero —observó el hijo, recogiendo el talismán y poniéndolo sobre la mesa—. Apostaría que nunca lo veré.

—Habrá sido tu imaginación, querido —dijo la mujer, mirándolo ansiosamente.

Sacudió la cabeza.

—No importa. No ha sido nada. Pero me dio un susto.

Se sentaron junto al fuego y los dos hombres acabaron de fumar sus pipas. El viento era más fuerte que nunca. El señor White se sobresaltó cuando golpeó una puerta en los pisos altos. Un silencio inusitado y deprimente los envolvió hasta que se levantaron para ir a acostarse.

—Se me ocurre que encontrarás el dinero en una gran bolsa, en medio de la cama —dijo Herbert al darles las buenas noches—. Una aparición horrible, agazapada encima del ropero, te acechará cuando estés guardando tus bienes ilegítimos.

Ya solo, el señor White se sentó en la oscuridad y miró las brasas, y vio caras en ellas. La última era tan simiesca, tan horrible, que la miró con asombro; se rió, molesto, y buscó en la mesa su vaso de agua para echárselo encima y apagar la brasa; sin querer, tocó la pata de mono; se estremeció, limpió la mano en el abrigo y subió a su cuarto.

II

La mañana siguiente, mientras tomaba el desayuno en la claridad del sol invernal, se rió de sus temores. En el cuarto había un ambiente de prosaica salud que faltaba la noche anterior; y esa pata de mono, arrugada y sucia, tirada sobre el aparador, no parecía terrible.

—Todos los viejos militares son iguales —dijo la señora White—. ¡Qué idea, la nuestra, escuchar esas tonterías! ¿Cómo puede creerse en talismanes en esta época? Y si consiguieras las doscientas libras, ¿qué mal podrían hacerte?

—Pueden caer de arriba y lastimarte la cabeza —dijo Herbert.

—Según Morris, las cosas ocurrían con tanta naturalidad que parecían coincidencias —dijo el padre.

—Bueno, no vayas a encontrarte con el dinero antes de mi vuelta —dijo Herbert, levantándose de la mesa—. No sea que te conviertas en un avaro y tengamos que repudiarte.

La madre se rio, lo acompañó hasta afuera y lo vio alejarse por el camino; de vuelta a la mesa del comedor, se burló de la credulidad del marido.

Sin embargo, cuando el cartero llamó a la puerta corrió a abrirla, y cuando vio que solo traía la cuenta del sastre se refirió con cierto malhumor a los militares de costumbres intemperantes.

—Me parece que Herbert tendrá tema para sus bromas —dijo al sentarse.

—Sin duda —dijo el señor White—. Pero, a pesar de todo, la pata se movió en mi mano. Puedo jurarlo.

—Habrá sido en tu imaginación —dijo la señora suavemente.

—Afirmo que se movió. Yo no estaba sugestionado. Era… ¿Qué sucede?

Su mujer no le contestó. Observaba los misteriosos movimientos de un hombre que rondaba la casa y no se decidía a entrar. Notó que el hombre estaba bien vestido y que tenía una galera nueva y reluciente; pensó en las doscientas libras. El hombre se detuvo tres veces en el portón; por fin se decidió a llamar.

Apresuradamente, la señora White se quitó el delantal y lo escondió debajo del almohadón de la silla.

Hizo pasar al desconocido. Este parecía incómodo. La miraba furtivamente, mientras ella le pedía disculpas por el desorden que había en el cuarto y por el guardapolvo del marido. La señora esperó cortésmente que les dijera el motivo de la visita; el desconocido estuvo un rato en silencio.

—Vengo de parte de Maw & Meggins —dijo por fin.

La señora White tuvo un sobresalto.

—¿Qué pasa? ¿Qué pasa? ¿Le ha sucedido algo a Herbert?

Su marido se interpuso.

—Espera, querida. No te adelantes a los acontecimientos. Supongo que usted no trae malas noticias, señor.

Y lo miró patéticamente.

—Lo siento… —empezó el otro.

—¿Está herido? —preguntó, enloquecida, la madre.

El hombre asintió.

—Mal herido —dijo pausadamente—. Pero no sufre.

—Gracias a Dios —dijo la señora White, juntando las manos—. Gracias a Dios.

Bruscamente comprendió el sentido siniestro que había en la seguridad que le daban y vio la confirmación de sus temores en la cara significativa del hombre. Retuvo la respiración, miró a su marido que parecía tardar en comprender, y le tomó la mano temblorosamente. Hubo un largo silencio.

—Lo agarraron las máquinas —dijo en voz baja el visitante.

—Lo agarraron las máquinas —repitió el señor White, aturdido.

Se sentó, mirando fijamente por la ventana; tomó la mano de su mujer, la apretó en la suya, como en sus tiempos de enamorados.

—Era el único que nos quedaba —le dijo al visitante—. Es duro.

El otro se levantó y se acercó a la ventana.

—La compañía me ha encargado que le exprese sus condolencias por esta gran pérdida —dijo sin darse la vuelta—. Le ruego que comprenda que soy tan solo un empleado y que obedezco las órdenes que me dieron.

No hubo respuesta. La cara de la señora White estaba lívida.

—Se me ha comisionado para declararles que Maw & Meggins niegan toda responsabilidad en el accidente —prosiguió el otro—. Pero en consideración a los servicios prestados por su hijo, le remiten una suma determinada.

El señor White soltó la mano de su mujer y, levantándose, miró con terror al visitante. Sus labios secos pronunciaron la palabra: ¿cuánto?

—Doscientas libras —fue la respuesta.

Sin oír el grito de su mujer, el señor White sonrió levemente, extendió los brazos, como un ciego, y se desplomó, desmayado.

III

En el cementerio nuevo, a unas dos millas de distancia, marido y mujer dieron sepultura a su muerto y volvieron a la casa transidos de sombra y silencio.

Todo pasó tan pronto que al principio casi no lo entendieron y quedaron esperando alguna otra cosa que les aliviara el dolor. Pero los días pasaron y la expectativa se transformó en resignación, esa desesperada resignación de los viejos, que algunos llaman apatía. Pocas veces hablaban, porque no tenían nada que decirse; sus días eran interminables hasta el cansancio.

Una semana después, el señor White, despertándose bruscamente en la noche, estiró la mano y se encontró solo.

El cuarto estaba a oscuras; oyó, cerca de la ventana, un llanto contenido. Se incorporó en la cama para escuchar.

—Vuelve a acostarte —dijo tiernamente—. Vas a coger frío.

—Mi hijo tiene más frío —dijo la señora White y volvió a llorar.

Los sollozos se desvanecieron en los oídos del señor White. La cama estaba tibia, y sus ojos pesados de sueño. Un despavorido grito de su mujer lo despertó.

—La pata de mono —gritaba desatinadamente—, la pata de mono.

El señor White se incorporó alarmado.

—¿Dónde? ¿Dónde está? ¿Qué sucede?

Ella se acercó:

—La quiero. ¿No la has destruido?

—Está en la sala, sobre la repisa —contestó asombrado—. ¿Por qué la quieres?

Llorando y riendo se inclinó para besarlo, y le dijo histéricamente:

—Solo ahora lo he pensado… ¿Por qué no lo he pensado antes? ¿Por qué tú no lo pensaste?

—¿Pensaste en qué? —preguntó.

—En los otros dos deseos —respondió en seguida—. Solo hemos pedido uno.

—¿No fue bastante?

—No —gritó ella triunfalmente—. Le pediremos otro más. Búscala pronto y pide que nuestro hijo vuelva a la vida.

El hombre se sentó en la cama, temblando.

—Dios mío, estás loca.

—Búscala pronto y pide —le balbuceó—; ¡mi hijo, mi hijo!

El hombre encendió la vela.

—Vuelve a acostarte. No sabes lo que estás diciendo.

—Nuestro primer deseo se cumplió. ¿Por qué no hemos de pedir el segundo?

—Fue una coincidencia.

—Búscala y desea —gritó con exaltación la mujer.

El marido se volvió y la miró:

—Hace diez días que está muerto y, además, no quiero decirte otra cosa, lo reconocí por el traje. Si ya entonces era demasiado horrible para que lo vieras…

—¡Tráemelo! —gritó la mujer arrastrándolo hacia la puerta—. ¿Crees que temo al niño que he criado?

El señor White bajó en la oscuridad, entró en la sala y se acercó a la repisa.

El talismán estaba en su lugar. Tuvo miedo de que el deseo todavía no formulado trajera a su hijo hecho pedazos, antes de que él pudiera escaparse del cuarto.

Perdió la orientación. No encontraba la puerta. Tanteó alrededor de la mesa y a lo largo de la pared y de pronto se encontró en el zaguán, con el maligno objeto en la mano.

Cuando entró en el dormitorio, hasta la cara de su mujer le pareció cambiada. Estaba ansiosa y blanca y tenía algo sobrenatural. Le tuvo miedo.

—¡Pídelo! —gritó con violencia.

—Es absurdo y perverso —balbuceó.

—Pídelo —repitió la mujer.

El hombre levantó la mano:

—Deseo que mi hijo viva de nuevo.

El talismán cayó al suelo. El señor White siguió mirándolo con terror. Luego, temblando, se dejó caer en una silla mientras la mujer se acercó a la ventana y levantó la cortina. El hombre no se movió de allí, hasta que el frío del alba lo traspasó. A veces miraba a su mujer que estaba en la ventana. La vela se había consumido hasta casi apagarse. Proyectaba en las paredes y el techo sombras vacilantes.

Con un inexplicable alivio ante el fracaso del talismán, el hombre volvió a la cama; un minuto después, la mujer, apática y silenciosa, se acostó a su lado.

No hablaron; escuchaban el latido del reloj. Crujió un escalón. La oscuridad era opresiva; el señor White juntó coraje, encendió un fósforo y bajó a buscar una vela.

Al pie de la escalera el fósforo se apagó. El señor White se detuvo para encender otro; simultáneamente resonó un golpe furtivo, casi imperceptible, en la puerta de entrada.

Los fósforos cayeron. Permaneció inmóvil, sin respirar, hasta que se repitió el golpe. Huyó a su cuarto y cerró la puerta. Se oyó un tercer golpe.

—¿Qué es eso? —gritó la mujer.

—Un ratón —dijo el hombre—. Un ratón. Se me cruzó en la escalera.

La mujer se incorporó. Un fuerte golpe retumbó en toda la casa.

—¡Es Herbert! ¡Es Herbert! —la señora White corrió hacia la puerta, pero su marido la alcanzó.

—¿Qué vas a hacer? —le dijo ahogadamente.

—¡Es mi hijo, es Herbert! —gritó la mujer, luchando para que la soltara—. Me había olvidado de que el cementerio está a dos millas. Suéltame, tengo que abrir la puerta.

—Por amor de Dios, no lo dejes entrar —dijo el hombre, temblando.

—¿Tienes miedo de tu propio hijo? —gritó—. Suéltame. Ya voy, Herbert, ya voy.

Hubo dos golpes más. La mujer se libró y huyó del cuarto. El hombre la siguió y la llamó, mientras bajaba la escalera. Oyó el ruido de la tranca de abajo; oyó el cerrojo; y luego, la voz de la mujer, anhelante:

—La tranca —dijo—. No puedo alcanzarla.

Pero el marido, arrodillado, tanteaba el piso, en busca de la pata de mono.

—Si pudiera encontrarla antes de que eso entrara…

Los golpes volvieron a resonar en toda la casa. El señor White oyó que su mujer acercaba una silla; oyó el ruido de la tranca al abrirse; en el mismo instante encontró la pata de mono y, frenéticamente, balbuceó el tercer y último deseo.

Los golpes cesaron de pronto, aunque los ecos resonaban aún en la casa. Oyó retirar la silla y abrir la puerta. Un viento helado entró por la escalera, y un largo y desconsolado alarido de su mujer le dio valor para correr hacia ella y luego hasta el portón. El camino estaba desierto y tranquilo.

LAS RATAS DE LAS PAREDES *por H. P. Lovecraft*

El 16 de julio de 1923 me mudé a Exham Priory, después de que el último obrero acabara su tarea. Los trabajos de restauración habían constituido una imponente tarea, pues de la abandonada construcción apenas si quedaba un montón de ruinas, pero por tratarse del lar de mis antepasados no escatimé en gastos. Nadie habitaba la finca desde el reinado de Jacobo I, en que una tragedia de caracteres terriblemente dramáticos, aunque en gran medida incomprensibles, se cernió sobre el cabeza de la familia, cinco de sus hijos y varios criados, y obligó a marcharse de allí, en medio de sombras de sospecha y terror, al tercer hijo, mi progenitor por línea paterna y único superviviente del infortunado baje.

Con el único heredero denunciado por asesinato, la propiedad volvió a manos de la corona, sin que el acusado hiciera el menor intento por excusarse o recuperar la heredad. Trastornado por un horror mayor que el de la conciencia o la ley, y expresando sólo el rabioso deseo de borrar aquella antigua mansión de su vista y memoria, Walter de la Poer, undécimo barón de Exhain, marchó a Virginia, en donde se estableció y fundó la familia que, en el siglo siguiente, era conocida por el nombre de Delapore.

Exham Priory quedó abandonado, aunque con el tiempo pasó a formar parte de las propiedades de la familia Norrys y fue objeto de numerosos estudios como consecuencia de su singular arquitectura, consistente en unas torres góticas levantadas sobre una infraestructura sajona o románica, cuyos cimientos a su vez eran de un estilo o mezcla de estilos de época anterior: romano y hasta druida o el címrico originario, si es cierto lo que cuentan las leyendas. Los cimientos eran de aspecto muy singular, pues se confundían por uno de sus lados con la sólida caliza del precipicio desde cuyo borde el priorato dominaba un desolado valle que se extendía tres millas al oeste del pueblo de Anchester.

A los arquitectos y anticuarios les encantaba estudiar esta extraña reliquia de épocas remotas, pero los naturales del lugar la detestaban con todas sus fuerzas. La detestaban desde hacía siglos, cuando aún vivían allí mis antepasados, y la seguían detestando ahora en que, debido a su estado de abandono, la cubría una capa de musgo y mantillo. No llevaba siquiera un día en Anchester cuando me enteré de que descendía de una familia maldita. Pero ya esta semana los obreros han volado por los aires lo que quedaba de Exham Priory, y están atareados en borrar las huellas de sus cimientos. De siempre he conocido la historia, sin aditamentos, de mi linaje familiar, y sé perfectamente que mi primer antepasado americano se trasladó a las colonias envuelto en las sombras de extrañas sospechas. De los detalles, con todo, jamás he sabido nada debido a la reticencia mantenida por generaciones entre los Delapore. Al contrario que los colonos de nuestra vecindad, rara vez nos jactamos de antepasados que batallaron en las Cruzadas o de contar en nuestro linaje con héroes medievales o renacentistas, ni se nos transmitieron otras tradiciones que las que pudieran encerrarse en el sobre lacrado que todo hacendado latifundista dejó a su primogénito antes de estallar la Guerra Civil para su apertura póstuma. Las únicas glorias de las que nos jactábamos en la familia eran las alcanzadas tras la emigración, las glorias de un orgulloso y honorable, si bien un tanto retraído e insociable, linaje de Virginia.

En el curso de la guerra toda nuestra fortuna se perdió y nuestra existencia entera se vio alterada por el incendio de Carfax, residencia de la familia a orillas del río James. Mi abuelo, de edad ya avanzada, pereció entre las llamas del voraz incendio, y con él se quemó el sobre que nos ligaba al pasado. Todavía hoy puedo recordar aquel incendio que presencié con mis propios ojos a la edad de siete años, mientras los soldados federales vociferaban, las mujeres chillaban y los negros daban alaridos y rezaban. Mi padre se había alistado en el ejército y participaba en la defensa de Richmond, y, tras múltiples formalidades, mi madre y yo logramos atravesar las líneas enemigas para unirnos a él.

Cuando terminó la guerra, nos trasladamos al norte, de donde provenía mi madre, y allí crecí, me hice un hombre y, en última instancia, acumulé riquezas como corresponde a todo yanqui emprendedor. Ni mi padre ni yo supimos jamás qué contenía el sobre testamentario destinado a nosotros; además, una vez sumido en el monótono curso de la vida mercantil de Massachusetts, perdí todo interés por desvelar los misterios que, sin duda, se ocultaban en el remoto pasado de mi árbol genealógico. ¡Con qué alegría habría dejado Exham Priory a la suerte de sus murciélagos, telarañas y mantillo si hubiera mínimamente intuido lo que escondía tras sus muros!

Mi padre murió en 1904, pero sin ningún mensaje que dejar para mí ni para mi único hijo, Alfred, un muchacho de diez años huérfano de madre. Fue precisamente Alfred quien alteró el orden en que venía transmitiéndole la información familiar, pues, si bien sólo pude hacerle conjeturas en tono burlón sobre el pasado familiar, me escribió contándome algunas leyendas ancestrales del mayor interés cuando, con ocasión de la pasada guerra, fue enviado a Inglaterra en 1917 en calidad de oficial de aviación. Al parecer, sobre los Delapore circulaba una pintoresca y un tanto siniestra historia. Un amigo de mi hijo, el capitán Edward Norrys, del Royal Flying Corps, residía en las proximidades de nuestro solar familiar en Anchester y contaba unas supersticiones campesinas que pocos novelistas podrían llegar a igualar por lo increíbles y demenciales que eran. Norrys, por supuesto, no las tomaba en serio, pero a mi hijo lo divertían y le sirvieron de tema para llenar muchas de las cartas que me escribió. Fueron estas leyendas las que finalmente atrajeron mi atención hacia mi heredad trasatlántica, y me decidieron a comprar y restaurar el solar familiar que Norrys mostró a Alfred en todo su pintoresco abandono, al mismo tiempo que se ofrecía a conseguírselo por una suma harto razonable, dado que el actual propietario era tío suyo.

Compré Exham Priory en 1918, pero casi al punto me olvidé de los planes de restauración en que había estado pensando ante el regreso de mi hijo inválido de las piernas. Durante los dos años que aún vivió me dediqué por entero a su cuidado, dejando incluso la dirección del negocio en manos de mis socios.

En 1921, sumido en la mayor desolación y sin saber qué hacer, apartado de toda actividad laboral y notando ya que la vejez se me venía encima, resolví distraer el resto de mis años ocupado en la nueva posesión. Llegué a Anchester un día de diciembre, hospedándome en casa del capitán Norrys, un joven algo gordo y afable que estimaba mucho a mi hijo, y me ofreció su colaboración en la tarea de acopiar planos y anécdotas en los que. inspirarse al emprender las obras de restauración. No sentía la menor emoción en presencia de Exham Priory, un revoltijo de abandonadas ruinas medievales cubiertas de líquenes y acribilladas de nidos de grajos, balanceándose amenazadoramente al borde de un enorme precipicio y sin el menor rastro de suelos o cualquier otro resto de interiores, salvo los muros de piedra de las separadas torres.

Tras formarme poco a poco una idea de cómo debió ser el edificio cuando lo abandonaron mis antepasados tres siglos atrás, me puse a contratar obreros para iniciar las tareas de reconstrucción. En todos los casos me vi obligado a buscarlos fuera de la localidad más próxima, pues los naturales de Anchester profesaban un miedo y una aversión decididamente increíbles hacia aquel lugar. La magnitud del sentimiento era tal que a veces llegaba a contagiar a los trabajadores que venían de otros lugares, siendo esta la causa de numerosas deserciones. Por lo demás, su alcance se extendía tanto al priorato como a la antigua familia propietaria del mismo.

Ya me había adelantado mi hijo que durante sus visitas al pueblo la gente se mostró un tanto reacia con él por ser un De la Poer, y ahora, por idéntica razón, yo me sentía también sutilmente rechazado hasta que logré convencerlos de que apenas sabía nada de mis antepasados. Y aun así los vecinos del lugar se mostraban huraños conmigo, por cuanto me vi obligado a recurrir a Norrys para recopilar la mayoría de las tradiciones populares que aún seguían circulando sobre el lugar. Lo que aquellas gentes no podían perdonar era, al menos eso creía entender yo, que había venido a restaurar un símbolo que aborrecían con todas sus fuerzas; pues, racionalmente o no, para ellos Exham Priory no era otra cosa que un nido de arpías y hombres lobo.

Reuniendo todas las historias que Norrys recogió para mí y completándolas con lo que habían dicho varios estudiosos que en su día examinaron las ruinas, deduje que Exham Priory se levantaba sobre el lugar ocupado en otro tiempo por un templo prehistórico: una construcción druida, o incluso anterior a dicho período, que debió ser contemporánea de Stonehenge. Casi nadie duda de que allí se habían celebrado abominables ritos, y circulaban toda clase de espeluznantes historias sobre el paso de tales ritos al culto de Cibeles posteriormente introducido por los romanos.

En el sótano podían aún verse inscripciones con letras tan inconfundibles como "DIV… OPS… MAGNA. MAT…", signo de la Magna Mater cuyo tenebroso culto fue en vano prohibido a los ciudadanos romanos. Anchester había sido campamento de la tercera legión Augusta, tal como atestiguaban numerosos restos, y, según todos los indicios, el templo de Cibeles debió ser una imponente construcción abarrotada de fieles que concelebraban multitud de ceremonias presididos por un sacerdote frigio. Las historias añadían que la caída de la antigua religión no puso fin a las orgías que tenían lugar en el templo, sino que, muy al contrario, los sacerdotes se convirtieron a la nueva fe sin cambiar en lo fundamental sus creencias. Asimismo, se decía que los ritos no desaparecieron con la llegada de los romanos y que algunos sajones se sumaron a lo que quedaba del templo, dándole el perfil característico que habría de distinguirle con el tiempo a la vez que hacían de él el centro de irradiación de un culto temido en la mitad del territorio al que se extendía la heptarquía. Hacia el año 1000 d.c. el lugar aparece mencionado en una crónica como un priorato, esencialmente construido a base de piedra, en el que se albergaba una poderosa y extraña orden monástica, y rodeado de grandes jardines que no precisaban de murallas para mantener alejado al atemorizado populacho. Jamás llegaron a destruirlo los daneses, si bien su suerte debió declinar radicalmente tras la conquista normanda, pues no hubo el menor impedimento para que Enrique III confiriera su propiedad a mi antepasado Gilbert de la Poer, primer barón de Exham, en 1261.

De mi familia no se conservan testimonios adversos antes de esa fecha, pero algo raro debió acontecer por entonces. Ya en una crónica de 1307 hay una referencia a un De la Poer al que se califica de «renegado de Dios», mientras que en las leyendas populares se aprecia un miedo cerval a decir nada del castillo que se erigió sobre los cimientos del antiguo templo y priorato. Los cuentos de viejas que corrían sobre el lugar eran de lo más espeluznantes, más terroríficos si cabe por la tenebrosa reticencia y sombrías evasivas de que hacían gala. En ellos se representaba a mis antepasados como un linaje de demonios junto a los que personajes de la talla de un Gilles de Retz o un Marqués de Sade no pasaban de meros aprendices, y se dejaba intuir veladamente su responsabilidad por las ocasionales desapariciones de aldeanos en el transcurso de varias generaciones.

Los peores de toda la parentela, a tenor de lo que dice la tradición, fueron los barones y sus herederos directos. Al menos, la mayoría de las historias que circulaban se referían a ellos. Si un heredero mostraba inclinaciones más saludables, se decía en ellas, fallecía con toda seguridad en edad temprana y misteriosamente para dejar paso a otro descendiente más en consonancia con el apellido. Los De la Poer parecían profesar un culto propio, presidido por el cabeza de familia y a veces restringido a unos cuantos miembros de la misma. El temperamento más que el linaje era el fundamento de dicho culto, pues en él participaban también quienes ingresaban en la familia por razón de matrimonio. Lady Margaret Trevor de Cornualles, mujer de Godfrey, el hijo segundo del quinto barón, acabó por convertirse en uno de los fantasmas predilectos de los niños de todo el país y en diabólica heroína de un horripilante y antiguo romance que aún se oye en las proximidades de la frontera galesa. Conservada también en los romances, aunque no tan ilustrativa al respecto, merece citarse la espeluznante historia de Lady Mary de la Poer, que al poco de casarse con el barón de Shrewsfield murió asesinada a manos de éste y de su madre, siendo posteriormente absueltos y bendecidos ambos criminales por el sacerdote al que confesaron aquello que no se atreverían a decir en público.

Estos mitos y romances, característicos de la más descarnada superstición, me repelían en extremo. Su persistencia y su asociación a tan larga descendencia de mis antepasados, resultaban especialmente irritantes; en tanto que las acusaciones de hábitos monstruosos recordaban, de manera harto desagradable, el único escándalo conocido de mis inmediatos antepasados: me refiero al caso de mi primo, el joven Randolph Delapore de Carfax, que se fue a vivir con los negros y se hizo oficiante del rito vudú a su regreso de la guerra de México.

Bastante menos me inquietaban las historias que corrían sobre lamentos y aullidos en el valle desolado y barrido por el viento que se abría al pie del precipicio de caliza; así como otras sobre los fétidos hedores que emanaban de las tumbas tras las primaverales lluvias, sobre el torpón y aullador objeto Manco que el caballo de sir John Clave pisó una noche en medio de un solitario campo, o sobre el criado que se había vuelto loco a causa de algo indefinible que vio en el priorato a plena luz del día. Todo ello no eran sino retazos de historias fantásticas que habían arraigado en el vulgo, y por aquel entonces yo era un escéptico a carta cabal. Los relatos sobre aldeanos desaparecidos no debían desecharse del todo, aun cuando no eran especialmente significativos a la vista de las prácticas medievales. La voraz curiosidad significaba la muerte, y más de una cercenada cabeza se había mostrado en público en los bastiones —de los que, afortunadamente, ya no quedaba huella— que se levantaban en los aledaños de Exham Priory.

Algunas de las historias que corrían eran sumamente pintorescas, hasta el punto de hacerme sentir no haber estudiado más mitología comparada en mi juventud. Así, por ejemplo, aún subsistía la creencia de que una legión de diablos con alas de vampiro se reunía todas las noches en el priorato para celebrar sus rituales aquelarres, legión cuyo mantenimiento alimenticio podía hallar explicación en la desproporcionada abundancia de verduras ordinarias cultivadas en aquellos enormes huertos. La más gráfica de todas las historias que circulaban sobre el lugar era una que relataba la dramática epopeya de las ratas —un insaciable ejército de obscenas alimañas que había surgido en tropel del interior del castillo tres meses después de la tragedia que lo condenó al más absoluto abandono—, una cenceña, nauseabunda y famélica soldadesca que había barrido todo a su paso, devorando aves, gatos, perros, cerdos, ovejas y hasta dos desventurados seres humanos antes de ver acallado su furor. En torno a tan inolvidable plaga de roedores gira todo un ciclo independiente de mitos, pues las alimañas se dispersaron por entre las casas del pueblo suscitando toda clase de imprecaciones y horrores a su paso.

Tales eran las historias que se cernían sobre mí cuando me dispuse a acometer, con la obstinación propia de un anciano, las obras de restauración de mi ancestral solar. No debe creerse, ni siquiera por un momento, que tales historias constituían lo esencial del entorno sicológico en que me desenvolvía. Por otro lado, contaba con el apoyo decidido y constante del capitán Norrys y de los arqueólogos que me rodeaban y asistían en mi tarea. Una vez terminada la obra, algo más de dos años después de iniciada, pude contemplar aquel conjunto de amplias habitaciones, revestidos muros, abovedados techos, ventanas con parteluces y anchas escaleras, con un orgullo que compensaba con creces los cuantiosos gastos que supuso la restauración.

No había detalle medieval que no estuviera diestramente reproducido, y las partes nuevas armonizaban a la perfección con los muros y cimientos originales. El solar de mis antepasados estaba de nuevo en pie, y ahora sólo me quedaba redimir la fama local de la línea familiar que terminaba en mí. Me quedaría a vivir allí permanentemente y demostraría a todos que un De la Poer (pues había adoptado de nuevo la grafía original del apellido) no tenía por qué ser un ser diabólico. Mi confort se vio en parte aumentado por el hecho de que, aunque Exham Priory estaba construido según los cánones medievales, su interior era absolutamente nuevo y se hallaba libre de vetustos fantasmas y nocivas alimañas.

Como ya he dicho, me mudé a Exham Priory el 16 de julio de 1923. Me hacían compañía en mi nueva residencia siete criados y nueve gatos, animal éste por el que siento una especial atracción. Mi gato más viejo, "Negrito", tenía siete años y vino conmigo desde Bolton, en Massachusetts; el resto de los gatos los había ido reuniendo mientras vivía con la familia del capitán Norrys, en el curso de las obras de restauración del priorato.

Durante cinco días nuestra rutina prosiguió en medio de la más absoluta calma, empleando la mayor parte del tiempo en la clasificación de antiguos documentos relativos a la familia. Disponía ya de unas cuantas descripciones muy detalladas de la tragedia final y la huida de Walter de la Poer, que supuse sería lo que encerraba el legajo hereditario perdido en el incendio de Carfax. Al parecer, a mi antepasado se le acusó, con sobrada razón, de matar al resto de los moradores de la casa —salvo cuatro criados cómplices suyos— mientras dormían, unas dos semanas después de un sorprendente descubrimiento que habría de alterar toda su forma de ser, pero que no debió desvelar más que a los criados que colaboraron con él en el asesinato y, seguidamente, huyeron lejos del alcance de la justicia.

Esta degollina premeditada —en total, un padre, tres hermanos y dos hermanas—, fue en gran medida condonada por los aldeanos y con tal negligencia dictaminada por la justicia que su instigador pudo huir —con todos los honores, sin sufrir el menor daño ni tener que disfrazarse— a Virginia. El sentir general que circulaba por el pueblo era que había librado aquellas tierras de la maldición inmemorial que sobre ellas pesaba. Ni siquiera puedo conjeturar cuál fue el descubrimiento que llevó a mi antepasado a cometer tan abominable acción. Walter de la Poer debía conocer desde hacía tiempo las siniestras historias que se contaban sobre su familia, por lo que no creo que el motivo que desató todo proviniera de dicha fuente. ¿Presenciaría acaso algún antiguo y espeluznante rito o se daría de bruces con algún tenebroso símbolo revelador en el priorato o en sus aledaños? En Inglaterra se le tenía por un joven tímido y de buenos modales. En Virginia, parecía más un ser de carácter atormentado y aprensivo que un tipo duro o amargado. De él se decía en el diario de otro aventurero de rancio abolengo, Francis Harley de Bellview, que era un hombre sin par en lo tocante al sentido de la justicia, el honor y la discreción.

El 22 de julio tuvo lugar el primer incidente, el cual, aunque apenas se le prestó atención en aquel momento, adquiere un significado premonitorio en relación con ulteriores acontecimientos. Fue tan poca cosa que casi no se le dio importancia, y apenas pudo advertirse en las circunstancias reinantes; pues debe recordarse que al ser el edificio prácticamente nuevo en su totalidad, salvo los muros, y hallarse atendido por una avezada servidumbre, toda aprensión habría sido absurda no obstante las historias que corrían sobre el lugar.

A poco más que esto se reduce lo que pude recordar a posteriori: mi viejo gato negro, cuyo humor tan bien conozco, estaba indudablemente alerta e inquieto en una medida que no concordaba en nada con su habitual modo de ser. Iba de una habitación a otra, dando la impresión de estar intranquilo y preocupado por algo, y olisqueaba constantemente los muros que formaban parte de la estructura gótica. Comprendo perfectamente cuán trillado suena todo esto —algo así como el inevitable perro del cuento de fantasmas, que no cesa de gruñir hasta que su amo ve finalmente la figura envuelta en sábanas—, pero en este caso concreto creo que tiene su importancia.

Al día siguiente, un criado vino a darme cuenta de la inquietud reinante entre los gatos de la casa. Yo me encontraba en mi estudio, una habitación de techo alto y orientada al occidente que había en el segundo piso, con arcos de aristas artesonado de roble oscuro y una triple ventana gótica que daba al precipicio de roca caliza y desde la que se divisaba el inhóspito valle. Mientras me hablaba el criado, pude ver cómo la forma de azabache de Negrito se arrastraba a lo largo del muro oeste y arañaba el nuevo artesonado que cubría la antigua piedra.

Le dije al criado que debía tratarse de algún extraño olor o emanación procedente de la antigua mampostería, y que, si bien era imperceptible al olfato humano, debía afectar a los sensibles órganos de los felinos a pesar del artesonado que lo recubría. Así lo creía sinceramente, y cuando aquel hombre aludió a la posible presencia de roedores, le dije que en aquel lugar no había habido ratas durante trescientos años, y que difícilmente podrían encontrarse los ratones de la campiña que lo circundaba en tan altos muros, pues nunca se los había visto merodeando por allí. Aquella misma tarde llamé al capitán Norrys, quien me aseguró que le parecía bastante increíble que los ratones del campo infestaran de repente el priorato pues, que él supiera, no había precedentes de nada semejante.

Aquella noche, prescindiendo como de costumbre de la ayuda del mayordomo, me retiré a la cámara de la torre orientada al occidente que me había reservado; a ella se llegaba desde el estudio tras subir por una escalinata de piedra y atravesar una pequeña galería; la primera antigua en parte, la segunda enteramente restaurada. La estancia era circular, de techo muy alto y sin revestimiento alguno, si bien de la pared colgaban unos tapices que había comprado en Londres.

Tras comprobar que Negrito se hallaba conmigo, cerré la pesada puerta gótica y me recogí a la luz de aquellas bombillas eléctricas que tanto se asemejaban a bujías; al cabo de un rato, apagué la luz y me dejé hundir en la taraceada y endoselada cama coronada por cuatro baldaquines, con el venerable gato en su habitual lugar a mis pies. No eché las cortinas, quedando mi mirada fija en la angosta ventana que daba al norte y tenía justo frente a mí. Un esbozo de aurora se dibujaba en el cielo destacando la siempre grata silueta de las primorosas tracerías de la ventana.

En un momento dado debí quedarme apaciblemente dormido, pues recuerdo claramente una sensación de despertar de extraños sueños, cuando el gato dio un brusco respingo abandonando la serena posición en que se encontraba. Pude verlo gracias al tenue resplandor de la aurora; tenía la cabeza enhiesta hacia delante, las patas delanteras clavadas en mis tobillos y las traseras estiradas cuan largas eran. Miraba fijamente a un punto de la pared situado algo al oeste de la ventana, un punto en el que mi vista no encontraba nada digno de resaltar, pero en el que se concentraban ahora mis cinco sentidos.

Mientras observaba, comprendí el motivo de la excitación de Negrito. Si se movieron o no los tapices es algo que no sabría decir. A mí me pareció que sí, aunque muy ligeramente. Pero lo que sí puedo jurar es que detrás de los tapices oí un ruido, leve pero nítido, como de ratas o ratones escabulléndose precipitadamente. No había transcurrido un segundo cuando ya el gato se había arrojado materialmente sobre el tapiz de matizados colores, haciendo caer al suelo, debido a su peso, la parte a la que se agarró y dejando al descubierto un antiguo y húmedo muro de piedra, retocado aquí y allá por los restauradores, y sin la menor traza de roedores merodeando por sus inmediaciones.

Negrito recorrió de arriba abajo el suelo de aquella parte del muro, desgarrando el tapiz caído e intentando en ocasiones introducir sus garras entre el muro y la tarima del suelo. Pero no encontró nada, y al cabo de un rato volvió muy fatigado a su habitual posición a mis pies. Yo no me había levantado de la cama, pero no volví a conciliar el sueño en toda la noche.

A la mañana siguiente indagué entre la servidumbre pero nadie había advertido nada anormal, excepto la cocinera, que recordaba el anómalo comportamiento de un gato que dormitaba en el alféizar de su ventana. El gato en cuestión se puso a maullar a cierta hora de la noche, despertando a la cocinera justo a tiempo de verlo lanzarse a toda velocidad por la puerta abierta escaleras abajo. Al mediodía me quedé un rato amodorrado y al despertarme fui a visitar de nuevo al capitán Norrys, que mostró especial interés en lo que le conté. Los incidentes extraños —tan raros a la vez que tan curiosos— despertaban en él el sentido de lo pintoresco, y le trajeron a la memoria multitud de recuerdos de historias locales sobre fantasmas. No conseguíamos salir de nuestro estupor ante la presencia de las ratas, y lo único que se le ocurrió a Norrys fue dejarme unos cepos y unos polvos de verde de París que, de vuelta a casa, mandé a los criados colocar en lugares estratégicos.

Me fui pronto a la cama pues tenía mucho sueño, pero mientras dormía me asaltaron atroces pesadillas. En ellas miraba hacia abajo desde una impresionante altura a una gruta débilmente iluminada cuyo suelo estaba cubierto por una gruesa capa de estiércol; en el interior de dicha gruta había un demonio porquerizo de canosa barba que dirigía con su cayado un rebaño de bestias fungiformes y fláccidas cuya sola vista me produjo una indescriptible repugnancia. Luego, mientras el porquero se detenía un instante y se inclinaba para divisar su rebaño, un impresionante enjambre de ratas llovió del cielo sobre el hediondo abismo y se puso a devorar a animales y hombre.

Tras tan terrorífica visión me desperté bruscamente a causa de los bruscos movimientos de Negrito, que como de costumbre dormía a mis pies. Esta vez no tuve que inquirir por el origen de sus gruñidos y resoplidos ni por el miedo que le impulsaba a hundir sus garras en mis tobillos, inconsciente de su efecto, pues las cuatro paredes de la estancia bullían de un sonido nauseabundo: el repugnante deslizarse de gigantescas ratas famélicas. En esta ocasión no había aurora que permitiera ver en qué estado se encontraba el tapiz —cuya sección caída había sido reemplazada—, pero no vacilé ni un instante en encender la luz.

Al resplandor de ésta pude ver cómo todo el tapiz era presa de una espantosa sacudida, hasta el punto de que los dibujos, de por sí ya un tanto originales, se pusieron a ejecutar una singular danza de la muerte. La agitación desapareció casi al instante, y con ella los ruidos. Saltando del lecho, hurgué en el tapiz con el largo mango del calentador de cama que había en la habitación, y levanté una parte del mismo para ver qué habla debajo Pero allí no había sino el restaurado muro de piedra, y para entonces ya había remitido el estado de tensión en que se encontraba el gato debido al olfateo de algo anómalo. Cuando examiné el cepo circular que había colocado en la habitación, pude ver que todos los orificios se encontraban forzados, aunque no quedase rastro de lo que debió escaparse tras caer en la trampa.

Naturalmente, ni se me pasó por la cabeza volver a la cama, así que encendí una vela, abrí la puerta y salí a la galería al final de la cual estaban las escaleras que conducían a mi estudio, con Negrito siempre pegado a mis talones. Antes de llegar a la escalinata de piedra, empero, el gato salió disparado delante de mí y desapareció tras el antiguo tramo. Mientras bajaba las escaleras, llegaron de repente hasta mí unos sonidos producidos en la gran estancia que quedaba debajo, unos sonidos de tal naturaleza que no podían inducir a equívoco.

Los muros de artesonado de roble bullían de ratas que se deslizaban y se arremolinaban en un inusitado frenesí, mientras Negrito corría de un lado para otro con la irritación propia del cazador burlado. Al llegar abajo, encendí la luz, pero no por ello remitió el ruido esta vez. Las ratas seguían alborotadas, dispersándose en baraúnda con tal estrépito y nitidez que finalmente no me fue difícil asignar una dirección precisa a sus movimientos. Aquellas criaturas, en número al parecer incalculable, estaban embarcadas en un impresionante movimiento migratorio desde inimaginables alturas hasta una profundidad desconocida.

Seguidamente, oí un ruido de pasos en el corredor, y unos instantes después dos criados abrían de golpe la maciza puerta. Rastreaban toda la casa en busca del origen de aquel revuelo que llevó a todos los gatos de la casa a lanzar estridentes maullidos y a saltar precipitadamente varios tramos de escalera hasta llegar ante la puerta cerrada del sótano, donde se agazaparon sin dejar de maullar. Les pregunté a los criados si habían visto las ratas, pero su respuesta fue negativa. Y cuando me volteé para llamar su atención a los sonidos que se oían en el interior del artesonado, pude advertir que el ruido había cesado.

Junto con aquellos dos hombres bajé hasta la puerta del sótano, pero para entonces ya se habían dispersado los gatos. Luego, decidí explorar la cripta que había debajo, pero de momento me limité a inspeccionar los cepos. Todos habían saltado, pero no tenían ni un solo ocupante. Contento porque excepto los felinos y yo nadie más había oído las ratas, me senté en mi estudio hasta que alboreó el día, reflexionando intensamente sobre cuál pudiera ser la causa de todo ello y tratando de recordar todo fragmento de leyenda desenterrado por mí que hiciera referencia al edificio en que habitaba.

Dormí un poco por la mañana, reclinado en el único sillón confortable del gabinete que mi medieval diseño del mobiliario no logró proscribir. Al despertarme llamé por teléfono al capitán Norrys, quien se presentó al cabo de un rato y me acompañó en la exploración del sótano.

No encontramos absolutamente nada que nos llamase la atención, aunque no pudimos reprimir un escalofrío al enterarnos de que la cripta databa de tiempos de los romanos. Todos los arcos bajos y macizos pilares eran de estilo romano; no del estilo degradado de los chapuceros sajones, sino del severo y armónico clasicismo de la era de los césares. Como cabía esperar, las paredes abundaban en inscripciones familiares a los arqueólogos que habían explorado en repetidas ocasiones el lugar; podían leerse cosas del estilo de "P. GETAE. PROP... TEMP... DONA..." y "L. PRAEC... VS... PONTIFI... ATYS...", y otras más.

La referencia a Atys me produjo un estremecimiento, pues había leído a Catulo y sabía algo de los abominables ritos dedicados al dios oriental, cuyo culto tanto se confundía con el de Cibeles. Norrys y yo, a la luz de unos faroles, tratamos de interpretar los extraños y descoloridos dibujos que se veían en unos bloques de piedra irregularmente rectangulares que debieron ser altares en otro tiempo, pero no pudimos sacar nada en claro. Recordamos que uno de aquellos dibujos, una especie de sol del que salían unos rayos en todas las direcciones, fue escogido por los estudiantes para mostrar que no era de origen romano, sugiriendo que los sacerdotes romanos se habían limitado a adoptar aquellos altares que provendrían de un templo más antiguo y probablemente aborigen levantado sobre aquel mismo suelo. En uno de aquellos bloques se advertían unas manchas marrones que me dieron que pensar. El mayor de todos ellos, un bloque que se encontraba en el centro de la estancia, tenía ciertos detalles en la cara superior que indicaban que había estado en contacto con el fuego; probablemente se trataba de ofrendas incineradas.

Tales eran las cosas que se veían en aquella cripta ante cuya puerta los gatos habían estado maullando, y donde Norrys y yo habíamos decidido pasar la noche. Los criados, a quienes se les advirtió que no se preocuparan por los movimientos de los gatos durante la noche, bajaron sendos sofás, y Negrito fue admitido en calidad de ayuda a la vez que de compañía. Juzgamos oportuno cerrar herméticamente la gran puerta de roble —una réplica moderna con rendijas para la ventilación— y, seguidamente, nos retiramos con los faroles aún encendidos a aguardar cuanto pudiera depararnos la noche.

La cripta estaba en la parte inferior de los cimientos del priorato y al fondo de la cara del prominente precipicio que dominaba el desolado valle. No dudaba que aquel había sido el objetivo de las infatigables e inexplicables ratas, aun cuando no sabría decir el motivo. Mientras aguardábamos expectantes, mi vigilia se entremezclaba ocasionalmente con sueños a medio formar de los que me despertaban los inquietos movimientos del gato que, como de costumbre, se encontraba a mis pies.

Pero aquella noche mis sueños no tuvieron nada de agradable; al contrario, fueron tan espeluznantes como los de la noche anterior. De nuevo aparecían ante mí la siniestra gruta en penumbra y el porquero con sus innombrables y fungiformes bestias revolcándose en el cieno, y al mirar a aquellos seres me parecían más cerca y con perfiles más precisos, tan precisos que casi podía ver sus rasgos físicos. Luego, pude ver la fláccida fisonomía de uno de ellos..., cuando, de repente, desperté profiriendo tal grito que Negrito dio un violento respingo, mientras el capitán Norrys, que no había pegado el ojo en toda la noche, se echó a reír a carcajadas. Y aún más —o quién sabe si menos— habría reído Norrys de haber sabido el motivo de mi estruendoso grito. Pero ni yo mismo lo recordé hasta pasado un rato: el horror descarnado tiene la virtud de paralizar a menudo la memoria.

Norrys me despertó al empezar a manifestarse el fenómeno. En el curso del referido y espantoso sueño me desveló con una ligera sacudida instándome a que escuchara el ruido de los gatos. ¡Y bien que podía escucharse!, pues al otro lado de la cerrada puerta, al pie de la escalinata de piedra, había una verdadera baraúnda de felinos aullando y arañando en la madera, mientras Negrito, absorto por completo de cuanto pudieran estar haciendo sus congéneres, corría alocadamente a lo largo de los desnudos muros de piedra, en los que pude percibir claramente el mismo ajetreo de ratas deslizándose que tanto me había atribulado la noche anterior.

Un indescriptible terror se apoderó de mí, pues aquellas anomalías no podían explicarse por procedimientos normales. Aquellas ratas, de no ser las criaturas procedentes de un estado febril que sólo yo compartía con los gatos, debían escabullirse y tener su madriguera entre los muros romanos que creí estaban formados por bloques de caliza sólida. A menos, se me ocurrió pensar, que la acción del agua en el curso de más de diecisiete siglos hubiera horadado sinuosos túneles que los roedores habrían posteriormente despejado y ensanchado. Pero aun así, el horror espectral que experimentaba no era menor; pues, en el supuesto de que se tratase de alimañas de carne y hueso, ¿por qué Norrys no oía su repugnante alboroto? ¿Por qué me instó a que observara a Negrito y escuchara los maullidos de los gatos afuera? ¿Y por qué intuía difusamente y sin fundamento los motivos que les llevaban a armar aquel revuelo?

Para cuando conseguí decirle, de la forma más racional que pude, lo que creía estar oyendo, hasta mis oídos llegó el último tenue sonido de aquel incansable revuelo. Ahora daba la impresión de que el ruido se alejaba, se oía aún más abajo, muy por debajo del nivel del sótano, hasta el punto de que todo el precipicio parecía acribillado de ratas en continuo ajetreo. Norrys no se mostraba tan escéptico como yo había anticipado, sino que parecía profundamente agitado. Me indicó por señas que ya había cesado el estrépito de los gatos, los cuales parecían dar a las ratas por perdidas. Entre tanto, Negrito era presa de nuevo desasosiego y se ponía a arañar frenéticamente la base del gran altar de piedra levantado en el centro de la habitación, si bien se encontraba más próximo del sofá de Norrys que del mío.

Llegado a este punto, mi temor hacia lo desconocido había alcanzado proporciones inconmensurables. Entonces ocurrió algo sorprendente, y pude ver cómo el capitán Norrys, un hombre más joven, corpulento y, presumiblemente, de ideas más materialistas que las mías, se hallaba tan inquieto como yo… probablemente porque conocía harto bien y de toda la vida la leyenda local. De momento no podíamos hacer sino limitarnos a observar cómo Negrito hundía sus garras, cada vez con menos fervor, en la base del altar, levantando de vez en cuando la cabeza y maullando en dirección mía de aquella manera tan persuasiva con que acostumbraba hacerlo cuando quería algo de mí.

Norrys acercó un farol al altar y examinó de cerca el lugar donde Negrito estaba arañando. Se arrodilló en silencio y desbrozó los líquenes que estaban allí desde hacía siglos y unían el macizo bloque prerromano al teselado suelo. Pero tras mucho escarbar no encontró nada de particular, y ya estaba a punto de cejar en sus esfuerzos cuando advertí una circunstancia trivial que me hizo estremecer, aun cuando no podía decirse que me cogiera totalmente de improviso.

Hice partícipe de mi descubrimiento a Norrys, y ambos nos pusimos a examinar aquella casi imperceptible manifestación con la fijeza propia de quien realiza un fascinante hallazgo que confirma lo acertado de sus pesquisas. En suma, se trataba de lo siguiente: la llama del farol colocado junto al altar oscilaba, ligera pero evidentemente, debido a una corriente de aire que no soplaba antes, y que sin duda procedía de la rendija que había entre el suelo y el altar en donde Norrys había estado desbrozando los líquenes.

Pasamos el resto de la noche en el estudio inundado de luz, discutiendo en medio de una cierta excitación el paso siguiente a dar. El descubrimiento bajo aquellas malditas ruinas de una cripta por debajo de los cimientos inferiores que se conocían de la mampostería romana, una cripta que había pasado inadvertida a los avezados anticuarios que exploraron el edificio por espacio de tres siglos, habría bastado para excitarmos a Norrys y a mí, profanos en todo lo que se relacionaba con lo siniestro. Por decirlo así, la fascinación tenía una doble vertiente, y vacilamos no sabiendo si cejar en nuestras pesquisas y abandonar de una vez para siempre el priorato por supersticiosa precaución o satisfacer nuestro sentido de la aventura y el riesgo, cualesquiera que fuesen los horrores que pudieran esperarnos al adentramos en aquellos desconocidos abismos.

Ya de mañana, llegamos a un acuerdo: Iríamos a Londres en busca de arqueólogos y científicos capacitados para desvelar aquel misterio. Debo decir, asimismo, que antes de abandonar el sótano intentamos en vano correr el altar central, al que ahora reconocíamos como la puerta de acceso a nuevas simas de indefinible terror. A hombres más doctos que nosotros tocaría desvelar qué secretos misterios ocultaba aquella puerta.

Durante nuestra larga estancia en Londres, el capitán Norrys y yo dimos a conocer los hechos, conjeturas y legendarias anécdotas a cinco eminentes autoridades científicas, todas ellas personas en las que podía confiarse que sabrían tratar con la debida discreción cualquier revelación sobre el pasado familiar que pudiera ponerse al descubierto en el curso de las investigaciones. La mayoría de aquellos hombres parecían poco inclinados a tomar el asunto a la ligera; al contrario, desde el primer momento demostraron un gran interés y una sincera comprensión. No creo que haga falta dar el nombre de todos los expedicionarios, pero puedo decir que entre ellos se encontraba dir William Brinton, cuyas excavaciones en el Troad llamaron la atención de casi todo el mundo en su día. Al tomar con ellos el tren para Anchester sentí una especie de desasosiego, algo así como si estuviera al borde de espeluznantes revelaciones..., una sensación reflejada por entonces en el afligido semblante de muchos americanos que vivían en Londres debido a la inesperada muerte de su Presidente al otro lado del océano.

El 7 de agosto por la tarde llegamos a Exham Priory, donde los criados me aseguraron que nada extraño había ocurrido en mi ausencia. Los gatos, incluso el anciano Negrito, habían estado absolutamente tranquilos y ni un solo cepo se había levantado en toda la casa. Las exploraciones iban a dar comienzo al día siguiente. Entre tanto, asigné a cada uno de mis huéspedes habitaciones equipadas con todo lo que pudieran necesitar.

Yo me fui a dormir a mi cámara de la torre, con Negrito siempre a mis pies. Al poco caí dormido, pero espantosos sueños volvieron a asaltarme. Tuve una pesadilla de una fiesta romana como la de Trimalción en la que pude ver una abominable monstruosidad en una fuente cubierta. Luego, volví a ver aquella maldita y recurrente visión del porquero y su hedionda piara en la tenebrosa gruta. Pero cuando me desperté ya era de día y en las habitaciones de abajo no se oían ruidos anormales. Las ratas, ya fuesen reales o imaginarias, no me habían molestado lo más mínimo, y Negrito seguía durmiendo plácidamente. Al bajar, comprobé que en el resto de la casa reinaba una absoluta quietud. A juicio de uno de los científicos que me acompañaban —un tipo llamado Thornton, estudioso de los fenómenos síquicos— ello se debía a que ahora se me mostraba únicamente lo que ciertas fuerzas desconocidas querían que yo viera, razonamiento éste, a decir verdad, que encontré bastante absurdo.

Todo estaba dispuesto para empezar, así que a las once de la mañana de aquel día los siete hombres que integrábamos el grupo, provistos de focos eléctricos y herramientas para excavaciones, bajamos al sótano y cerramos la puerta con cerrojo tras de nosotros. Negrito nos acompañaba, pues los investigadores no hallaron oportuno despreciar su excitabilidad y prefirieron que se hallase presente por si se producían difusas manifestaciones de la presencia de roedores. Apenas reparamos unos momentos en las inscripciones romanas y en los indescifrables dibujos del altar, pues tres de los científicos ya los habían visto anteriormente y todos los componentes de la expedición estaban al tanto de sus características. Atención especial se prestó al imponente altar central; al cabo de una hora sir William Brinton había logrado desplazarlo hacia atrás, gracias a la ayuda de una especie de palanca para mí desconocida.

Ante nosotros se puso al descubierto tal horror que no habríamos sabido cómo reaccionar de no estar prevenidos. A través de un orificio casi cuadrado abierto en el enlosado suelo, y desparramados a lo largo de un tramo de escalera tan desgastado que parecía poco más que una superficie plana con una ligera inclinación en el centro, se veía un horrible amasijo de huesos de origen humano o, cuando menos, semihumano. Los esqueletos que conservaban su postura original evidenciaban actitudes de infernal pánico, y en todos los huesos se apreciaba la huella de mordeduras de roedores. No había nada en aquellos cráneos que indujera a pensar que pertenecieran a seres con un alto grado de idiocia o cretinismo, o siquiera en la posibilidad de que fueran restos de antropoides prehistóricos.

Por encima de los escalones rebosantes de inmundicia se abría en forma de arco un pasadizo en descenso, que parecía labrado en la roca viva, por el que circulaba una corriente de aire. Pero aquella corriente no era una bocanada brusca y hedionda cual si de una cripta cerrada se tratase, sino una agradable brisa con algo de aire fresco. Tras detenernos un momento, nos aprestamos, en medio de un general escalofrío, a abrirnos paso escalera abajo. Fue entonces cuando sir William, tras examinar atentamente los labrados muros, hizo la sorprendente observación de que el pasadizo, a tenor de la dirección de los golpes, parecía haber sido labrado desde abajo.

Ahora debo meditar detenidamente lo que digo y elegir con sumo cuidado las palabras.

Tras abrirnos paso unos escalones a través de los roídos huesos, vimos una luz frente a nosotros; no se trataba de una fosforescencia mística ni nada por el estilo, sino de luz solar filtrada que no podía proceder sino de ignotas fisuras abiertas en el precipicio que se erigía sobre el desolado valle. No tenía nada de particular que nadie desde el exterior hubiera parado mientes en aquellas rendijas, pues aparte de estar el valle totalmente despoblado la altura y pendiente del precipicio eran tales que sólo un aeronauta podría estudiar su cara en detalle. Unos pasos más y nuestro aliento quedó literalmente arrebatado ante el espectáculo que se nos ofrecía a la vista; tan literalmente, que Thornton, el investigador de lo síquico, cayó desmayado en los brazos del aturdido expedicionario que marchaba detrás suyo. Norrys, con su rechoncha cara totalmente lívida y fláccida, se limitó a lanzar un grito inarticulado, y en cuanto a mí creo que emití un resuello o siseo y me tapé los ojos.

El hombre que marchaba detrás de mí —el único componente del grupo de más edad que yo— profirió el manido "¡Dios mío!" con la más quebrada voz que recuerdo. Del total de los siete expedicionarios, sólo sir William Brinton conservó el aplomo, algo que debe apuntársele en su haber, sobre todo si se tiene en cuenta que encabezaba el grupo y, por tanto, debió ser el primero en verlo todo.

Nos encontrábamos ante una gruta iluminada por una tenue luz y enormemente alta, que se prolongaba más allá del campo de nuestra visión. Todo un mundo subterráneo de infinito misterio y horribles premoniciones se abría ante nosotros. Allí podían verse edificaciones y otros restos arquitectónicos —con una mirada presa de terror divisé un extraño túmulo, un imponente círculo de monolitos, unas ruinas romanas de baja bóveda, una pira funeraria sajona derruida y una primitiva construcción inglesa de madera—, pero todo quedaba empequeñecido ante el repulsivo espectáculo que podía divisarse hasta donde llegaba la vista: unos metros más allá de donde acababa la escalera se extendía por todo el recinto una demencial maraña de huesos humanos, o al menos igual de humanos que los que habíamos visto unos metros atrás. Como un mar de espuma, aquellos huesos cubrían todo el ámbito que abarcaba la vista, unos sueltos, otros articulados total o parcialmente como esqueletos; estos últimos se encontraban en posturas que reflejaban un diabólico frenesí, como si estuviesen repeliendo alguna amenaza o aferrando otros cuerpos con intenciones caníbales.

Cuando el doctor Trask, el antropólogo del grupo, se detuvo para examinar e identificar los cráneos, se encontró con que estaban formados por una mezcolanza degradada que le sumió en el más completo estupor. En su mayoría, aquellos restos pertenecían a seres muy por debajo del hombre de Pilrdown en la escala de la evolución, pero en cualquier caso eran, sin la menor duda, de origen humano. Muchos eran de grado superior, y sólo unos pocos eran cráneos de seres con los sentidos y el cerebro plenamente desarrollados. No había hueso que no estuviera roído, sobre todo por ratas, pero también por otros seres de aquella jauría semihumana. Mezclados con ellos podían verse muchos huesecillos de ratas, guerreros caídos del letal ejército que había cerrado un antiguo ciclo épico.

Dudo que alguno de nosotros conservase su lucidez a lo largo de aquel día de horrorosos descubrimientos. Ni Hoffmann ni Huysmans podían imaginarse una escena más asombrosamente increíble, más atrozmente repulsiva, ni más góticamente grotesca que la que se ofrecía a la vista de aquella sombría gruta por la que los siete expedicionarios avanzábamos a tumbos… Íbamos de revelación en revelación, a la vez que tratábamos de evitar todo pensamiento que se nos viniera a la cabeza sobre lo que pudiera haber acaecido en aquel lugar trescientos, mil, dos mil o quién sabe si diez mil años atrás. Aquel lugar era la antesala del infierno, y el pobre Thornton volvió a desmayarse cuando Trask le dijo que algunos de aquellos esqueletos debían descender de cuadrúpedos a lo largo de las veinte o más generaciones que les precedieron.

A un horror seguía otro cuando empezamos a interpretar las ruinas arquitectónicas. Los seres cuadrúpedos —y sus ocasionales reclutas procedentes de las filas bípedas— habían vivido encerrados en cuévanos de piedra, de donde debieron escapar en su delirio final provocado por el hambre o el miedo a los roedores. Por legiones se contaban las ratas, cebadas evidentemente por la ingestión de las verduras ordinarias cuyos residuos podían aún encontrarse a modo de ponzoñoso ensilaje en el fondo de grandes recipientes de piedra prerromanos. Ahora comprendía por qué mis antepasados tenían aquellos huertos tan inmensos. ¡Ojalá pudiera relegarlo todo al olvido! No me hizo falta inquirir sobre lo que se proponían aquellas infernales bandadas de roedores.

Sir William, de pie y enfocando con su linterna la ruina romana, tradujo en voz alta el más sorprendente ritual que jamás haya conocido y habló de la dieta alimenticia del culto antediluviano que los sacerdotes de Cibeles encontraron y entremezclaron con el suyo propio.

Norrys, acostumbrado como estaba a la vida de las trincheras, no podía caminar derecho al salir de la construcción inglesa. El edificio en cuestión era una carnicería y una cocina —justo lo que Norrys esperaba encontrar—, pero ya no era tan normal ver utensilios ingleses familiares en semejante lugar y poder leer inscripciones inglesas que resultaban conocidas, algunas de fecha tan cercana como 1610. Yo no pude entrar en el edificio, aquel edificio testigo de diabólicas celebraciones que sólo se vieron interrumpidas por la daga de mi antepasado Walter de la Poer.

Sí me aventuré a entrar en lo que resultó ser el edificio bajo sajón cuya puerta de roble se hallaba en el suelo y en él me encontré una impresionante hilera de diez celdas de piedra con herrumbrosos barrotes. Tres tenían ocupantes, todos ellos esqueletos de grado superior, y en el huesudo dedo índice de uno de ellos pude ver un sello con mi escudo de armas. Sir William encontró una cripta con celdas aún más antiguas debajo de la capilla romana, pero en este caso las celdas estaban vacías. Debajo había una cripta de techo bajo llena de nichos con huesos alineados, algunos de los cuales mostraban terribles inscripciones geométricas esculpidas en latín, en griego y en la lengua de Frigia.

Mientras tanto, el doctor Trask había abierto uno de los túmulos prehistóricos descubriendo en su interior unos cráneos de escasa capacidad, poco más desarrollados que los de los gorilas, con unos signos ideográficos indescifrables. Mi gato permaneció imperturbable ante todo aquel espectáculo. En una ocasión lo vi pavorosamente subido encima de una montaña de huesos, y me pregunté qué secretos podrían ocultarse tras aquellos relampagueantes ojos amarillos.

Tras habernos hecho una ligera idea de las espantosas revelaciones que se escondían en aquella parte de la sombría cueva —lugar aquél tan horriblemente presagiado en mi recurrente sueño— volvimos a aquel aparente abismo sin fin, a la nocturnal caverna en donde ni un solo rayo de luz se filtraba a través del precipicio. Jamás sabremos qué invisibles mundos estigios se abrían más allá de la pequeña distancia que recorrimos, pues no creímos que el conocimiento de tales secretos pudiera redundar en pro de la humanidad. Pero había suficientes cosas en las que fijarnos en torno nuestro, pues apenas habíamos dado unos pasos cuando la luz de los focos puso al descubierto la espeluznante infinidad de pozos en que las ratas se habían dado festín y cuyo repentino agotamiento fue la causa de que el ejército de famélicos roedores se lanzaran, en un primer momento, sobre los rebaños vivos de hambrientos seres, y luego se escapara en tropel del priorato en aquella histórica y devastadora orgía que jamás olvidarán los vecinos del lugar.

¡Dios mío! ¡Qué inmundos pozos de quebrados y descarnados huesos y abiertos cráneos! ¡Qué simas de pesadilla rebosantes de huesos de pitecántropos, celtas, romanos e ingleses de incontables centurias de vida no cristiana! En unos casos estaban repletos y sería imposible decir qué profundidad tuvieron en otro tiempo. En otros, la luz de nuestros focos no llegaba siquiera al fondo y se los veía abarrotados de las más increíbles cosas. ¿Y qué habría sido, pensé, de las desventuradas ratas que se dieron de bruces con aquellos cepos en medio de la oscuridad de tan horripilante Tártaro?

En cierta ocasión mi pie casi se introdujo en un horrible foso abierto, haciéndome pasar unos instantes de terror extático. Debí quedarme absorto un buen rato, pues salvo al capitán Norrys no pude ver a nadie del grupo. Seguidamente, se oyó un sonido procedente de aquella tenebrosa e infinita distancia que creí reconocer, y vi a mi viejo gato negro pasar raudo delante de mí como si fuese un alado dios egipcio que se dirigiese a los insondables abismos de lo desconocido. Pero el ruido no se oía tan lejano, pues al instante comprendí perfectamente de qué se trataba: era de nuevo el espantado corretear de aquellas endiabladas ratas, siempre a la búsqueda de nuevos horrores y decididas a que las siguiera hasta aquellas intrincadas cavernas del centro de la tierra donde Nyarlathotep, el enloquecido dios sin rostro, aúlla a ciegas en la más tenebrosa oscuridad a los acordes de dos necios y amorfos flautistas.

Mi foco se apagó, pero no por ello dejé de correr. Oía voces, alaridos y ecos, pero por encima de todo percibía ligeramente aquel abominable e inconfundible corretear, en un principio tenuemente y luego con mayor intensidad, como un cadáver rígido e hinchado se desliza mansamente por la corriente de un río de grasa que discurre bajó infinitos puentes de ónix hasta desembocar en un negro y putrefacto mar.

Algo me rozó, algo fláccido y rechoncho. Debían ser las ratas; ese viscoso, gelatinoso y famélico ejército que halla deleite en vivos y muertos… ¿Por qué no iban a comer las ratas a un De la Poer si los De la Poer no se recataban de comer cosas prohibidas?… La guerra se comió a mi hijo, ¡al diablo todos!… y las llamas yanquis devoraron Carfax, reduciendo a cenizas al viejo Delapore y al secreto de la familia… ¡No, no, repito que no soy el demonio porquero de la oscura gruta! No era la gordinflona cara de Edward Norrys lo que había encima de aquel fláccido ser fungiforme. El seguía vivo, pero mi hijo murió… ¿Cómo pueden ser propiedad de un Norrys las tierras de un De la Poer?… Es vudú, te lo digo yo… esa serpiente moteada… ¡Maldito Thornton, te enseñaré a desmayarte ante las obras de mi familia! ¡Por los clavos de Cristo, canalla!, te va gustar de la sangre… pero ¿es que quieren que los siga por cstos infcrnalcs rccovccos?… ¡Magna Matcr! ¡Magna Matcr!… Atys… Dia ad aghaidh ad aodaun… ¡agus bas dunach ort! . . .¡Dhonas dholas ort, agus eat—sa!… Ungl… ungl… rrlh… cbcbch…

Estas cosas y otras, según cuentan, decía yo cuando me encontraron en medio de las tinieblas tres horas después. Estaba agazapado en aquella tenebrosa oscuridad sobre el cuerpo rechoncho y a medio devorar del capitán Norrys, mientras Negrito se abalanzaba sobre mí y me desgarraba la garganta.

Pero ya ha pasado todo: Exham Priory ha volado por los aires, se han llevado de mi lado a mi viejo gato negro, me han encerrado en esta enrejada habitación de Hanwell, y espantosos rumores circulan acerca de mi heredad y de lo que me acaeció en ella. Thornton está en la habitación de al lado, pero no me dejan hablar con él. Tratan, asimismo, de que no lleguen al dominio público la mayoría de las cosas que se saben sobre el priorato. Siempre que hablo del pobre Norrys me acusan de haber cometido algo horrible, pero deberían saber que no lo hice yo. Deberían saber que fueron las ratas, las escurridizas e insaciables ratas con su continuo ajetreo que no me deja conciliar el sueño, las endiabladas ratas que corretean tras los acolchados muros de la habitación en que ahora me encuentro y me reclaman para que las siga en pos de horrores que no pueden compararse con los hasta ahora conocidos, las ratas que ellos no pueden oír, las ratas, las ratas de las paredes.

UNA NOCHE DE ESPANTO *por Anton Chéjov*

Palideciendo, Iván Ivanovitch Panihidin empezó la historia con emoción:

—Densa niebla cubría el pueblo, cuando, en la Noche Vieja de 1883, regresaba a casa. Pasando la velada con un amigo, nos entretuvimos en una sesión espiritualista. Las callejuelas que tenía que atravesar estaban negras y había que andar casi a tientas. Entonces vivía en Moscú, en un barrio muy apartado. El camino era largo; los pensamientos confusos; tenía el corazón oprimido…

"¡Declina tu existencia!… ¡Arrepiéntete!", había dicho el espíritu de Spinoza, que habíamos consultado.

Al pedirle que me dijera algo más, no sólo repitió la misma sentencia, sino que agregó: "Esta noche".

No creo en el espiritismo, pero las ideas y hasta las alusiones a la muerte me impresionan profundamente.

No se puede prescindir ni retrasar la muerte; pero, a pesar de todo, es una idea que nuestra naturaleza repele.

Entonces, al encontrarme en medio de las tinieblas, mientras la lluvia caía sin cesar y el viento aullaba lastimeramente, cuando en el contorno no se veía un ser vivo, no se oía una voz humana, mi alma estaba dominada por un terror incomprensible. Yo, hombre sin supersticiones, corría a toda prisa temiendo mirar hacia atrás. Tenía miedo de que al volver la cara, la muerte se me apareciera bajo la forma de un fantasma.

Panihidin suspiró y, bebiendo un trago de agua, continuó:

—Aquel miedo infundado, pero irreprimible, no me abandonaba. Subí los cuatro pisos de mi casa y abrí la puerta de mi cuarto. Mi modesta habitación estaba oscura. El viento gemía en la chimenea; como si se quejara por quedarse fuera.

Si he de creer en las palabras de Spinoza, la muerte vendrá esta noche acompañada de este gemido…¡brr!… ¡Qué horror!… Encendí un fósforo. El viento aumentó, convirtiéndose el gemido en aullido furioso; los postigos retemblaban como si alguien los golpease.

"Desgraciados los que carecen de un hogar en una noche como ésta", pensé.

No pude proseguir mis pensamientos. A la llama amarilla del fósforo que alumbraba el cuarto, un espectáculo inverosímil y horroroso se presentó ante mí…

Fue lástima que una ráfaga de viento no alcanzara a mi fósforo; así me hubiera evitado ver lo que me erizó los cabellos… Grité, di un paso hacia la puerta y, loco de terror, de espanto y de desesperación, cerré los ojos.

En medio del cuarto había un ataúd.

Aunque el fósforo ardió poco tiempo, el aspecto del ataúd quedó grabado en mí. Era de brocado rosa, con cruz de galón dorado sobre la tapa. El brocado, las asas y los pies de bronce indicaban que el difunto había sido rico; a juzgar por el tamaño y el color del ataúd, el muerto debía ser una joven de alta estatura.

Sin razonar ni detenerme, salí como loco y me eché escaleras abajo. En el pasillo y en la escalera todo era oscuridad; los pies se me enredaban en el abrigo. No comprendo cómo no me caí y me rompí los huesos. En la calle, me apoyé en un farol e intenté tranquilizarme. Mi corazón latía; la garganta estaba seca. No me hubiera asombrado encontrar en mi cuarto un ladrón, un perro rabioso, un incendio… No me hubiera asombrado que el techo se hubiese hundido, que el piso se hubiese desplomado… Todo esto es natural y concebible. Pero, ¿cómo fue a parar a mi cuarto un ataúd? Un ataúd caro, destinado evidentemente a una joven rica. ¿Cómo había ido a parar a la pobre morada de un empleado insignificante? ¿Estará vacío o habrá dentro un cadáver? ¿Y quién será la desgraciada que me hizo tan terrible visita? ¡Misterio!

O es un milagro, o un crimen.

Perdía la cabeza en conjeturas. En mi ausencia, la puerta estaba siempre cerrada, y el lugar donde escondía la llave sólo lo sabían mis mejores amigos; pero ellos no iban a meter un ataúd en mi cuarto. Se podía presumir que el fabricante lo llevase allí por equivocación; pero, en tal caso, no se hubiera ido sin cobrar el importe, o por lo menos un anticipo.

Los espíritus me han profetizado la muerte. ¿Me habrán proporcionado acaso el ataúd?

No creía, y sigo no creyendo, en el espiritismo; pero semejante coincidencia era capaz de desconcertar a cualquiera.

Es imposible. Soy un miedoso, un chiquillo. Habrá sido una alucinación. Al volver a casa, estaba tan sugestionado que creí ver lo que no existía. ¡Claro! ¿Qué otra cosa puede ser?

La lluvia me empapaba; el viento me sacudía el gorro y me arremolinaba el abrigo. Estaba chorreando… Sentía frío… No podía quedarme allí. Pero ¿adónde ir? ¿Volver a casa y encontrarme otra vez frente al ataúd? No podía ni pensarlo; me hubiera vuelto loco al ver otra vez aquel ataúd, que probablemente contenía un cadáver. Decidí ir a pasar la noche a casa de un amigo.

Panihidin, secándose la frente bañada de sudor frío, suspiró y siguió el relato:

—Mi amigo no estaba en casa. Después de llamar varias veces, me convencí de que estaba ausente. Busqué la llave detrás de la viga, abrí la puerta y entré. Me apresuré a quitarme el abrigo mojado, lo arrojé al suelo y me dejé caer desplomado en el sofá. Las tinieblas eran completas; el viento rugía más fuertemente; en la torre del Kremlin sonó el toque de las dos. Saqué los fósforos y encendí uno. Pero la luz no me tranquilizó. Al contrario: lo que vi me llenó de horror. Vacilé un momento y huí como loco de aquel lugar… En la habitación de mi amigo vi un ataúd… ¡De doble tamaño que el otro!

El color marrón le proporcionaba un aspecto más lúgubre… ¿Por qué se encontraba allí? No cabía duda: era una alucinación… Era imposible que en todas las habitaciones hubiese ataúdes. Evidentemente, adonde quiera que fuese, por todas partes llevaría conmigo la terrible visión de la última morada.

Por lo visto, sufría una enfermedad nerviosa, a causa de la sesión espiritista y de las palabras de Spinoza.

"Me vuelvo loco", pensaba, aturdido, sujetándome la cabeza. "¡Dios mío! ¿Cómo remediarlo?"

Sentía vértigos… Las piernas se me doblaban; llovía a cántaros; estaba calado hasta los huesos, sin gorra y sin abrigo. Imposible volver a buscarlos; estaba seguro de que todo aquello era una alucinación. Y, sin embargo, el terror me aprisionaba, tenía la cara inundada de sudor frío, los pelos de punta…

Me volvía loco y me arriesgaba a pillar una pulmonía. Por suerte, recordé que, en la misma calle, vivía un médico conocido mío, que precisamente había asistido también a la sesión espiritista. Me dirigí a su casa; entonces aún era soltero y habitaba en el quinto piso de una casa grande.

Mis nervios hubieron de soportar todavía otra sacudida… Al subir la escalera oí un ruido atroz; alguien bajaba corriendo, cerrando violentamente las puertas y gritando con todas sus fuerzas: "¡Socorro, socorro! ¡Portero!"

Momentos después veía aparecer una figura oscura que bajaba casi rodando las escaleras.

—¡Pagostof! —exclamé, al reconocer a mi amigo el médico—. ¿Es usted? ¿Qué le ocurre?

Pagastof, parándose, me agarró la mano convulsivamente; estaba lívido, respiraba con dificultad, le temblaba el cuerpo, los ojos se le extraviaban, desmesuradamente abiertos…

—¿Es usted, Panihidin? —me preguntó con voz ronca—. ¿Es verdaderamente usted? Está usted pálido como un muerto… ¡Dios mío! ¿No es una alucinación? ¡Me da usted miedo!…

—Pero, ¿qué le pasa? ¿Qué ocurre? —pregunté lívido.

—¡Amigo mío! ¡Gracias a Dios que es usted realmente! ¡Qué contento estoy de verle! La maldita sesión espiritista me ha trastornado los nervios. Imagínese usted qué se me ha aparecido en mi cuarto al volver. ¡Un ataúd!

No lo pude creer, y le pedí que lo repitiera.

—¡Un ataúd, un ataúd de veras! —dijo el médico cayendo extenuado en la escalera—. No soy cobarde; pero el diablo mismo se asustaría encontrándose un ataúd en su cuarto, después de una sesión espiritista…

Entonces, balbuceando y tartamudeando, conté al médico los ataúdes que había visto yo también. Por unos momentos nos quedamos mudos, mirándonos fijamente. Después para convencernos de que todo aquello no era un sueño, empezamos a pellizcarnos.

—Nos duelen los pellizcos a los dos —dijo finalmente el médico—; lo cual quiere decir que no soñamos y que los ataúdes, el mío y los de usted, no son fenómenos ópticos, sino que existen realmente. ¿Qué vamos a hacer?

Pasamos una hora entre conjeturas y suposiciones; estábamos helados, y, por fin, resolvimos dominar el terror y entrar en el cuarto del médico. Prevenimos al portero, que subió con nosotros. Al entrar, encendimos una vela y vimos un ataúd de brocado blanco con flores y borlas doradas. El portero se persignó devotamente.

—Vamos ahora a averiguar —dijo el médico temblando— si el ataúd está vacío u ocupado.

Después de mucho vacilar, el médico se acercó y, rechinando los dientes de miedo, levantó la tapa. Echamos una mirada y vimos que… el ataúd estaba vacío. No había cadáver; pero sí una carta que decía:

“Querido amigo: sabrás que el negocio de mi suegro va de capa caída; tiene muchas deudas. Uno de estos días vendrán a embargarlo, y esto nos arruinará y deshonrará. Hemos decidido esconder lo de más valor, y como la fortuna de mi suegro consiste en ataúdes (es el de más fama en nuestro pueblo), procuramos poner a salvo los mejores. Confío en que tú, como buen amigo, me ayudarás a defender la honra y fortuna, y por ello te envío un ataúd, rogándote que lo guardes hasta que pase el peligro. Necesitamos la ayuda de amigos y conocidos. No me niegues este favor. El ataúd sólo quedará en tu casa una semana. A todos los que se consideran amigos míos les he mandado muebles como éste, contando con su nobleza y generosidad. Tu amigo, Tchelustin".

Después de aquella noche, tuve que ponerme a tratamiento de mis nervios durante tres semanas. Nuestro amigo, el yerno del fabricante de ataúdes, salvó fortuna y honra. Ahora tiene un funeraria y vende panteones; pero su negocio no prospera, y por las noches, al volver a casa, temo encontrarme junto a mi cama un catafalco o un panteón.